빅 포

애거서 크리스티 추리 문학 44

빅 포

유명우 옮김

해문

■ 옮긴이 유명우

호남대학 영문과 교수, 한국추리작가 협회 총무 이사
《오리엔트 특급살인》, 《죽음과의 약속》, 《ABC 살인사건》,
《애크로이드 살인사건》 외 다수

빅 포

초판 발행일	1987년 09월 25일
중판 발행일	2009년 08월 24일
지은이	애거서 크리스티
옮긴이	유 명 우
펴낸이	이 경 선
펴낸곳	해문출판사
주 소	서울시 미포구 합정동 392-2 씨니힐 202호
TEL/FAX	325-4721~2 / 325-4725
출판등록	1978년 1월 28일 (제3-82호)
가격	6,000원
ISBN	978-89-382-0244-4 04840
	978-89-382-0200-0(세트)

※ 잘못된 책은 바꾸어 드립니다.

차 례

제1장

초대받지 않은 손님

나는 도버 해협을 횡단하며 기뻐하는 사람들을 만났다. 그들은 갑판 위의 의자에 조용히 앉아 있다가, 배가 서서히 부두에 닿으면 소란을 피우지 않고서 자신들의 소지품을 챙기고는 상륙한다. 그러나, 나만은 그렇게 할 수가 없다.

나는 배에 오른 순간부터 무슨 일인가 하기에는 너무나도 짧은 시간이라고 생각했다. 나는 여행용 가방을 이리저리 끌고 다녔다. 그리고 식당에라도 내려가 음식을 먹는다 해도, 혹시 내가 아래에 있는 동안 배가 도착하면 어떡하나 하는 조바심 때문에 음식을 마구 쑤셔 넣게 되리라. 아마도 이런 것은 전쟁 중에 얻은 아주 짧은 휴가 때문에 생긴 유산일 것이다. 그런 시절에는 배의 현문(舷門) 가까이에 자리를 잡는 것이 아주 중요한 일로 여겨졌다. 그런 것이 3~5일밖에 안 되는 휴가 기간의 단 1분이라도 허비하지 않도록 상륙해야 할 우선순위 중 하나였던 것이다.

이 특별한 7월의 아침, 나는 난간에 기대어 서서 가까이 다가오는 도버 항의 하얀 절벽을 바라보면서, 의자에만 조용히 앉아 있을 뿐 자신들의 조국이 눈앞에 나타났는데도 눈을 들어 쳐다보는 승객이 한 사람도 없는 걸 보고서는 놀라지 않을 수 없었다. 하기야, 모르긴 몰라도 그들의 경우는 나와는 다를 것이다. 그들 중 대부분이 주말을 보내기 위해 파리로 건너가는데 반해, 나는 최근 1년 반 동안 아르헨티나의 목장에 가 있었기 때문이리라.

나와 아내는 그곳에서 남미 대륙의 자유롭고 안락함을 만끽하며 매우 윤택한 생활을 했음에도 불구하고 낯익은 해안이 점점 다가와 눈에 선명히 들어오게 되자 목이 메어짐을 느끼지 않을 수 없었다.

나는 이틀 전에 프랑스에 들러 필요한 일을 끝내고는 런던으로 가는 길이었다. 나는 몇 달간은 머물러야 할 것이다—그래야만 옛친구들을 찾아보고, 특히 어떤 한 친구도 만날 수 있을 것이다. 달걀 모양의 머리에 초록색 눈동자의 자그마한 친구—에르퀼 포와로를 말이다.

나는 그를 완벽하게 놀라게 해줄 생각이다. 아르헨티나에서 마지막으로 부친 편지 속에는 이번의 의도적인 여행에 대해선 전혀 언급하지 않았었다—사실, 어떤 사업상의 급한 문제 때문에 갑자기 결정된 여행이긴 하지만. 그래서, 나는 그가 나를 맞으면서 얼마나 놀라고 기뻐할까를 생각하며 많은 시간을 혼자 고소해했다.

그는, 내가 생각하기로는 사무실에서 멀리 떨어져 있을 것 같지 않았다. 그가 사건 때문에 영국의 이쪽에서 저쪽으로 뛰어다니던 시대는 이미 지났다. 그의 자자한 명성은 그를 하나의 사건에만 붙어 있을 수 없게 만들었다. 시간의 흐름에 따라 그는 '탐정의 자문'역을 맡고 싶어 했다—할리 가(街)의 의사들처럼. 범인들을 추적하기 위해 변장이나 하고 범인들의 발자국 크기를 재려고 서성이는 일반 탐정들의 틀에 박힌 사고방식을 항상 비웃어 온 그였다.

"아, 내 친구 헤이스팅스여—." 그는 얘기를 꺼내곤 했다.

"그런 건 파리경시청의 지로와 같은 친구들에게 맡기도록 하세. 이 에르퀼 포와로의 방법은 나만의 독특한 것이네. 순서와 방법, 그리고 '회색의 작은 뇌세포' 안락의자에 편히 앉아서 그런 친구들이 빠뜨리고 그냥 지나치는 것이나 보세. 그리고, 재프 경감처럼 지레짐작을 하지 말고"

그래, 에르퀼 포와로가 멀리 나가 있으리라 걱정할 필요는 없을 것이다. 런던에 도착하자마자 나는 호텔에 짐을 풀고는 옛날 주소로 곧장 차를 몰았다.

그 얼마나 가슴 찡한 추억들인가! 나는 하숙집 안주인이 나를 반겨 줄 틈도 주지 않은 채 서둘러 단숨에 2층으로 뛰어올라가 포와로의 방문을 두드렸다.

"들어오시오." 귀에 익은 목소리가 안에서 울려 나왔다.

나는 성큼성큼 안으로 걸어 들어갔다. 포와로는 내 쪽을 향해 서 있었다. 그의 손에는 여행용 가방이 들려 있었는데, 나를 보자 깜짝 놀라면서 그만 가방을 떨어뜨렸다.

"아니, 이게 어찌된 일인가? 헤이스팅스, 헤이스팅스—."라고 외치며 포와로는 말을 잇지 못했다. 그러고는 나에게로 달려와 와락 껴안았다.

우리는 되는 대로 아무 얘기나 떠들어댔다. 마치 절규하듯이. 묻는 데에만 열중하느라 서로의 물음에는 제대로 대답도 해주지 않으며, 내 아내의 안부며, 나의 이번 여행에 대한 설명이며 생각나는 대로 뒤죽박죽 떠들어댄 것이다.

대화가 좀 그치자 나는 끝으로, "내가 지내던 방에 다른 사람이 있는 것 같던데요?" 하고 묻고는 다음 말을 덧붙였다.

"여기서 다시 당신과 함께 지냈으면 하는데요……"

포와로의 얼굴빛이 갑자기 변했다.

"이런! 기회가 좋지 않구먼. 사방을 둘러보게나."

나는 처음으로 주위를 주의깊게 둘러보았다. 벽에는 아주 구식 디자인의 커다란 트렁크가 기대어 있었고, 그 옆에는 많은 상자가 큰 것에서부터 작은 것으로 줄지어 있었다. 결론 내리기는 간단했다.

"나가시려고요?"

"그렇다네."

"어디로?"

"남미."

"뭐라고요?"

"일이 아주 묘하게 꼬여 버렸군. 리우데자네이루로 가게 되었다네. 그래서 매일같이 나 자신에게 얘기했자—편지에다간 아무것도 쓰지 않겠다고 말이야. 그러면, 하! 그 선량한 헤이스팅스가 나를 보면 얼마나 놀라겠는가 하고서 말이야!"

"아니, 언제 떠나시려고요?"

포와로는 시계를 들여다보았다.

"한 시간 뒤에."

"아무리 흥미 있는 일이라 해도 당신을 그 끔찍한 바다 여행에 끌어내진 못할 것이라고 입버릇처럼 말하지 않았습니까?"

포와로는 눈을 감고 몸을 오들오들 떨었다.

"그 얘기는 하지 말게나. 주치의가 나에게 뱃멀미 때문에 죽지는 않을 거라고 했다네—그런 것은 단지 일시에 지나지 않는다면서. 무슨 말인지 알겠나?

결코 재발하진 않을 거야."

그는 나를 밀어 의자에 앉혔다.

"자, 어떻게 된 일인지 얘기해 주겠네. 자네는 이 세상에서 누가 가장 부자라고 생각하나? 록펠러보다도 더 부자인 에이브 라일랜드라는 사람을 알고 있나?"

"미국의 비누업계 재벌 말이지요?"

"정확하게 알아맞히는군. 그이 비서 하나가 나에게 사건을 의뢰해 왔네. 리우데자네이루에서 그 재벌회사와 관련된 매우 심각한 소문이 퍼지고 있다는 얘기일세. 그래서, 날더러 그곳에 가서 조사해 달라는 거야. 처음에는 거절을 했지. 내게 그 소문에 관해 다 얘기하면, 내 의견을 말해 주겠노라고 했지. 그랬더니 그럴 수는 없다고 하더구먼. 날더러 그곳에 가서 그런 얘기를 직접 알아봐 달라는 거야. 정상적이라면 그것으로 거래는 끝나는 거지.

이 에르퀼 포와로에게 사건을 강요한다는 것은 정말 무례한 짓이야. 하지만, 그쪽에서 제시한 금액이 내 생애에서 돈에 의해 유혹을 받는 것은 처음일 정도로 어마어마한 액수였다네. 엄청났어! 그리고 또한, 그 사건에는 흥미를 자아내게 하는 요소도 있었지. 최근 1년 반 동안은 나에게 매우 외롭고도 힘든 시기였네. 난 나 자신에 대해 생각해 봤지. '왜 그러면 안 되는지?' 하고 말이야. 난 그 어리석은 문제에 대한 끝없는 논쟁으로 질리기 시작했다네. 나는 그동안은 명성을 쌓아왔지만, 이제는 돈을 좀 벌어서 옛 친구들 옆에서 정착해 살고 싶은 마음이 생기는 것이 솔직한 심정일세."

나는 포와로의 말이 무슨 뜻인지 알 것 같았다.

"그래서, 나는 그 요청을 수락한 것이네. 한 시간 뒤에 나는 임항열차(기선과 연결되는 기차)를 타러 가야 하네. 이러한 것들이 인생에 있어서 조그만 아이러니가 아닐까? 어찌 보면 나는 이전에 이렇게 많은 돈을 받은 적이 없었기에 이렇게 서두르고 있는지도 모르겠네. 사실 벌써 조금 수사에 들어갔거든. 자네 혹시 '빅 포(big four)'라는 말이 무슨 뜻인지 알고 있으면 말해 보게나."

"내가 알기론 그건 베르사유 회담(1919년 제1차 대전을 끝내기 위한 회담)에서 유래된 말 같은데, 영화계에서도 그 유명한 '빅 포'가 있고, 또 조그만 야외

파티의 주인들도 그런 말을 자주 쓰곤 하던데요."

"흠, 알겠네." 포와로는 생각에 잠긴 듯 말했다.

"나는 아무런 설명을 듣지 못한 상태에서 그 말을 들었는데, 그 말은 국제 범죄조직 같은 것을 뜻하는 게 아닌가 하고 생각되네. 다만……"

"다만?"

"다만, 이것이 거대한 조직과 관계가 있는 것 같다는 느낌이야. 그밖에 별다른 정보는 갖고 있지 않네. 아, 짐을 빨리 꾸려야 되겠는데. 시간이 거의 다 되었어."

"지금 가지 마십시오." 나는 막아서듯 말했다.

"이 여행 일정을 취소하고 나중에 나와 함께 배를 타고 돌아가시지요."

포와로는 몸을 일으켜 세우더니 나를 나무라듯이 쳐다보았다.

"아, 그건 자네가 이해하지 못하는 점일세. 나는 이미 약속을 했네. 자네도 잘 알고 있겠지만, 내가 그 유명한 에르퀼 포와로란 말일세. 죽느냐 사느냐 하는 문제 이외엔 아무것도 나를 막을 수가 없어."

"그런 일은 일어날 것 같지도 않군요." 나는 슬픔에 잠겨 중얼거렸다.

"11시에 '문이 열리면서 초대받지 않은 손님이 들어오지' 않는 한은……"

나는 마른기침을 하며 한 문장을 인용하고서는 잠시 뜸을 들인 다음 계속 말을 이으려 하다가, 갑자기 거실에서 들려오는 소리에 움찔 놀라고 말았다.

"무슨 소리죠?" 나는 소리를 질렀다.

"겁쟁이 같으니라고!" 포와로가 꾸짖듯 말했다.

"자네 말대로 내 방에 초대받지 않은 손님이 온 것 같네."

"아니, 어떻게 저기까지 들어올 수 있죠? 이 방을 통하지 않고는 달리 문이 없을 텐데."

"자네 기억력은 대단하군, 헤이스팅스. 추리를 해보게나."

"창문! 아니, 그렇다면 도둑이란 얘긴가? 창문을 기어 올라와야 할 텐데, 그건 불가능한 일 아닙니까?"

내가 일어나서 문 쪽으로 걸음을 옮기려는데, 문 저쪽에서 손잡이를 더듬는 소리가 내 걸음을 멈추게 했다.

문이 살며시 열렸다. 문 밖에 어떤 사람이 서 있었다. 그는 머리에서 발끝까지 온통 먼지와 진흙을 뒤집어쓰고 있었다. 그의 얼굴은 매우 야위었다. 그는 한참 동안 나를 물끄러미 바라보다가는 온몸을 떨며 앞으로 고목나무처럼 쓰러져 버리는 것이었다.

포와로가 얼른 그의 곁으로 다가가더니 나에게 고개를 돌려 황급히 말을 해댔다.

"브랜디, 빨리!"

나는 브랜디를 잔에 따라 포와로에게 가져갔다. 포와로는 간신히 브랜디를 조금 그에게 먹이고는, 나와 힘을 합쳐 그를 들어서 소파로 옮겼다. 몇 분 뒤 그는 눈을 뜨고 초점이 없는 눈으로 이리저리 두리번거렸다.

"무슨 일이오?" 포와로가 물었다.

그는 겨우 입술을 떼고는 기묘한 목소리로 말했다.

"에르퀼 포와로 씨─패러웨이 가(街) 14번지."

"그렇소, 바로 나요."

그 사람은 말을 알아듣지 못한 듯, 계속 똑같은 어조로 같은 말만 되풀이할 뿐이었다.

"패러웨이 가 14번지─"

포와로는 몇 가지를 물어보았다. 그러나, 그는 대답은 하지 않고 똑같은 말만 되풀이할 뿐이었다. 포와로는 나에게 전화를 걸라는 손짓을 했다.

"리지웨이 의사를 좀 불러 주게."

잠시 뒤 의사가 도착했다. 그의 집은 그곳에서 얼마 떨어져 있지 않기 때문에 금방 도착할 수가 있었다.

"무슨 일이지요?"

포와로가 간단히 설명을 해주자, 의사는 우리의 낯선 방문객을 진찰하기 시작했다. 하지만, 그는 자기 자신이나 우리를 의식하지 못하는 것 같았다.

"흠─." 진찰을 끝마치고는 리지웨이 의사가 말을 꺼냈다.

"이상한 환자로군요."

"뇌막염인가요?" 내가 대꾸를 했다.

의사는 우습다는 듯이 콧방귀를 뀌었다.

"뇌막염! 뇌막염이라! 아니, 뇌막염 같은 것은 아닙니다. 소설가 같은 생각이군. 아니오, 이 사람은 어떤 충격을 받았을 뿐이오. 이 사람은 패러웨이 가의 에르퀼 포와로 씨를 찾아야 한다는 강박관념에 사로잡힌 채 여기까지 온 겁니다. 그래서, 무슨 뜻인지도 모르면서 기계적으로 그 말만 되풀이하고 있는 거지요."

"그럼, 실어증이란 말입니까?" 내가 정색을 하며 물어보았다.

이 말은 조금 전에 한 말처럼 그렇게 콧방귀를 뀔 정도로 무시당하지는 않았지만, 의사는 내 물음엔 대답도 하지 않고 종이와 펜을 그에게 건네주었다.

"이것으로 이 사람이 무엇을 하는지 보도록 합시다."

그는 잠시 그것을 가지고 가만히 있다가 갑자기 미친 듯이 무엇인가를 써대기 시작했다. 그러고는 곧 종이와 펜을 바닥에 떨어뜨리고 말았다.

의사는 그것을 주워 읽어 보고는 고개를 설레설레 흔들었다.

"별것이 아니군요. '4'라는 글자만 열두 번 휘갈겨 썼는데, 뒤로 갈수록 글씨가 작아지고 있습니다. 내 생각으로는 패러웨이 가 14번지를 쓰려고 한 것 같습니다. 재미있는 환자로군요—아주 재미있어. 오후까지 이 사람을 여기에 있게 할 수 있겠습니까? 지금은 빨리 병원에 가야 하니까, 오후에 다시 와서 이 사람을 진찰해 봐야겠습니다. 너무 흥미 있는 환자라서 놓치고 싶지가 않군요."

나는 그에게 포와로는 지금 곧 집을 떠나야 한다는 것과, 나도 또한 그와 함께 사우샘프턴 항으로 갈 거라고 얘기해 주었다.

"그럼 좋습니다. 이 사람을 여기다 두고 가시지요. 이 사람이 뭐 특히 나쁜 짓을 할 것 같지는 않군요. 이 사람은 지금 온전하게 힘을 쓸 수 없는 상태입니다. 아마도 앞으로 여덟 시간은 깨어나지 않고 계속 잠을 잘 겁니다. 이곳 하숙집 주인인 그 '재미있게 생긴' 부인에게 말해서 이 사람을 감시하라고 해야겠습니다."

그러고는 리지웨이 의사는 아무렇지도 않다는 듯이 밖으로 나갔다.

포와로는 짐을 다 싸고 시계를 흘끔 쳐다보았다.

"시간은 믿을 수 없을 정도로 잘도 흐르는군. 자, 헤이스팅스 자네에게 아무 일도 맡기지 않고 떠난다고는 얘기할 수 없겠는걸. 매우 충격적인 문제야. 미지(未知)로부터 온 사람. 그는 누굴까? 뭐 하는 사람일까? 아, 제기랄—나로선 만일 오늘 떠나지 않고 내일 떠난다면 또다시 2년이라는 세월을 기다려야 할는지도 모르네. 여기에는 매우 호기심을 자극시키는 일이 있어. 아주 재미있는 일이 말일세. 그래, 사람은 시간을 가져야 하네—시간을. 하루 이틀이 되는지, 아니면 몇 달이 걸릴지는 모르지만 언젠가는 저 사람이 여기에 왜 왔는지 말하게 될 거야."

"내가 한번 최선을 다해 보겠습니다, 포와로!" 나는 그에게 약속을 했다.

"유능한 대리인이 될 수 있도록 말입니다."

"그—래?"

그의 대답은 나를 아주 의심스럽게 만들었다. 나는 종이를 집어들었다.

"내가 만일 소설을 쓴다면 당신이 아까 한 말을 이용해서 《빅 포의 미스터리(The Mystery of the Big Four)》라는 제목을 붙일 겁니다."

나는 펜으로 종이를 톡톡 두드리면서 말했다.

그때 나는 깜짝 놀랐다. 혼수상태에 빠져 있던 그 환자가 갑자기 정신을 차리고 일어나서는 의자에 앉아 분명하고도 또박또박한 목소리로 말하는 것이었다.

"리—창—옌."

그는 방금 잠에서 깨어난 듯한 표정이었다.

포와로는 나에게 말을 걸지 말라는 손짓을 했다. 그가 갑자기 말을 해나가기 시작했다. 그는 분명하고도 높은 소리로 말을 했다. 그의 말투에서 나는, 그가 어떤 보고서나 강연 내용 따위에서 무엇인가를 인용하고 있다는 것을 느낄 수 있었다.

"리창옌은 '빅 포' 수뇌부를 대표하는 인물이라 여겨집니다. 그는 그 조직을 통제하고 움직이지요. 그래서 그를 제1호라고 부르겠습니다. 제2호는 이름은 거의 알려져 있지 않으나, S자에 두 줄을 내려 그은 '$'로 표시됩니다. 따라서, 제2호는 미국인이라 생각되며, 자금력을 지니고 있다고 여겨집니다. 그리고 제3호는 여자가 분명하며, 프랑스 화류계 요정이라고 판단됩니다. 그 이상은 그녀에 대해 알려진 것이 없습니다. 제4호는……."

그는 흠칫 말을 더듬더니 끝내 말을 잇지 못했다.

포와로는 앞으로 허리를 굽혀 그에게 바싹 다가섰다.

"그래—." 그는 간절하게 재촉하는 듯이 말을 했다.

"제4호는……?"

그의 눈이 그 남자의 얼굴에 못 박혀 있었다. 그는 무시무시한 공포를 이겨 내지 못하는 것 같았다. 그의 얼굴은 뒤틀리고 일그러지고 말았다.

"파괴자."

그는 숨을 헐떡였다. 그러고는 몸을 부르르 떨더니 기절을 하고 마는 것이었다.

"젠장! 내 생각이 옳았어. 내 생각이……." 포와로가 중얼거렸다.

"무슨 생각인데요?"

포와로는 내 말을 가로막으며 나에게 부탁을 했다.

"이 사람을 내 방 침대로 좀 옮겨 주게나. 지체할 시간이 없어. 이러다가는 기차를 놓치겠어. 그 기차를 타고 싶은 생각은 없지만 말이야. 아, 떳떳한 마음으로 놓칠 수도 있네만, 이미 약속을 했으니 어쩌나. 그럼, 헤이스팅스!"

우리는 그 낯선 방문객을 피어슨 부인에게 맡기고는 차를 급히 몰아 간신히 기차를 탈 수 있었다.

포와로는 입을 꼭 다물고 있다가도 갑자기 말이 많아지곤 하는 것이었다. 그는 꿈을 꾸는 듯한 사람처럼 넋을 놓고 차창 밖을 쳐다보았다. 내가 하는 말에는 전혀 흥미가 없다는 표정으로 내게는 관심조차 두지 않았다.

우리는 런던 남서쪽의 워킹을 지날 때까지 아무런 말도 주고받질 않았다. 그런데, 웬일인지 사우샘프턴 항까지 쉬지 않고 직행해야 할 기차가 정거를 하는 것이었다. 그것도 신호에 걸려서.

"이런, 빌어먹을!" 포와로가 내뱉듯이 외쳤다.

"우리가 어리석었어. 이제야 이해를 할 수 있을 것 같군. 이 기차가 정거한 것은 하느님의 은총 덕분일세. 뛰어내리세. 어서, 헤이스팅스. 내려서 얘기하세나."

그는 급히 기차의 문을 열고 선로 위로 뛰어내렸다.

"가방을 이리 던지고 어서 뛰어내리게나, 어서."

나는 그의 말에 따라 얼른 기차에서 뛰어내렸다. 그 순간 기차가 움직이기 시작했다.

"도대체 무슨 일입니까, 포와로?" 나는 성이 나서 그에게 대들듯이 말했다.

"무슨 일인지 얘기 좀 해주시죠?"

"헤이스팅스, 이제야 제대로 보았네."

"자세히 설명을 해주시죠."

포와로가 대답을 했다.

"틀림없이 그럴 것이겠지만, 그렇지 않을까 봐 정말로 정말로 걱정이 된다네. 자네가 이 가방 두 개를 가지고 간다면, 나머지는 내가 알아서 처리하겠네."

수용소에서 온 사나이

다행스럽게도 기차가 역 가까이에서 멈추었기에, 조금만 걸어가자 자동차를 빌릴 수 있는 곳에 도착할 수 있었다. 그리고, 30분 뒤에 우리는 온 길을 다시 되돌려 런던으로 자동차를 몰았다. 그제서야 포와로는 지나치다 싶을 정도로 친절하게 나의 의아해하는 마음을 풀어 주기 시작했다.

"자네, 아직도 모르겠나? 나도 처음엔 몰랐으나 이제는 알겠네. 헤이스팅스, 내가 방해가 되기 때문에 나를 딴 곳으로 가도록 유도한 거야."

"뭐라고요?"

"매우 교묘하게 나를 끌어낸 거지. 끌어낼 장소와 방법을 치밀한 계산 아래 선택해서 말이야. 그들은 나를 두려워하고 있는 것이 분명해."

"그들이라뇨?"

"법의 테두리 밖에서 놀고 싶어 조직을 만든 그 일당 네 명 말일세. 중국 남자, 미국 남자, 프랑스 여자, 그리고—또 하나. 헤이스팅스, 우리가 제발 제 시간에 돌아가야만 할 텐데, 이를 어쩌지?"

"우리를 찾아온 그 사람에게 무슨 사고라도 날 것 같은가요?"

"분명 무슨 일이 벌어졌을 걸세."

우리가 도착하자 피어슨 부인이 깜짝 놀라며 맞아 주었다. 그녀가 의아해하는 눈초리로 우리를 바라보고 있는 것에는 아랑곳하지 않고, 우리는 그동안 아무 일도 없었냐부터 물어보았다. 다행히도, 아무도 이곳을 찾아온 사람도 없었고, 기절한 채 침대에 누워 있는 그 사람도 꼼짝 않고 있다는 것이다.

안도의 숨을 내쉬고 우리는 위층으로 올라갔다. 포와로는 복도를 지나 방으로 들어갔다. 그런데, 이내 그의 떨리는 목소리가 들려왔다.

"헤이스팅스, 그가 죽었어!"

나는 포와로에게 허겁지겁 뛰어갔다. 그는 우리가 눕혀 놓은 대로 있었지만 이미 숨이 끊어져 있었으며, 그것도 시간이 상당히 흐른 듯이 보였다. 나는 의사를 부르러 뛰어나갔다. 리지웨이 의사는 아직 돌아오지 않았으리라고 생각하고서 다른 의사를 데리고 집에 돌아왔다.

"안됐지만, 죽은 지 한참 되었군요. 이 부랑자는 당신이 돌봐 주고 있었습니까?"

"뭐 그 비슷합니다." 포와로는 불분명하게 대답했다.

"사인(死因)은 뭡니까?"

"말하기가 곤란하군요. 쇼크사의 일종인 것 같기도 한데, 질식당한 흔적도 있어요. 가스가 설치되어 있습니까?"

"아뇨, 여기에는 전등밖에 없어요."

"창문들도 활짝 열려져 있군요. 죽은 지 두 시간 정도 지난 것 같습니다. 어딘가에 알려야 할 텐데요?"

의사는 떠났다. 포와로는 몇 군데 필요한 곳으로 전화를 걸었다. 그러고는 마침내 놀랍게도 우리의 오랜 친구인 재프 경감에게도 전화를 걸어 이곳으로 와달라고 하는 것이었다.

이런 일들이 다 끝난 뒤에야 피어슨 부인이 나타났는데, 그녀는 눈을 집시처럼 크고 둥글게 뜨고 있었다.

"여기에 '한웰'에서—정신병자 수용소에서 온 사람이 있나요? 그런 사람 본 적 있으세요? 그 사람을 찾으러 누가 왔는데요?"

우리가 그렇다고 하자, 제복을 입고 덩치가 크고 우락부락한 사람이 들어섰다.

"안녕하시오, 선생님들" 그는 유쾌하게 말했다.

"여기에 우리 새가 날아왔다고 하던데요? 어젯밤에 도망쳤지요."

"그 사람이 여기에 '있었소'" 포와로가 조용히 대꾸했다.

"또다시 도망치진 않았겠죠?" 그는 걱정스레 물었다.

"그 사람은 죽었소"

그는 오히려 안심해하는 눈치를 보였다.

"그런 말씀 마십시오. 하긴, 그렇게만 된다면야 모두에게 좋겠지만"

"그가 위험인물이었나요?"

"살인 같은 걸 말씀하시는 겁니까? 그렇진 않았어요. 아무런 해가 없는 인물이죠. 단지 피해망상증이 매우 심했었습니다. 자기를 수용소로 보낸 중국 비밀조직에 대한 피해망상으로 가득 차 있었거든요. 그런 사람들은 모두들 똑같더군요."

나는 몸서리를 쳤다.

"얼마 동안 수용되어 있었습니까?" 포와로가 물었다.

"지금까지 2년 정도 됐습니다."

"알겠소." 포와로는 조용히 말했다.

"정신이 멀쩡한 사람이었다면 그렇게 하지 않았겠죠?"

그는 소리를 내어 웃었다.

"그가 멀쩡하다면, 뭣 때문에 정신병원에 가둬놓고 있겠습니까? 하기야 그 사람들은 죄다 자기들이 멀쩡하다고 하죠. 안 그렇습니까?"

포와로는 아무런 얘기도 하지 않고 그를 데리고 가서 시체를 보여 주었다. 그는 시체를 금방 알아보았다.

"그 사람이오. 맞습니다." 그는 냉담하게 말했다.

"한심한 친구로구먼. 자, 선생님들, 사정이 이렇게 되었으니 지금 빨리 가서 준비를 하는 것이 좋을 듯싶군요. 더 이상 이 시체로 인해서 폐를 끼쳐 드려서는 안 되겠지요. 아마도, 검시 배심(檢屍陪審)이 열리면 그때는 나와 주셔야 할 겁니다. 안녕히 계십시오."

세련되지 못하게 인사를 하고서, 그는 비틀거리는 걸음으로 방을 나갔다.

몇 분 뒤에 재프가 도착했다. 그는 런던경시청의 경감들이 늘 그렇듯이 의기양양했으며, 차림은 대단히 말쑥했다.

"이제야 도착했습니다, 포와로. 무슨 일인가요? 산호 암초에라도 걸려서 앞으로 못 나가고 있습니까?"

"오, 재프, 자네가 저 친구를 본 적이 있는지 알고 싶네."

그는 재프를 방으로 끌고 들어갔다.

재프는 당황한 얼굴로 침대 위에 누워있는 사람의 얼굴을 내려다보았다.

"글쎄, 본 적이 있는 것 같기도 한데……. 아, 저런, 메이얼링이 아닌가! 메이얼링."

"메이얼링이 누군데?"

"첩보부 친군데, 우리나라 사람은 아닙니다. 5년 전에 러시아에 갔었는데, 그 뒤로는 전혀 소식을 듣지 못했죠. 그래서, 볼셰비키 친구들에게 당한 것으로 생각했는데……."

"모든 게 들어맞는군." 재프가 떠나자 포와로가 입을 열었다.

"자연사한 것 같다는 사실을 제외하고는 말이야."

포와로는 매우 언짢은 표정으로, 꼼짝도 않고 있는 시체의 얼굴을 내려다보고 있었다. 어디선가 바람이 한바탕 불어와서 창의 커튼을 위로 젖히자, 그는 그곳을 날카롭게 쳐다보았다.

"헤이스팅스, 우리가 침대에 이 친구를 눕혔을 때 자네가 저 창문을 열어놓았나?"

"아뇨, 그런 적 없는데요. 내 기억으로는 분명 창문은 닫혀 있었는데."

포와로는 갑자기 고개를 쳐들었다.

"닫혀 있었다―흠, 그런데 지금은 열려 있단 말이지. 그러면, 이것이 무엇을 의미하는 걸까?"

"누군가가 창문으로 들어왔다는 얘기가 아닐까요?" 내가 말했다.

"그럴 수도 있지."

포와로가 동의했지만, 그의 목소리는 자신에 찬 것이 아니었다. 잠시 생각에 잠긴 듯하다가 그는 계속 말을 이었다.

"헤이스팅스, 내가 생각하는 건 그게 아니야. 만일 창문이 하나만 열려 있었다면 내가 그렇게까지 의아하게 생각하지는 않았을 걸세. 그런데 창문 두 개가 모두 열려 있으니 의심이 가지 않을 수가 없구먼."

그는 재빠르게 다른 방으로 건너갔다.

"거실 창문 역시 열려 있네. 이것도 우리가 닫아놓고 나가지 않았었는가. 아!"

그는 죽은 사람 쪽으로 허리를 굽혀 입 언저리를 자세히 검사했다. 그리고는 갑자기 무언인가를 발견해 낸 듯 갑자기 고개를 쳐들었다.

"재갈을 물렸었군. 헤이스팅스식 재갈을 물리고 독약을 주입시켰어."

"하느님 맙소사!" 나는 외치고 말았다.

"시체를 해부해서 더 많은 사실을 알아내야겠군요."

"이 이상은 아무것도 알아낼 수가 없을 걸세. 이 사람은 청산가리 냄새를 맡고 죽은 걸세. 청산가리를 콧속으로 주입시킨 것이 분명해. 그리고 나서 살인자는 모든 창문을 전부 열어놓은 걸세. 청산가리는 휘발성이 강하지만, 독한 아몬드 냄새를 풍기지. 따라서, 청산가리를 암시해 주는 그 냄새를 추적하지 못하는 한, 또 범죄의 흔적이 없는 한, 의사들은 자연사로 진단하게 되는 거야. 그런데, 이 사람은 첩보부에 있었다지 않은가, 헤이스팅스 그리고, 5년 전에 러시아에서 사라졌었단 말일세."

"최근 2년간은 정신병자 수용소에 있었고요. 그렇다면, 그 앞의 3년 동안은 무엇을 한 걸까요?"

포와로는 고개를 좌우로 흔들더니, 내 팔을 잡았다.

"시계를, 헤이스팅스, 시계를 봐."

나는 그가 가리키는 벽난로 위의 선반 쪽을 바라보았다.

시계는 4시에 멈추어 있었다.

"아, 누군가가 저것을 조작해 놓았군. 저 시계는 사흘째 잘 가고 있었어. 저건 8일에 한 번씩 태엽을 감아 주는 시계란 말일세. 무슨 뜻인지 알겠나?"

"저것을 저렇게 조작해서 무엇을 노리는 걸까요? 살인이 4시에 일어난 것으로 잘못 생각하도록 유도하는 것일까?"

"아냐, 그게 아닐세. 다시 생각을 잘해 보게나. 회색 뇌세포를 조금만 굴려 보게. 자, 자네가 메이얼링이야. 자네는 무슨 소린가를 들었어. 그리고, 아마도 자네의 운명이 다 되었다는 것을 알고 있다고 하세. 게다가, 어떤 표시를 남겨 놓을 시간도 거의 없어. 4시, 헤이스팅스 제4호—파괴자! 하! 바로 그거야!"

포와로는 다른 방으로 뛰어 들어가 전화 수화기를 들고 한웰을 부탁했다.

"거기 정신병자 수용소죠. 오늘 거기에서 탈출한 사람이 있는 것으로 알고 있는데요. 뭐라고요? 잠깐만요, 죄송합니다. 다시 말씀해 주시겠습니까? 아!

예! 그렇습니다."

그는 수화기를 내려놓고선 나에게로 왔다.

"헤이스팅스, 자네도 들었지? 탈출한 사람이 없었다는 거야."

"그럼, 아까 왔던 사람은?"

"글쎄, 이상하군."

"당신이 말한……?"

"제4호? '파괴자'?"

나는 넋이 나간 채 포와로를 쳐다보았다. 조금 뒤, 마음이 가라앉자 나는 침착한 목소리로 포와로에게 말을 했다.

"그 사람을 어디에선가 다시 만날 수 있을 겁니다. 정말 그럴 겁니다. 그는 매우 특징이 강한 사람이잖습니까?"

"그가? 나는 그렇게는 생각지 않네. 그는 억세고 퉁명스러우며, 붉은 얼굴에 짙은 수염을 하고 있었고, 목소리는 귀에 거슬렸지. 그러나, 지금 이 순간 이후 그는 전혀 그렇지 않을 걸세. 눈과 귀가 어떠한지 알 수도 없겠고, 감쪽같이 틀니를 하고 있을지도 모르는 걸세. 그가 어떻게 생겼는가 하는 것은 자네 생각처럼 그렇게 쉬운 일이 아닐세. 다음번에는……."

"다음번이라뇨?" 내가 말을 가로챘다.

"우리는 죽음과 맞서 싸워야 하네. 헤이스팅스, 자네와 내가 한편이고, 빅 포가 적이야. 그들은 첫 번째 트릭에선 이겼지만, 나를 제거하려는 계획은 실패했어. 앞으로는 이 에르큘 포와로를 염두에 두어야만 할 걸세!"

제3장

리창옌에 대해서 좀더 알아내다

수용소 직원이라 사칭한 사람이 왔다 간 지 하루 이틀이 지나서도, 나는 그가 언젠가는 다시 올 것이라는 희망을 갖고서 잠시라도 그곳을 떠나지 않았다.

내 생각에 그는 자신의 속임수를 우리가 알아낸 것에 대해서는 알지 못할 것 같았다. 그는 아마도 다시 나타나서 그 시체를 다른 곳으로 옮기려 할 것이다. 그러나, 나의 이런 생각이 포와로에겐 우습게 보인다는 듯 다만 콧방귀만 뀔 뿐이었다.

"이 친구야. 그렇게 하는 것과, 새가 손에 날아올 때까지 기다렸다가 잡겠다는 것과 대체 무엇이 다르겠나? 나는 그렇게 시간을 낭비하지는 않을 걸세."

"아니, 하지만—." 나는 따지듯이 물었다.

"그가 지난번에 왜 위험을 무릅쓰면서까지 여기에 왔겠습니까? 만일 그가 나중에 시체를 찾으러 다시 온다면, 그땐 뭣 좀 알아낼 수 있지 않겠어요? 그는 틀림없이 자신에게 불리한 증거를 없애려고 할 겁니다. 말하자면, 그는 아무것도 손에 넣은 게 없는 것 같다는 말이죠."

포와로는 어깨를 으쓱하면서 골 족(속어로, '프랑스인'을 뜻함) 특유의 몸짓을 해보였다.

"자네는 그 제4호라는 인물을 다시는 보지 못할 거야, 헤이스팅스. 자네는 증거가 어떻다 얘기했는데, 대체 무슨 증거를 가지고 있다는 얘긴가? 물론 시체는 있지만, 그 사람이 살해당했다는 증거는 하나도 없어. 설사 청산가리를 마셨다 해도 아무런 흔적도 찾을 수 없네. 또한, 우리가 이곳에 없는 동안 여기에 누가 들어온 것을 보았다는 사람도 없으며, 죽은 메이얼링이 어떤 행동을 했는가에 대해서도 일체 아는 것이 없단 말일세.

헤이스팅스, 제4호는 아무런 흔적도 남기지 않았어. 더군다나, 그 녀석도 그걸 알고 있지. 그가 찾아온 것은 일종의 정찰이었을 거야. 아마도 그는 메이 얼링이 죽었다는 것을 확인하고 싶어 했는지도 모르지만, 더욱 중요한 점은 바로 이 에르퀼 포와로를 보기 위해, 자기가 두려워하는 유일한 사람인 나와 얘기를 나누어 보려고 왔던 것일세."

포와로의 생각은 철저하게 자기중심적이었으나, 나는 논쟁하고 싶진 않았다.

"그럼, 검시 배심에 대해서는 어떻습니까?" 내가 물어보았다.

"거기에서는 당신이 명확하게 모든 것을 얘기해서, 경찰이 그 제4호에 대해서 밝혀낼 수 있도록 해야 할 것 같은데요?"

"그런 뒤에 결론은? 자네처럼 완고한 영국 신사들인 그 검시 배심원들을 감동시킬 만한 일을 해낼 수 있을까? 그 제4호에 대해 설명하는 것이 무슨 가치가 있다는 말인가? 그냥 경찰이 '우연한 죽음'이라고 단정 짓게 내버려두세. 아마도, 물론 크게 기대는 하지 않지만, 그 살인자는 첫 판에는 자신이 이 에르퀼 포와로를 이겼다고 득의양양해할 걸세."

포와로는 늘 그렇듯이 옳았다. 우리는 수용소에서 왔다는 그 사람을 더 이상은 보지 못했다. 그리고 검시 배심에 포와로는 나가 보지도 않았고, 또 어떤 관심을 불러일으킬 만한 일도 나오지 않았다. 내가 이곳에 도착하기 전엔 남미로 여행을 떠나려고 짐을 챙겨 놓았던 포와로였지만, 그는 지금은 맡은 사건이 없었다. 그는 좀처럼 밖으로 나가려 하지도 않았으며, 내가 말을 걸어도 대꾸조차 하려 들질 않아 내가 오히려 무안할 지경이었다.

그러던 어느 날 아침, 살인사건이 있은 지 1주일인가 지난 날이었다. 그는 자기가 가려고 하는 곳에 함께 갈 수 있느냐고 물었다. 나는 그가 철저히 혼자의 힘으로 일을 처리하려다 일을 그르치고 있구나 하는 생각과, 앞으로는 이 사건에 대해 서로 의견을 나눌 수 있으리라는 데까지 생각이 미치자 기쁘지 않을 수 없었다. 그러나, 그는 여전히 말하길 꺼려하고 있었다. 어디에 가는 거냐고 물어도 그는 대답을 하지 않았다.

포와로는 비밀에 싸이는 것을 좋아했다. 그는 최후의 순간까지 아무런 정보도 알려 주지 않았다. 이번에도 버스를 한 번 갈아타고, 기차를 두 번 갈아타면서 런던 교외의 음산한 빈민가에 도착하고 나서야 비로소 이번 일에 대해서 얘기를 꺼내는 것이었다.

"헤이스팅스, 우리는 지금 중국의 신비스런 생활에 대해 잘 아는 영국인 한 사람을 만나러 가는 길일세."

"오, 그러세요! 그게 누군데요?"

"자네는 아직 들어본 적이 없는 사람일 거야—존 잉글스라고 어느 점으로 보나 그저 평범한 공무원 출신인데, 친구나 아는 사람들을 싫증나게 할 정도로 중국 골동품이 집 안 가득히 있다고 하네. 그렇지만, 내가 찾고자 하는 정보를 알려 줄 사람은 바로 이 존 잉글스라는 인물밖에 없다는 말을 들은 적이 있어."

잠시 뒤에 잉글스 가족이 '로렐스(월계수) 저택'이라고 부르는 집의 계단이 보였다. 그러나 월계수 나무는 한 그루도 보이지 않았으며, 잠시 뒤 나는 대개의 빈민가에서 그렇듯이 모호하게 이름이 붙여졌다는 사실을 알 수 있었다.

우리는 성의 없는 얼굴을 한 중국 하인에게 안내되어 그 집 주인을 만났다.

잉글스는 어깨가 딱 벌어진 건장한 사람으로, 노란 얼굴을 하고 있었으며, 깊게 패인 두 눈은 괴팍한 성질을 드러내는 듯했다. 그는 일어서서 우리를 맞아들이면서 손에 들고 있던 펼쳐진 편지를 옆으로 내려놓았다. 그는 우리에게 인사를 건넨 뒤에 바로 그 용건에 관해 이야기를 시작했다.

"앉으시지요. 당신이 무슨 정보를 얻고 싶어 한다고 핼시가 그러더군요. 내가 무슨 도움을 줄 수 있는지요?"

"그렇게 될 수 있었으면 좋겠습니다. 리창엔이라는 사람에 대해서 혹시 알고 계신 것이 있으신지 해서 이렇게 찾아 뵌 겁니다만."

"호, 그것참 기묘하군요. 그런데, 어떻게 그 사람 얘기를 듣게 되었는지요?"

"그 사람에 대해 아십니까?"

"한 번 만난 적은 있었지요. 그 사람에 대해서 아는 게 좀 있긴 합니다만, 그렇게 많지는 않죠. 그러나, 이곳 영국에서 그 사람 얘기를 듣게 되다니 실로 놀랍군요. 그 사람은 나름대로는 아주 훌륭한 사람입니다—아시겠지만 중국 관리 계층에서는 말이지요. 그러나, 그것이 중요한 건 아니죠. 중요한 건 그 사람이 그 모든 것의 배후에 있는 인물이라고 생각할 만한 충분한 근거가 있다는 겁니다."

"무엇의 배후 인물이라는 말입니까?"

"모든 것이죠. 전 세계적으로 퍼진 불안, 모든 나라에서 일어나고 있는 노동운동, 그리고 일부 국가에서 벌어지고 있는 혁명들 말입니다. 이건 유언비어가 아닙니다. 자기들이 요구하는 게 무엇인지 알고 있는 국민들도 있습니다. 그들은 그런 모든 현상들 뒤에 숨겨진 '세력'이 있다고 얘기합니다. 문명의 파괴밖에 노리지 않는 세력에 대해서 말이죠. 러시아에서는 레닌과 트로츠키가 모두 행동을 누군가에 의해 지시받고 있는 꼭두각시에 지나지 않는다는 증거가 있습니다. 당신에게 자신 있게 얘기할 정도로 확실한 증거는 없지만, 나는 레닌과 트로츠키를 움직이는 사람은 바로 리창옌이라고 확신하고 있답니다."

"아, 그건 너무 억지 아닙니까?" 나는 항의를 했다.

"어떻게 중국 사람인 그가 러시아에서 그리도 기세당당할 수 있단 말입니까?"

포와로는 나에게 화를 내듯이 눈살을 찌푸렸다.

"헤이스팅스, 자네는 자네와 같은 생각이 아니면 모든 것이 억지라고 매도하는데, 나는 이분의 생각에 동감이네. 선생, 계속하시지요."

"그가 무엇을 획책하고 있는지에 대해서 확실하게 말할 순 없지만……."

잉글스는 얘기를 계속했다.

"그의 결점이 아크바르, 알렉산더 시대에서 나폴레옹 시대에 이르기까지 모든 위대한 인물들을 공격하며, 권력과 개인적인 우월성을 지니려 한다는 것만은 확신할 수 있지요. 지금까지는 정복을 하기 위해선 무장된 군대가 필요했지만, 요즘처럼 불안한 시기에 있어서 리창옌 같은 사람은 다른 수단을 생각해 낼 겁니다. 그는 어마어마한 돈을 가지고 있으면서 보이지 않는 이면에서 뇌물공세를 펴고, 선전을 일삼고, 또한 그는 전 세계가 꿈꾸어 오고 있는 보다 강력한 과학적인 힘을 갖고 있다는 명백한 증거가 있습니다."

포와로는 대단한 관심을 가지고 그의 말에 귀를 기울이고 있었다.

"그럼, 중국에서는? 역시 그곳에서도 활동하고 있나요?"

포와로가 질문을 했다.

잉글스는 강한 어조로 그렇다고 했다.

"비록 법정에서 채택될 수 있을 만한 증거 같은 건 없지만, 나는 내가 아는 한도 내에서 말하는 겁니다. 나는 오늘날 중국에서 일어나는 여러 가지 현상에 대해 설명할 수 있는 사람들을 개인적으로 알고 있습니다. 나는 이렇게 얘기할 수 있습니다. 대중들의 눈에 아주 거물로 보이는 사람들은 대개 보잘 것 없는 인물들이라고 말이지요. 그들은 주인의 손에 연결된 줄에 의해 움직이는 꼭두각시에 지나지 않는 사람들이지요. 주인의 손이란 바로 리창옌을 말하는 겁니다. 그가 바로 오늘날 동유럽의 수뇌들을 조종하는 사람입니다. 우리는 지금 동유럽에 대해 잘 알지 못하고 있는데, 시간이 지난다 해도 역시 마찬가지일 거요. 리창옌은 그들을 조종하는 정신적인 지주입니다. 그는 결코 앞에 나서서 남의 주목을 받기를 싫어하죠. 결코, 그는 베이징의 궁전을 나서 본 적이 아직껏 없었소. 그는 다만 배후에서 조종만 하고 있을 뿐이지요—단지 조종만, 아주 먼 곳에서 일어나고 있는 일까지도"

"그에게 반대를 하는 사람은 없습니까?" 포와로가 의아해하면서 물었다.

잉글스는 의자에 상체를 기울이고 앉았다.

"네 사람이 최근 4년간 노력을 해왔습니다. 그들은 재능과 정직과 우수한 두뇌를 갖고 있습니다. 이들 중 하나가 적당한 때가 되면 반대하고 나설지도 모르지요."

그는 여기까지 얘기를 하더니 갑자기 말을 끊었다.

"정말입니까?" 나는 의문을 표시했다.

"그런데, 그들은 이미 죽었어요. 한 사람은 신문에 기사를 썼는데, 베이징에서 일어난 반란과 관련해서 리창옌의 이름을 들먹인 적이 있었지요. 그런데, 이틀이 채 지나지 않아 거리를 걷다가 칼에 찔려 죽고 말았습니다. 그를 죽인 사람은 아직까지도 잡히지 않고 있지요. 다른 두 사람에 대한 공격 역시 비슷했습니다. 강연에서, 혹은 기사에서, 혹은 대화 중에 폭동이나 혁명에다 리창옌의 이름을 관련시켰다가, 1주일도 되지 않아 둘 다 피살을 당했죠. 한 사람은 독살당했고 또 한 사람은 콜레라로 죽었는데, 그건 좀 특이한 경우였죠. 하지만, 전염병은 아니었습니다. 그 사람은 자신의 침대에서 숨진 채로 발견되었습니다. 그리고 나중에 죽은 또 한 사람은 아직까지도 사인이 밝혀지지 않고 있는데, 시체를 검시한 의사에 의하면 엄청나게 센 전기로 고문을 당한 것처럼 시체가 불에 타 있었고, 심히 오그라들어 있었다고 하더군요."

"그런데 리창옌은?" 포와로가 다급하게 물었다.

"당연히 아무것도 그의 소행임을 알려 주는 것은 남기지 않았을 텐데, 무슨 증거라도 있었나요?"

잉글스는 어깨를 으쓱했다.

"오, 증거라—예, 틀림없이 있었지요. 언젠가 한 사람이 얘기하는 것을 들은 적이 있습니다. 그는 리창옌에게 총애를 받고 있던 젊고 유능한 화학자였지요. 어느 날, 그는 나에게로 와서 자신이 신경쇠약증에 걸렸는지 진찰을 해달라고 하더군요. 그러면서 그가 조정(朝廷)의 명령을 받아 리창옌의 궁전에서 자신이 해온 일에 대해 귀띔을 해주었습니다. 그것은 인간의 존엄성을 파괴하고 어마어마한 고통을 가하는 실험으로, 부랑자들을 데려다가 실험을 했다고 하더군요. 그런데, 그의 신경계통도 완전히 파괴되어 비참한 상태에 놓여 있었습니다. 나는 그를 우리 집 다락방의 침대에 옮겨 놓고 그 다음 날 여러 가지를 물어 볼 참이었습니다, 어리석게도."

"그 사람들이 그를 어떻게 포섭했을까요?"

포와로가 눈을 크게 뜨면서 물었다.

"그건 모를 일이오. 그날 밤 문득 잠을 깨보니, 우리 집이 화염에 휩싸여 불타고 있더군요. 다행히도 나는 목숨을 건질 수가 있었지요. 나중에 조사를 해보니, 강한 불길이 위층을 다 태웠고, 또한 다락방에 있었던 그 젊은 화학자는 완전히 숯이 되어 있었습니다."

나는 진지하게 말하는 그의 모습을 보면서, 잉글스는 자신의 모든 재능을 다 쏟으면서 설명하고 있는 것 같다는 생각을 했고, 또한 그 사람도 자신의 얘기에 넋을 빼고 있다는 것을 알 수 있었다. 왜냐하면, 그가 이야기를 한 다음에 겸연쩍게 웃었기 때문이다. 그가 계속 말을 이었다.

"그러나, 물론 나는 아무런 증거를 가지고 있지 않으니, 당신도 다른 사람들처럼 내가 지나치게 외곬으로 생각하고 있다고 얘기할는지도 모르겠군요."

"아니, 그 반대입니다." 포와로는 조용히 말을 했다.

"우리는 당신의 말을 믿어야만 할 이유가 있습니다. 우리들은 리창옌에 대해서 관심이 많거든요."

"리창옌에 대해 알고 싶어 한다니 정말 이상하군요. 영국에 있는 사람이 그에 대해 알고 있으리라고는 상상도 못 했었습니다. 나는 오히려 당신들이 어떻게 그에 대한 얘기를 듣게 되었는지를 알고 싶은데요—실례가 안 된다면."

"좋습니다. 어떤 사람이 무엇엔가 쫓겨서 내 방으로 피해 들어왔습니다. 그는 쇼크를 받은 듯 상태가 극히 좋지 않았지만, 가까스로 입을 열고서 리창옌에 대해 관심을 불러일으킬 만한 말을 했습니다. 그는 네 사람에 대한 설명을 하더군요. '빅 포'라고. 지금까지는 감히 상상도 하지 못할 조직이었습니다. 제1호는 리창옌이고, 제2호는 베일에 싸인 미국인, 제3호는 역시 정체불명의 프랑스 여자이며, 제4호는 소위 그 조직의 사형집행인, 즉 '파괴자'로 알려져 있다고 하더군요. 나에게 이런 정보를 제공해 준 그 사람은 이미 이 세상에 있질 않습니다. 지금 내가 말씀드린 '빅 포'에 대해 알고 계신 것이 있으신지요?"

"리창옌과는 상관없는 일인 듯도 하지만, 거기에 대해서는 말씀드릴 게 없군요. 그러나, 바로 최근에 들었든가, 아니면 읽은 적이 있는 것도 같습니다. 그 일과 깊이 관계된 일인 듯도 한데. 아, 내가 그것을 가지고 있습니다."

그는 일어서서 상감에다 옻칠을 한 캐비닛으로 갔다. 그런데, 그 캐비닛은 내가 지금까지 본 적이 없는 기묘한 것이었다.

그는 손에 종이 한 장을 들고서 되돌아왔다.

"여기 있습니다. 내가 그전에 상하이에서 만난 늙은 선원에게서 받은 편지입니다. 서릿발처럼 센 하얀 머리를 한 노인이었는데, 술을 마시면 곧잘 눈물을 흘리는 사람이었지요. 그런 행동은 알코올에 의한 광기인 듯했습니다."

그는 그 편지를 큰소리로 읽어 내려갔다.

친애하는 선생님께

선생님은 저를 기억하고 계시지 않을지도 모르겠습니다만 선생님은

일전에 상하이에서 저에게 좋은 계기를 마련해 주셨습니다. 지금 다시 한 번 저에게 호의를 베풀어 주시기 바랍니다. 이 나라를 빠져나가려면 돈이 있어야만 합니다. 저는 지금 이곳에 간신히 피신해 있는데, 언젠간 그들이 저를 잡으러 올 것만 같습니다. '빅 포'가 말입니다. 죽느냐 사느냐 하는 매우 중요한 기로에 서 있습니다. 돈은 많이 있지만 그 돈을 감히 손에 넣을 수가 없습니다. 그들에게 발각될 것이 두려워서 말입니다. 지폐로 200달러를 부쳐 주시면 고맙겠습니다. 꼭 갚아 드리겠습니다—맹세코 꼭 갚아 드리겠습니다. 안녕히 계십시오.

조나단 훼일리

"이 편지는 다트무어 국립공원(영국 남서부 데번 주)의 호파턴 마을에 있는 그래나이트 방갈로에서 부친 것이더군요. 이 편지를 받았을 때는 내가 어렵게 절약한 200달러를 나에게서 빼앗으려는 아주 유치한 방법이라고 생각했습니다. 이것이 필요하시다면……."

그는 그것을 건네주었다.

"정말 감사합니다. 지금 바로 호파턴으로 떠나야겠습니다."

"저런, 매우 흥미 있는 일인데, 나도 함께 가면 안 되겠습니까?"

"선생님이 동행을 하신다는데 내가 마다할 이유가 있겠습니까? 자, 어서 떠나도록 하시지요. 해 질 녘까지는 다트무어에 도착해야 하니까 서두르도록 합시다."

존 잉글스는 10분도 채 걸리지 않아 채비를 하고 나섰다. 우리는 곧장 패딩턴 역을 떠나 서부로 향하는 기차를 탈 수 있었다.

호파턴은 황무지 가장자리의 움푹 팬 오른쪽에 자리 잡고 있는 조그마한 마을로, 모어턴햄스테드(다트무어 국립공원 내 동북쪽에 위치)에서 9마일 떨어진 곳이었다. 우리가 도착한 것은 거의 8시가 다 된 시간이었으나, 6월 달이었기 때문에 여전히 날이 훤했다.

우리는 좁은 마을길로 차를 몰다가 길을 묻기 위해 차를 세웠다.

"그래나이트 방갈로라고요?" 그 노인은 반사적으로 대꾸를 했다.

"그래 나이트 방갈로를 찾는 게 사실입니까? 허!"

다시 한 번 그에게 우리가 찾는 곳을 확실히 말해 주었다. 그 노인은 길 끝의 자그마하고 어슴푸레한 빛을 발하고 있는 시골집을 가리켰다.

"저것이 그 방갈로요. 당신들은 경감을 만나러 왔나요?"

"경감이라뇨?" 포와로가 날카롭게 물었다.

"그게 무슨 얘기죠?"

"그럼, 아직까지 살인자에 대한 얘기를 못 들어보셨단 말입니까? 소름끼치는 일들을 아주 아무렇지도 않은 듯이 여기며, 피의 호수를 이루고 있다느니 하면서 사람들이 얘기하고 있습니다."

"맙소사!" 포와로는 중얼거렸다.

"그 경감을 곧 만나야겠습니다."

5분 뒤 우리들은 미도스 경감을 만날 수 있었다.

그 경감은 처음에는 무뚝뚝하게 대했는데, 런던경시청의 재프 경감의 이름을 듣고서는 이내 마음을 터놓고 대해 주었다.

"예, 선생님. 오늘 아침 살해당했는데, 소름끼치는 사건입니다. 이곳 사람들이 모어턴(모어턴햄스테드)으로 전화를 하자마자 제가 이곳으로 달려왔죠. 그랬더니 끔찍한 장면이 눈에 들어오더군요. 한 노인이, 일흔 정도의 나이에 안경을 쓴 노인이 거실 바닥에 죽은 채로 쓰러져 있었습니다. 머리에는 심한 타박상을 입었고, 목이 양쪽 귀까지 잘려 있었습니다. 그리고 사방 천지가 피투성이더군요. 그 노인의 식사를 만들어 준 베치 앤드루스라는 부인이 자기 주인한테서 자그마한 중국 비취를 여러 개 가지고 있다는 얘기를 들은 적이 있다고 하는데, 지금은 그것들이 없어졌다고 하더군요.

그런 것을 감안하면 강도 사건처럼 보이지만, 그런 관점에서 이 사건을 해결하려면 많은 어려움이 뒤따를 겁니다. 그 노인은 집에 사람 둘을 두고 살았더군요. 한 사람은 조금 전에 말씀드린 베치 앤드루스라고 호파턴 마을에 사는 여인이고, 또 한 사람은 좀 거친 남자 하인인 로버트 그랜트라는 사람입니다. 그런데, 그랜트는 평소처럼 농장으로 우유를 가지러 가서 집에는 없었고, 베치는 이웃집에 가서 잡담을 하고 있었다더군요. 그 여자는 단지 20분 정도만(10시에서 30분 사이에) 밖에 나가 있었는데, 사건은 그 시간에 발생한 게 틀림없습니다. 그랜트가 그 사건이 일어난 뒤 집에 가장 먼저 돌아왔습니다.

그는 뒷문으로 집에 들어갔는데 문이 열려 있었다고 하더군요. 이 지방에서는 아무도 문을 걸어 잠그고 다니지는 않았습니다. 무슨 일이 있어도 대낮에는 말이죠. 그 사람은 집에 들어가서 주방에다 우유를 놓고선 자기 방에 들어가서, 신문을 읽고 담배를 피웠답니다. 적어도 그의 얘기로는 심상치 않은 일이 발생했다는 생각은 전혀 안 들었다더군요. 그런데, 밖에 있던 베치가 집에 돌아와 거실로 가서는 사건 현장을 보고서, 죽은 주인을 부둥켜안고 째지는 소리로 비명을 지르며 흔들어 깨우려고 했답니다.

이런 얘기들은 믿을 만한 것 같습니다. 하인 두 사람은 밖에 나가고 없었는데, 그 가엾은 노인 혼자 집에 남아 있는 사이에 누군가가 집에 침입하여 그런 일을 저지른 것이라 생각됩니다. 그런데, 범인은 아주 냉혹한 놈이라는 생각이 순간적으로 뇌리를 스치더군요. 범인은 마을 도로로 곧장 갔거나, 아니면 다른 집 뒷마당으로 살금살금 달아난 게 틀림없습니다. 선생님도 보시다시피, 그래나이트 방갈로는 사방으로 모든 집과 이어져 있는데, 아무도 그 범인을 본 사람이 없다니 도대체 어찌된 일이겠습니까?"

경감은 과시하는 듯한 표정을 지으며 말을 멈추었다.

"아, 나는 당신이 말한 것을 이해할 수 있을 것 같군요." 포와로가 말했다.

"계속 얘기해 주시겠습니까?"

"좋습니다. 계속하지요. 정말 이상한 일이었습니다. 마음속으로 의심스럽다는 생각을 한두 번 해본 것이 아닙니다. 그러고 나서 여러 가지에 대해 심각하게 생각해 보기 시작했습니다. 중국 비취 얘기 말인데요, 부랑자 같은 사람이 과연 그 비취가 값진 물건이라는 것을 알 수 있을까요? 게다가, 그와 같은 끔찍한 일을 대낮에 버젓이 저지르다니, 미친놈이 아니고서야 어찌 감히 그럴 수 있겠습니까? 또 그 노인은 소리를 지르며 도움을 요청했을 텐데요."

"경감님─" 잉글스가 말을 했다.

"머리 위에 있는 시퍼런 멍은 죽기 전에 생긴 것이 아닐까요?"

"예, 바로 그겁니다. 먼저 주먹으로 후려쳐서 기절을 시킨 다음, 목을 찌른

거겠지요. 이것만은 분명합니다. 그런데 문제는, 그 무지막지한 놈이 어떻게 들어와서 사건을 저지르고 어떻게 나갔느냐는 점입니다. 여기처럼 조그마한 지방에서는 이곳에서 살지 않고 다른 지방에서 온 사람은 쉽게 눈에 띄는 법이거든요. 그런데, 아무도 범인을 본 사람이 없다니, 분명 범인은 다른 곳에서 온 낯선 사람은 아닐 겁니다. 여러 가지 조사를 해보았는데, 사건이 일어난 날에 이곳에는 비가 내렸다고 하더군요. 그래서 부엌에는 들어오고 나간 발자국들이 선명하게 나 있었고, 거실에는 두 종류의 발자국이 있었는데(베치 앤드루스의 발자국은 문 앞에서 끊겨 있었습니다), 훼일리 노인의 발자국(그는 양탄자 위에서 신는 슬리퍼를 신고 있었습니다)과 다른 사람의 것이었습니다. 다른 사람의 발자국은 핏자국으로 된 것이었는데, 나는 그 피범벅 된 발자국을 추적했습니다. 괜찮겠습니까?"

"괜찮습니다." 잉글스가 입가에 가벼운 미소를 띠며 말했다.

"그 형용사를 이해하겠습니다."

"나는 부엌까지 핏자국을 따라갔습니다. 그런데, 거기에서 발자국은 끊기고 'No.1'이라는 표시가 있었습니다. 그리고 로버트 그랜트의 방 문지방에 희미한 얼룩(혈흔)이 있었습니다. 거기에 또 'No.2'라는 표시가 있더군요. 'No.3'라는 표시는 내가 그랜트의 부츠를 들어 보니(그는 그것을 벗어 놓고 있었습니다) 그 부츠에 쓰여 있더군요. 그것으로 이 사건은 해결이 되었습니다. 이 범죄는 내부 사람의 소행인 거지요. 나는 그랜트를 체포했습니다. 게다가 그가 여행가방에 짐을 꾸려 놓은 걸 발견했는데, 어떻게 생각하십니까? 그 가방에는 작은 비취와 차표가 들어 있었습니다. 로버트 그랜트는 또한 에이브러햄 빅스라는 이름을 갖고 있기도 했는데, 5년 전에 흉악한 범죄와 주거침입죄로 유죄를 선고받은 적이 있었습니다."

경감은 의기양양한 표정을 지으며 말을 끊었다.

"그 점에 대해 어떻게 생각하시는지요, 포와로 씨?"

"내 생각으로는 이 사건은 완전범죄처럼 보이는군요. 놀랍도록 완벽한 범죄. 그 빅스라고도 하고 그랜트라고도 하는 하인은 어리석은 사람이거나, 교육을 전혀 받지 못한 사람이 아닌가요?"

"오, 그자는 매우 난폭하지만 우둔한 사람이었습니다. 그 발자국이 무엇을 뜻하고 있는지도 모르는 친구였어요."

"아마도 그 하인은 추리소설도 읽어 보지 못한 사람일거요! 아무튼 수고했습니다. 그런데, 경감, 우리가 사건 현장을 볼 수 있을까요?"

"지금 내가 직접 안내해 드리지요. 당신이 직접 그 발자국을 보셨으면 합니다."

"예, 나도 그 발자국이 보고 싶군요. 매우 흥미롭고 재미있는 사건입니다."

우리들은 곧장 움직였다. 잉글스와 경감이 앞서 걸었다.

나는 경감에게서 들은 얘기를 포와로와 다시 나누기 위해 약간 뒤처져서 걸었다.

"포와로, 눈으로 직접 보시면 무슨 새로운 사실을 발견할 수 있을 것 같습니까?"

"그것이 바로 문제라네. 훼일리 노인은 편지에서 '빅 포'가 자신의 주위에 있다고 얘기를 했는데, 나와 자네가 다 알다시피 빅 포는 어린애들에게는 도깨비와 같은 것이잖은가? 그런데, 모든 상황은 그랜트라는 사람이 그 죄를 범했다는 쪽으로 기울고 있는 듯하네. 그럼, 왜 그는 그런 짓을 했을까? 단지 그 조그만 비취를 얻기 위해서였을까? 아니면, 그는 빅 포의 명령을 받은 하수인이란 말인가? 내 생각으로는 후자일 가능성이 더 크다고 보네.

비취가 아무리 값이 많이 나가는 보석이라 해도, 그런 하류계층의 사람들은 그 사실을 알지도 못할 걸세—어쨌든 그 비취 때문에 살인을 저지르지는 않았다는 데에 주의를 해야 하네. (그 점에 대해서 예를 들어 그 경감에게 귀띔을 해줬어야 했는데) 그는 살인을 하기 위해 온 것이 아니라, 단지 비취만을 노리고 온 걸세. 아, 그래, 나는 그 대븐혀 친구가 머리를 쓰지 않았다는 생각이 드네. 그는 발자국은 조사했네만, 필요한 순서와 방법에 따라 자기 생각을 재정립하지 못한 거야."

제4장

중요한 단서가 된 양의 다리

경감은 주머니에서 열쇠를 꺼내어 잠겨 있는 그래나이트 방갈로의 문을 열었다. 날씨는 매우 화창했으며 건조했다. 그래서 발자국이 찍히지 않을 것 같았는데도, 우리는 집 안으로 들어가기 전에 신발을 현관 앞에 깔려 있는 신발 닦개에 조심스럽게 닦았다.

부인 하나가 어둠 속에서 다가와 경감에게 말을 걸자 경감은 그때서야 옆을 쳐다보았다. 그러고는 우리 쪽은 바라보지도 않은 채 말을 했다.

"구석구석 잘 조사해 보십시오, 포와로 씨. 눈에 보이는 곳은 샅샅이. 저는 일이 있어서 나갔다가 한 10분 뒤에 돌아오겠습니다. 그리고, 여기 그랜트의 부츠가 있는데, 당신 생각과 비교해 보려고 가져왔습니다."

우리는 거실로 들어갔다. 밖에서는 경감의 발소리가 멀어져 갔다. 잉글스는 구석에 있는 테이블 위의 중국 골동품에 매혹 당했는지, 그것들을 감상하기 위해 그쪽으로 발걸음을 옮겼다. 그는 포와로가 하고 있는 일에는 흥미가 없는지 관심조차 기울이지 않았다.

그와는 반대로, 나는 숨을 죽이고 포와로의 행동 하나하나를 주의깊게 바라보았다. 바닥에는 짙은 녹색의 리놀륨이 깔려 있어서 발자국이 잘 드러났다. 앞쪽에 있는 문은 작은 부엌과 통해 있었고, 그곳의 문 하나는 식기를 씻는 곳에 연결되어 있었다(그곳에는 뒷문이 있었다). 그리고, 다른 문 하나는 로버트 그랜트가 기거하던 방과 연결되어 있었다.

방바닥을 조사하던 포와로가 아주 작은 목소리로 혼자 중얼거리듯 나에게 말했다.

"여기가 시체가 있던 자리군. 크고 새카만 핏자국과 튀긴 핏자국이 상당히 많이 있네. 슬리퍼의 흔적과 '9호 치수'의 부츠가 나를 혼란스럽게만 만들고 있네. 그런데, 두 개의 통로는 모두 부엌과 연결되어 있구먼. 그러니, 누가 살인자라 해도 범인은 그곳을 통해서 들어오지 않을 수가 없었겠지. 자네, 부츠를 가지고 있지, 헤이스팅스? 부츠 좀 줘보게나."

포와로는 바닥에 찍혀 있는 발자국과 부츠를 조심스레 비교해 보았다.

"흠, 두 개 모두 동일인물의 것일세. 로버트 그랜트 말이야. 그 사람은 저곳으로 들어와서 그 노인을 죽이고는 부엌을 통해 도망친 걸세. 그는 피 발자국을 남기고 갔는데, ㄱ 핏자국을 살펴보겠나? 부엌에서는 아무것도 발견할 수가 없어. 마을의 모든 사람들이 바깥에서 왔다 갔다 하고 있을 때 그는 자기 방으로 들어간 걸세─아니, 우선 그는 범행 장소에 다시 왔었네. 비취를 가지고 가기 위해서였을까? 아니면, 자기가 범인이라는 사실을 밝혀 주게 되는지도 모를 어떤 흔적을 남기고 간 것이 생각나서?"

"아마도 그는 두 번째 들어왔을 때 노인을 살해하지 않았을까요?"

내가 말을 했다.

"천만에. 자네는 이 현장을 잘 관찰하지 않았군. 바깥으로 향해 있는 피 묻은 발자국이 안으로 향한 발자국 위에 찍혀 있네. 이상한 점은, 그가 무엇 때문에 다시 돌아왔느냐 하는 거야. 그 작은 비취가 나중에 생각이 나서? 그건 어리석은 짓일세. 아주 어리석어."

"그럼, 그 자신이 스스로 정체를 폭로한 것이 되겠군요."

"그런 것은 아닐세, 헤이스팅스. 그것은 논리에 맞질 않아. 다시 침실로 들어가 보세. 아, 그래, 저곳 문지방에 피가 번진 흔적과 발자국이 있었네. 피 묻은 발자국 말이야. 로버트 그랜트의 발자국만이 시체 옆에 나 있었어. 로버트 그랜트만 ㄱ 방 가까이 갔었다는 사실은 의심할 바가 없네. 흠, 그렇다면……."

"그럼 그 늙은 여자가?" 나는 놀라서 물었다.

"그녀는 그랜트가 우유를 가지러 갔을 때 집에 혼자 있었다지 않습니까? 그러니까, 그녀가 그 노인을 죽이고서 나갔을 수도 있지 않을까요? 만일 그녀가 바깥에 있지 않았다면 그녀의 발자국이 하나도 남아 있지 말았어야 하는 것 아닌가요?"

"좋네, 헤이스팅스. 그런데, 자네는 어떻게 해서 그와 같은 생각을 하게 됐나? 나도 이미 그 점에 대해 생각을 했었는데, 그럴 가능성은 없다고 일축을 해버렸었네. 베치 앤드루스는 이 지방 출신 여자인데다 이 주위에서는 잘 알려져 있어. 그녀는 빅 포하고는 아무런 관계가 없는 인물일 걸세. 게다가, 그 죽은 휄일리 노인은 힘이 센 사람이었는데, 어떻게 여자의 힘으로—? 이 사건은 남자의 소행이지, 여자의 소행이 아니야."

"내 생각으로는 빅 포가 이렇게 은밀한 장소에서 그처럼 극악무도한 범행을 저질렀을 것 같지는 않습니다. 감쪽같이 들어와서 노인의 목을 찌르고, 다시 돌아와 확인을 하는 일 말입니다."

"천국으로 연결된 야곱의 사다리처럼 말인가? 헤이스팅스, 자네도 제법 쓸 만한 추리를 잘하곤 하는데, 거기에 항상 한계가 있는 것이 못내 아쉽기만 하네."

나는 아무 소리도 할 수가 없었다. 다만 얼굴만 붉히고 있어야 했다. 포와로는 쉬지 않고 이리저리 왔다 갔다 하면서, 얼굴에는 매우 불만족한 표정을 띠고서 방과 찬장을 계속 조사했다. 그러던 그가 갑자기 포메라니안 종의 작은 개를 연상시키는 듯한 흥분한 목소리로 소리를 꽥 질렀다.

나는 그에게로 얼른 달려갔다. 그는 식료품실에서 매우 극적인 표정을 짓고서 있었다. 그는 손에 양의 다리를 들고서 휘두르고 있었다.

"포와로, 무슨 일입니까? 갑자기 정신이 이상해진 것 아닙니까?"

"이 양고기를 눈여겨보게나, 주의깊게!"

나는 가능한 한 세심하게 그것을 살펴보았으나 이상한 점은 아무것도 발견할 수가 없었다. 그것은 내가 보기에는 이상할 것이라고는 하나도 없는 보통의 양다리였다. 나는 아주 평범한 양다리라고 포와로에게 말했다. 그러자, 포와로는 나에게 한심하다는 듯한 눈초리를 보냈다.

"이것이 안 보이나, 이것이?"

그는 고기를 툭툭 두드리며 무엇인가를 알아차리라는 듯이 재촉했다. 하지만, 고기에는 얼음이 엉겨 붙어 있을 뿐이었다.

포와로는 나의 상상력의 한계를 탓하면서 어느 때보다도 매우 흥분해 있었다. 그는 이 얼음으로 뒤덮인 고깃덩어리를 치명적인 독약으로라도 생각하고 있는 것인가? 그것이 그가 흥분해 있는 것을 보면서 내가 생각해 낼 수 있는 전부였다.

"냉동 고기잖습니까?" 나는 조용히 대답했다.

"뉴질랜드에서 수입된─당신도 아시다시피."

그는 한동안 나를 쳐다보다가 갑자기 이상야릇한 소리를 내며 웃어젖혔다.

"헤이스팅스! 이 얼마나 놀라운 사실인가! 그 살인자는 모든 것을 알고 있었던 걸세, 모든 것을."

그는 그 양다리를 접시에 내려놓고는 그 방을 나갔다. 그러고는 창문을 통해 바깥을 바라보았다.

"저기 경감이 오고 있군. 이제 조사할 만한 것은 죄다 조사를 했네."

그는 무심코 테이블을 톡톡 두드렸다. 무엇인가를 계산하는 눈치였다. 그러던 그가 갑자기 내게 질문을 했다.

"오늘이 무슨 요일이더라?"

"월요일인데요." 나는 짐짓 놀라며 대답했다.

"왜 그러시죠?"

"아, 월요일이라? 기분 나쁜 요일이구먼. 월요일에 살인을 저지른 것이 실수였네."

거실로 되돌아가면서, 그는 벽에 놓인 유리컵을 톡톡 두드리다가 온도계를 주의깊게 쳐다보았다.

"좋은 날씨구먼. 섭씨 21도라. 전형적인 영국의 여름 날씨야."

잉글스는 여전히 많은 중국 도자기를 들여다보고 있었다.

"당신은 이 사건에는 관심이 없습니까?" 포와로가 물었다.

잉글스는 가볍게, 아주 희미한 미소를 입가에 흘렸다.

"당신도 아시다시피, 그것은 내 일이 아니지요. 나는 미술품을 좀 감정할 줄 안답니다. 이 도자기류에 대해선 별로 아는 것이 없지만요. 그래서, 나는 다만 뒷전에 서서 방해가 되지 않으려고 할 뿐입니다. 나는 동양에서 인내하는 법을 배웠거든요."

경감이 안으로 들어와서, 오랫동안 나갔다 온 것에 대해서 사과를 했다. 그는 다시 우리를 이곳저곳 안내하겠다고 했으나, 우리는 끝내 사양하고 그 집에서 나왔다.

"당신의 호의에 어떻게 감사를 드려야 할지 모르겠군요."

마을길을 걸어 내려오면서 포와로가 경감에게 감사의 말을 건넸다.

"그런데, 당신에게 한 가지 더 청할 일이 있는데, 어떡하죠?"

"시체를 직접 보고 싶어 하시는 것은 아닌지요?"

"아, 그게 아닙니다. 나는 시체에 대해선 조금도 관심이 없습니다. 다만 로버트 그랜트를 만나고 싶을 뿐인데요. 어떻게, 가능하겠습니까?"

"그 사람을 만나려면 저와 함께 모어턴으로 차를 타고 가셔야 되는데, 괜찮겠습니까?"

"아, 좋습니다. 그렇게 하지요. 그런데, 그를 만나서 단둘이 할 얘기가 있는데……."

경감은 입술을 손으로 만지작거리면서 난감한 표정을 지었다.

"그 점에 대해선 제가 무어라 말씀드릴 수가 없군요."

"당신이 런던경시청과 통화를 하면 허락을 받아낼 수 있을 텐데요."

"물론 선생님에 대해선 익히 들어 알고 있습니다. 그리고 선생님이 우리에게 매번 도움을 주신다는 것도 알고 있습니다만, 그러한 것은 매우 변칙적인 일이라서요."

"그렇지만, 그 일은 꼭 해야만 되는 겁니다."

포와로는 매우 조용히 말했다.

"그것은 다음과 같은 이유 때문에 꼭 필요한 것이지요. 즉, 그랜트가 살인자가 아니라는 이유 때문에 말입니다."

"뭐라고요? 그러면 누가?"

"살인범은, 내 생각으로는, 젊은 사람입니다. 그는 2륜 마차를 그래나이트 방갈로로 몰고 와서 밖에 세워둔 채 집 안으로 들어와 살인을 저지르고는, 밖으로 나가 다시 마차를 타고 그 마을을 빠져나갔습니다. 그는 모자를 쓰지 않았으며, 그의 옷에는 혈흔이 희미하게 남아 있습니다."

"그렇다면, 마을 사람들이 그를 목격했어야 하는 것 아닌가요?"

"어떤 상황 아래에선 그렇지 않을 수도 있지요."

"어두운 때라면 아마 그럴 수 있겠지만, 범행은 환한 대낮에 이루어지지 않았습니까?"

포와로는 다만 미소만 지어 보일 뿐이었다.

"그리고, 말과 마차는 어떻게 설명하시겠습니까? 분명히 바퀴 자국이 바깥에 죽 나 있어야 하는데, 특별히 눈에 띌 만한 자국을 발견할 수 없었잖습니까?"

"육체의 눈으로 보아선 보이지 않고, 영혼의 눈으로만 볼 수가 있지요."

경감은 나를 바라보며 흰 이를 드러내고 웃으면서, 자기 앞이마를 의미심장하게 쓰다듬었다. 나는 무척 당황해 하지 않을 수 없었지만, 그래도 일단 포와로의 말에 수긍을 했다. 계속된 논쟁은 모어턴에 도착해서야 끝이 났다.

포와로와 나는 그랜트가 있는 곳으로 안내되었다. 그러나, 면회 중에는 경찰이 입회하기로 되었다. 포와로는 곧바로 요점으로 들어가 묻기 시작했다.

"그랜트, 나는 이 사건에서 당신에게 아무런 혐의가 없다는 사실을 믿고 있소. 무슨 일이 일어났는지에 대해 직접 나에게 말해 줄 수 있겠소?"

그 용의자는 보통 키에 약간 기분 나쁜 얼굴을 하고 있었으며, 전과자 같다는 생각이 들었다.

"하나님께 맹세코, 저는 그런 짓을 하지 않았습니다."

그는 흐느껴 울기 시작했다.

"누군가가 유리컵 조각들을 제 마차에다 갖다 놓았습니다. 음모예요. 틀림없어요. 저는 집으로 돌아와 곧장 제 방으로 들어갔을 뿐이라고요. 저는 베치가 비명을 질러댄 뒤에야 사건이 발생한 것을 알았습니다. 하나님께 맹세하건데, 제가 한 짓이 아닙니다."

포와로는 일어섰다.

"만일 사실대로 나에게 말해 주지 않으면 바로 끝장이란 것을 분명히 알아야 해요."

"그런데—."

"당신은 방에 들어갔어요. 그리고 당신 주인이 죽었다는 것을 알았소. 그러고는 베치가 그 무시무시한 광경을 목격했을 때는 당신은 그곳에서 도망치려 준비하고 있지 않았소?"

그는 입을 벌리고 포와로를 한동안 바라보았다.

"자, 그렇게 한 것이 사실이잖소? 진실로, 지금 이 순간이 당신에겐 유일한 기회라는 것을 말해 주고 싶소"

"예, 그랬습니다." 그가 갑작스레 말을 꺼냈다.

"선생님이 말씀하신 대로입니다. 저는 집으로 들어가서 곧장 주인에게로 갔습니다. 그런데, 그분이 거기에 있었어요. 마룻바닥에 죽은 채로 쓰러져서 말입니다. 온 방 안이 피투성이였어요. 저는 솔직히 말씀드려 무서웠습니다. 경찰은 제 전과를 추적해 내고는 제가 주인을 죽였다고 할 것이 분명했어요. 저는 그 순간 오직 빨리 그곳을 빠져나가자는 생각뿐 아무것도 머리에 떠오르지 않았습니다. 그 시체가 발견되기 전에 즉시—."

"그러면 비취는?"

그는 머뭇거렸다.

"그걸 어떻게……?"

"당신은 본능 같은 것에 의해 그것을 가져간 게 아니오? 당신은 주인이 그 값진 물건에 대해 얘기하는 것을 들은 적이 있었기에, 그것을 통째로 가져간 것이오. 그러한 점은 이해를 할 수 있소. 자, 이 점에 대해 나에게 설명해 줄 수 있겠소? 그 비취를 가지고 나온 것은 방 안에 두 번째로 들어갔을 때가 아닌가요?"

"저는 그 방에 한 번밖에 들어가지 않았습니다. 그 끔찍한 광경은 한 번으로도 충분했으니까요."

"틀림없소?"

"정말입니다."

"아, 좋소. 감옥에서는 언제 출옥했소?"

"2개월 전입니다."

"어떻게 그 일자리를 구할 수 있었소?"

"전과자 갱신협회를 통해서였습니다. 늙은 영감 하나가 출옥할 때 기다리고 있더군요."

"어떻게 생긴 사람이었지요?"

"확실치는 않지만, 목사였던 것 같습니다. 부드러운 천의 검은 모자를 쓰고 있었고, 점잖을 빼며 얘기를 하더군요. 앞니는 부러져 있었고, 안경을 쓰고 있었지요. 그분의 이름은 손더스라는 것 같았어요. 그분은 저에게 회개하길 바란다고 했고, 또한 좋은 일자리를 찾아 주겠다는 말도 했습니다. 저는 그분이 알선해 주는 대로 훼일리 노인 댁으로 간 겁니다."

포와로는 한 번 더 몸을 일으키며 그에게 말을 했다.

"고맙소. 이제 모든 것을 알겠군. 용기를 가지시오."

그는 걸어 나오다가 문 앞에서 걸음을 멈추고서는 한 가지 질문을 했다.

"손더스가 당신에게 부츠를 주었지요, 그렇지 않은가요?"

그랜트는 매우 놀라는 듯한 표정을 지었다.

"예, 그분이 저에게 주었습니다. 그런데, 그것을 어떻게 알고 계시지요?"

"그런 사실을 알아내는 것이 나의 임무요."

포와로가 심각하게 말을 했다.

경감과 잠깐 얘기를 나눈 뒤에 우리 세 사람은 화이트 하트 식당으로 가서 달걀과 베이컨, 그리고 데븐셔 사이다로 배를 채웠다.

"어떤 단서라도?" 잉글스가 미소를 지어 보이며 물었다.

"예, 이 사건은 이제 분명해졌소. 그런데, 그것을 증명해 내려면 많은 어려움이 따를 것 같군요. 훼일리는 빅 포의 지령에 의해 살해된 것이지, 그랜트에 의해서 살해된 게 아니오. 매우 똑똑한 친구가 그랜트에게 그곳에 일자리를 마련해 주고서는, 교묘하게 그를 희생양으로 이용한 것이지요. 그랜트의 전과를 이용해서 말이오. 그는 똑같은 신발 두 켤레를 구해서 한 켤레는 자신이 갖고 있었던 겁니다. 모든 게 너무도 명백합니다. 그랜트는 밖으로 심부름을 나가고, 베치는 옆집으로 놀러 나간 틈을 타(아마도 놀러 다니는 것이 그녀의 일상생활인 것 같소) 그는 똑같은 그 부츠를 신고 마차를 몰고 와서, 부엌을 통해 거실로 들어가서는, 노인을 주먹으로 쳐서 쓰러뜨린 뒤에 목을 찌른 것이지요. 그러고는 부엌으로 다시 돌아와 부츠 대신 다른 신발로 갈아 신고는 신발장에 있던 그랜트의 부츠와 바꾸어 놓고, 마차를 몰아 도망을 친 겁니다."

잉글스는 찬찬히 포와로를 쳐다보고 있었다.

"아직도 거기에는 문제점이 있습니다. 왜 아무도 그 범인을 보았다는 사람이 없나요?"

"아, 그것이 바로 영리한 제4호가 왔었다고 확실히 말할 수 있는 점이지요. 아직 그를 본 사람은 없소. 그는 푸줏간의 마차를 몰고 온 것이지요."

나는 탄성을 질렀다.

"양다리?"

"맞네, 헤이스팅스 그 양다리 말일세. 모든 사람들이 그날 아침 아무도 그래나이트 방갈로에 오지 않았다고 믿고 있지만, 나는 식료품실에서 양다리를 발견했네. 그것도 냉동된 것을. 그날 아침에 분명히 배달된 것이라는 사실을 그것으로 알 수가 있지. 왜냐하면, 만일 토요일에 배달이 되었다면 요즘처럼 더운 날씨에 이틀씩이나 언 채로 그냥 있을 수는 없는 노릇이거든. 누군가가 방갈로에 왔다 간 것은 확실한데, 핏자국 추적에 열을 올리는 사람들은 그 점에 대해선 아무런 관심도 기울이지 않았다네."

"교묘한 놈이군." 잉글스가 이해가 되는 듯이 외쳤다.

"그렇지요. 그 제4호란 놈은 교묘하기가 이를 데 없소."

"그렇지만, 에르퀼 포와로만큼 교묘하겠습니까?" 나는 중얼거렸다.

포와로는 나에게 위엄 있게 꾸짖는 듯한 눈길을 보냈다.

"농담은 그만하고—." 그는 심각하게 말을 이었다.

"아무런 죄도 없이 교수대로 가게 될 사람을 구해 낼 순 없을까? 흠, 그건 하루면 충분할 걸세."

제5장

과학자의 실종

나 개인적으로는, 배심원들이 '빅스'라 불리는 로버트 그랜트가 조나단 훼일리 영감의 살인자가 아니라는 판결을 내릴 때까지도 그렇게 생각하지 않았었다. 미도스 경감도 전적으로 그의 유죄를 확신하고 있었다.

그가 내놓은 그랜트에게 불리한 증거들—그랜트의 전과기록, 그가 훔친 비취, 발자국과 정확하게 들어맞는 부츠 등은 너무나 완벽했기에 쉽사리 뒤집혀지지 않았었다. 그러나, 포와로는 그의 결백을 주장하며 배심원들을 납득시켰다. 푸줏간의 마차가 월요일 아침 방갈로에 가는 것을 보았다는 증인이 두 명 나타났고, 또 그 푸줏간 주인이 나서서 자기 마차는 수요일과 금요일에만 그곳에 갈 뿐이라고 증언했다.

심문이 계속되는 동안에 푸줏간 사람이 방갈로에서 떠나는 것을 보았다는 여자가 나타났으나, 그 여자는 자기가 본 남자의 모습이 어떻다는 것을 확실히 기억해 내지 못했다. 다만 그가 말끔히 면도를 했고, 보통 키에 정말 푸줏간 주인처럼 생긴 사람이었던 것 같다는 말밖에 하지 못했다.

이런 증인들의 말에 포와로는 어깨를 철학자처럼 으쓱거렸다.

"내가 말한 그대로일세, 헤이스팅스." 재판이 끝난 뒤에 그는 내게 말했다.

"그는 그런 점에 있어서는 예술가일세. 그는 가짜 수염이나 파란 선글라스 따위로 변장하는 게 아니라, 자기 얼굴을 완전히 바꿔 버리는 것일세. 그런데, 그것도 다만 일부에 지나지 않아. 일시적으로 그는 자신이 원하는 사람이 되는 걸세. 그러면서 그 사람의 방식대로 행동하는 거야."

나는 한웰에서 우리를 찾아온 그 사람이 진짜 정신병자 수용소 직원 같았다는 사실을 생각하지 않을 수 없었다. 나는 그가 진짜 그런 사람이라는 생각을 하지 말았어야 했다. 그것은 다소 실망스러운 일이었고, 다트무어에서의 일은 우리에게 아무런 도움을 주지 못하는 것 같았다.

나는 아주 여러 번 포와로에게 그런 얘기를 했지만, 그는 우리가 아무런 소득도 얻지 못했다는 내 얘기를 받아들이려 하지 않았다.

"우리는 계속 이 일을 해나가야 해, 계속해서." 그가 말을 했다.

"그자를 만날 때마다 우리는 그의 마음과 방법에 대해 조금씩 알게 될 걸세. 하지만 그는 우리에 대해서, 그리고 우리의 계획에 대해서는 아무것도 알지 못할 거야."

나는 항의를 했다.

"그렇다면, 포와로, 나도 그자와 별반 다를 것 없는 입장인 것 같습니다. 내가 보기에 당신은 아무런 계획도 가지고 있지 않은 것 같고, 다만 앉아서 그가 어떤 일인가를 해주길 기다리고 있는 것만 같거든요."

포와로는 가벼운 웃음을 흘렸다.

"이 사람아, 자네, 사람이 변한 것 같네. 항상 목구멍에 무엇인가가 걸린 사람 같구먼."

그때 문을 두드리는 소리가 들렸다.

"지금, 자네 실력을 발휘할 좋은 기회가 왔네. 우리의 친구가 온 것 같은데."

재프 경감과 다른 사람이 들어오는 것을 보고 내가 실망하는 표정을 짓자, 포와로는 그것을 보고서 웃음을 터뜨렸다.

"안녕들 하십니까?" 경감이 말했다.

"미국 정보부의 켄트 대위를 소개하겠습니다."

켄트라는 인물은 키가 크고 홀쭉한 미국인이었는데, 마치 나무를 대패질해서 만든 얼굴처럼 매우 냉정한 표정을 하고 있었다.

"만나 뵙게 되어 반갑습니다."

그가 맞잡은 손을 세게 흔들면서 중얼거렸다.

포와로는 조금 크다 싶은 통나무를 불에 집어넣고는 의자를 더 편하게 해서 앉았다. 나는 유리잔에다 위스키와 소다수를 따라 내왔다. 그 대위라고 하는 사람은 목이 타는지 잔을 죽 들이키고는 고맙다고 말했다.

"당신네 나라의 예절은 여전히 철저하군요." 그가 힘주어 말을 했다.

"여기에 온 이유는—." 하고 재프가 말을 꺼냈다.

"여기 포와로 씨가 나에게 몇 가지를 부탁하셨는데, '빅 포'라는 이름에 흥미를 느끼고 있으니 언제든 내가 일을 하다가 그것에 관한 얘기를 듣게 되면 알려 달라고 하셨지요. 나는 지금 그 일에 대해 그다지 많은 정보는 갖고 있지 않지만, 포와로 씨가 한 얘기가 생각나서 이렇게 찾아왔습니다. 켄트 대위가 좀 흥미 있는 얘기를 갖고 왔으니 들어보도록 하시지요. 포와로 씨, 시작할까요?"

포와로는 켄트 대위의 맞은편에 앉았다. 그 미국인이 얘기를 꺼냈다.

"포와로 씨, 당신은 수많은 어뢰정과 구축함이 미국 연안에서 암초에 걸려 침몰했다는 기사를 읽은 기억이 있겠지요? 그 사건은 바로 일본에서 지진이 발생한 직후였는데, 원인은 그때 일어난 해일에 의한 것이었다고 설명되었지요. 그러다가 얼마 전에 두 명이 체포되었는데, 그들은 그 사건에 새로운 단서가 될 만한 사실이 기록된 서류를 가지고 있었지요. 그 서류는 '빅 포'라고 불리는 조직에 대한 것이었는데, 강력한 무선시설의 설치에 대한 설명이 들어 있었습니다—지금까지 만들어진 것보다 훨씬 강력한 무선 에너지를 이용해서 전파를 특정한 지점으로 보내는 시설이지요. 이러한 시설물을 만드는 계획은 일견 터무니없이 어리석은 일처럼 보였지만, 아무튼 그것이 무슨 의미가 있을 것 같아서 상부에 그 서류를 올렸더니, 좀 안다하는 사람들이 그 서류를 검토하기 시작했습니다. 당신네 영국의 과학자 중 한 사람도 영국 학술협회에서 그에 대한 논문을 발표한 적이 있더군요. 그런데, 그 당시에는 동료들의 호응을 얻지 못했었습니다. 동료들은 무리하고 가당찮은 계획이라고 했는데, 그 사람은 조금도 물러서지 않고 실험이 성공 단계에 거의 도달했다고 발표를 했답니다."

"그래서요?" 포와로가 흥미를 갖고 물었다.

"나는 이곳에 와서 그 사람을 만나보라는 명령을 받았습니다. 아주 젊은 사람인데, 이름은 할리데이라더군요. 그는 그 분야에 대해선 권위자라고 합니다. 내 임무는 과연 그 계획이 성공할 수 있는가를 알아보는 겁니다."

"그것이 무엇인데요?" 이번엔 내가 관심을 갖고 물었다.

"그것은 나도 모르는 일입니다. 나는 할리데이 씨를 만난 적도 없고, 또 만날 수 있을 것 같지도 않습니다. 어떤 형태로든 말입니다."

"중요한 사실은—." 재프가 끼어들었다.

"할리데이 씨가 실종되었다는 겁니다."

"예? 언제요?"

"2개월 전입니다."

"그가 실종되었다는 신고가 들어왔습니까?"

"물론 들어왔지요. 그의 아내가 몹시 흥분해서 찾아왔었습니다. 우리는 가능한 한 모든 방법을 동원해서 노력을 해보았습니다만, 아무런 결실도 없었지요."

"아니, 왜요?"

"그 사람은 그곳에서 실종되었거든요." 재프가 눈을 깜박거리며 대답했다.

"그곳이라뇨?"

"파리에서 말입니다."

"할리데이 씨가 파리에서 실종이 되었단 말인가요?"

"예, 그렇습니다. 연구차 그곳에 갔다가 그랬다는군요. 물론 그는 그렇게밖에 말할 수 없었는지도 모르지만 말입니다. 당신은 그가 왜 그 당시 그곳에서 실종되어야만 했는지 까닭을 알고 있습니까? 그것은 아파치(파리의 깡패나 괴한들)의 소행이거나, 아니면 스스로 자취를 감춘 것이거나 둘 중 하나입니다. 그 두 가지에는 상당한 공통점이 있습니다. 게이 페어리라는 사람의 경우를 아시겠지만, 가정에 대한 염증이랄까 하는 것 말입니다. 할리데이는 실종되기 전에 아내와 말다툼을 했다던데, 그것이 그 사건을 푸는 데 유일한 단서가 될 것 같기도 합니다."

"내 생각으로는—." 포와로가 심각하게 말했다.

미국인이 포와로를 호기심 어린 눈초리로 올려다보았다.

"말씀해 보시지요, 선생님." 그가 점잔을 빼며 느릿느릿 말했다.

"이것 역시 '빅 포'의 음모가 아닐까요?"

"빅 포는 국제적인 조직을 가지고 있는데, 두목은 중국인입니다. 그 중국인이 제1호라고 알려져 있지요. 제2호는 미국인이고, 제3호는 프랑스 여자, 제4호는 '파괴자'라 불리는 영국인으로 구성되어 있습니다."

"프랑스 여자라고요?" 미국인이 물었다.

"할리데이가 프랑스에서 실종되었는데, 아마도 이 사건에 그 여자가 관련되어 있는 것은 아닐까요? 그 여자의 이름이 뭐죠?"

"나도 모르고 있습니다. 그 여자에 대해서 아는 것은 거의 없거든요."

"그렇다면, 그들은 어마어마한 상대가 되겠군요?" 미국인이 말했다.

포와로는 고개를 저으며 유리잔들을 가지런히 놓았다. 언제나 그러하듯이, 그는 깔끔하게 하는 데 신경을 무척 썼다.

"배를 침몰시킨 이유가 무엇일까요? 빅 포가 독일의 사주를 받고 있다는 얘기인가요?"

"빅 포는 자신들을 위해서 그렇게 할 뿐입니다. 오직 자신들만을 위해서. 그들의 최종 목표는 세계 정복에 있습니다."

미국인이 갑자기 웃음을 터뜨렸으나, 포와로의 심각한 얼굴을 보더니 웃음을 이내 멈추었다.

"웃을 일이 아니오." 그에게 손가락을 흔들며 포와로가 말했다.

"좀더 생각을 신중히 해야만 할 거요. 자신들의 힘을 실험하기 위해 당신네 나라의 군함을 침몰시킨 자들이 과연 누구겠습니까? 그것은 바로 자신들이 발명해 낸, 자력을 집중시키는 새로운 무기를 실험하기 위해서였을 뿐입니다."

"그렇겠군요." 재프가 옆에서 거들었다.

"나는 악랄하기 그지없는 범죄자들에 대한 신문 보도를 본 적이 많지만, 여태껏 그들에 대해서는 들어본 적이 없습니다. 당신은 지금까지 켄트 대위의 얘기를 들으셨는데, 내가 당신을 위해 해 드릴 일이 더 있는지 모르겠군요?"

"흠, 있고말고. 할리데이 부인의 주소를 가르쳐 줄 수 있겠나? 그리고, 그녀에게 우리가 찾아가겠다는 말을 좀 전해 주겠나?"

그리하여 우리는 다음 날 서리 군의 촙햄이라는 마을 근처의 쳇윈드 로지 저택을 향해 떠났다.

할리데이 부인은 즉시 우리를 만나 주었는데, 큰 키에 매력적인 부인이었으며, 신경질적이면서도 적극적인 매너의 소유자였다. 그녀는 예쁘장하게 생긴 다섯 살 정도의 작은 딸과 함께 살고 있었다.

포와로는 그녀에게 이곳에 오게 된 목적에 대해 설명했다.

"아, 포와로 씨, 정말 고마우시군요. 물론 선생님에 대해선 이미 얘기를 들었습니다. 선생님은 제 얘기를 들으려고도 않고 이해하려고도 않는 런던경시청 사람들과는 다르시겠지요. 프랑스 경찰은, 제 생각으론 나빠요. 아주 나쁘다고요. 그들은 모두 제 남편이 어떤 여자와 도망쳤다고들 하고 있어요. 그러나, 그이는 절대 그럴 사람이 아니라고요! 그이의 생애에서 가장 중요한 것은 오로지 자신의 일뿐이지, 다른 것에는 아무런 흥미도 갖고 있지 않은 사람이에요. 부부싸움의 절반이 그 때문에 발생했지요. 그이는 도무지 저에게 잘해주려고도 하지 않고, 다만 자신의 일만을 좋아할 뿐이었으니까요."

"영국의 남자들이란 모두 다 그렇지요." 포와로가 달래듯이 말했다.

"일이 아니면, 게임을 한다거나 스포츠를 하는 것이 보통이거든요. 자기가 택한 일에는 항상 진지하죠. 그럼, 부인, 나에게 다시 한 번 정확하고 자세하게 얘길 해주시지요. 가능한 한 순서대로 남편이 실종되던 상황을 말입니다."

"제 남편은 7월 20일 목요일 파리로 떠났어요. 그이는 그곳에서 자기 일에 관련된 많은 사람들을 만나기로 되어 있었지요. 그들 가운데에는 올리비에 부인도 끼어 있었어요."

포와로는 업적에 있어서 퀴리 부인의 명성까지도 무색케 할 만한 그 유명한 화학자인 올리비에 부인 얘기가 나오자 고개를 끄덕였다. 그 올리비에 부인은 프랑스 정부로부터 훈장까지 받았으며, 요즈음 가장 저명한 인물 가운데 한 사람이었다.

"그이는 저녁에 그곳에 도착해서는 곧장 카스티글리온 가(街)에 있는 카스티글리온 호텔로 갔어요. 그리고 그 다음 날 아침에는 부르고노 교수와 약속이 있어서 그 교수와 만났어요. 그때 남편은 평상시와 마찬가지였고 매우 만족해하는 모습이었대요. 두 사람은 아주 유쾌하게 얘기를 나누었고, 다음 날 그 교수의 연구실에서 어떤 실험을 보기로 약속하고 헤어졌답니다.

그이는 '카페 로얄'에서 혼자 점심을 들고 부아 가(街)를 걸어 파시에 있는 올리비에 부인을 방문했어요. 그곳에서도 남편의 태도는 지극히 정상적이었대요. 그이는 6시경에 그곳을 떠났습니다. 저녁을 어디에서 들었는지는 알려지지 않았는데, 아마도 어떤 레스토랑에서 혼자 식사를 한 것 같아요. 그리고 남편은 11시경에 호텔에 돌아와서 자신에게 온 편지가 있느냐고 묻고는 곧장 자기 방으로 올라갔답니다. 그러고는 다음 날 아침, 남편은 호텔을 걸어 나가서는 다시 나타나지 않은 겁니다."

"호텔을 나선 것은 몇 시입니까? 부르고뇨 교수와의 약속 시간에 맞추어 그 시간에 나간 것인가요?"

"그 점에 대해서는 잘 모르겠어요. 그이가 호텔을 나서는 것을 본 사람은 아무도 없는 것 같아요. 아침식사가 전해지지 않은 점으로 미루어 보아, 그이는 아침 일찍 호텔을 나선 듯해요."

"혹시 그날 저녁 호텔에 들어왔다가 곧 다시 나간 것은 아닐까요?"

"저는 그렇게 생각하지 않아요. 그이의 침대에서 잠을 잔 흔적이 있었고, 그날 밤 호텔 보이도 그 시각에 사람이 나가는 것을 못 보았다고 했거든요."

"매우 훌륭한 추리로군요, 부인. 그럼, 남편께선 그 다음 날 아침 일찍 호텔을 떠났다고 생각할 수 있겠군요. 그 시간은 아파치의 공격 대상이 되기에는 너무 이른 시각이지요. 남편의 짐이 모두 남아 있었습니까?"

할리데이 부인은 대답을 꺼리는 듯했으나 마침내 입을 열었다.

"아뇨. 그이는 조그만 수트케이스를 들고 나간 게 분명해요."

"흠—." 포와로가 생각에 잠긴 듯이 말했다.

"그날 저녁 남편은 어디에 있었을까요? 가능하다면 많은 것을 알아야만 하는데 말입니다. 남편이 누구를 만났을까요? 이 점이 아직 미스터리로 남아 있군요. 그런데, 그날 밤 남편의 계획을 변경시켜야 할 일이 발생했다는 사실만은 분명합니다. 부인은 남편이 호텔에 돌아와서는 자기에게 온 편지가 있는가 하고 물었다고 했는데, 남편이 무슨 편지를 받았나요?"

"한 통만 받았을 뿐이에요. 그 편지는 그이가 영국을 떠나던 날 제가 그이에게 부친 게 틀림없어요."

포와로는 한참 동안을 생각에 잠겼다가는 유쾌한 얼굴로 일어섰다.

"좋습니다, 부인. 이 미스터리의 해답은 파리에 있습니다. 해답을 찾기 위해 당장 파리로 떠나겠습니다."

"아주 오래전의 일인데요, 아주—선생님."

"예, 예. 그렇지만 파리엔 꼭 가야만 합니다."

포와로는 방을 나가려고 몸을 문 쪽으로 옮기다가는, 손잡이를 잡은 채 뒤돌아보며 말했다.

"부인, 남편이 '빅 포'라고 말하는 것을 들은 기억이 있는지요?"

"빅 포라고요?" 그녀는 생각에 잠겨 중얼거렸다.

"아뇨, 잘 모르겠는데요."

제6장

계단 위의 여자

할리데이 부인에게서 알아낼 수 있는 것은 그것이 전부였다. 우리는 서둘러 런던으로 돌아와 그 다음 날 유럽 대륙으로 향했다. 조금은 슬픈 미소를 띠며 포와로가 나에게 말을 했다.

"빅 포, 그들이 나를 꽤나 분발하게 하는구먼. 이리저리 온 지역을 누비며 다니게 하니 말일세. 마치 나의 옛친구인 '인간 사냥개' 같구먼."

"아마도 파리에서 그를 만나게 되겠지요." 내가 말을 받았다.

그가 프랑스 치안국에서 가장 유능한 수사관 가운데 한 사람이라는 사실을 나는 잘 알고 있었다.

포와로는 얼굴을 찡그렸다.

"나는 그렇게 되길 바라지 않네. 그는 나를 좋지 않게 생각하고 있어."

"그러면 일이 매우 힘들어지지 않을까요?" 내가 물었다.

"2개월 전 어느 날 밤, 이름 모를 영국인이 무엇을 했느냐 하는 것을 알아 낸다는 것이 말입니다."

"어려운 일이겠지. 그러나, 자네도 알다시피 어려움은 이 에르큘 포와로의 마음을 기쁘게 만들지."

"당신은 빅 포가 그를 납치했다고 생각합니까?"

포와로는 고개를 끄덕였다.

우리는 조사를 되풀이했으나, 할리데이 부인이 우리에게 말한 것 이상은 아무것도 새로운 사실을 발견할 수 없었다. 포와로는 부르고노 교수와 장시간 이야기를 나누면서, 할리데이가 그날 밤 무엇을 할 것이라는 얘기를 하지 않았는지에 대해서 알아내려 했으나, 그게 힘들게 되고 말았다.

우리의 다음 상대는 그 유명한 올리비에 부인이었다. 나는 파리에 있는 그녀의 저택 계단을 오르며 매우 흥분해 있었다. 여자의 몸으로 과학계에서 그 정도의 위치에까지 올라 있다는 사실이 나에게는 아주 별난 것으로 느껴졌기 때문이다. 그와 같은 일에는 남자의 두뇌가 필요할 텐데 하는 생각도 들었다.

미사를 드리는 신부를 돕는 복사(服事)들의 의례적인 매너를 연상시키는 17세기량의 청년이 나와서 우리에게 문을 열어 주었다. 올리비에 부인을 만나게 해달라는 요구가 받아들여지기까지는 매우 힘이 들었다. 왜냐하면, 그녀는 대부분의 시간을 연구에 쏟아야 하기에, 미리 약속을 정해 놓고 오지 않으면 결코 만나 주려 하지 않았기 때문이다.

우리가 조그마한 응접실로 안내되자 곧 올리비에 부인이 나타났다. 올리비에 부인은 매우 키가 큰 여자였는데, 그녀가 입고 있는 흰 가운 때문에 더욱더 키가 커 보였고, 수녀처럼 두건을 머리에 두르고 있었다. 그녀의 얼굴은 창백하고 길었다. 그리고 아름답고 까만 눈은 거의 광적으로 빛을 발하고 있었다. 그녀는 현대의 프랑스 여자라기보다는 고대의 성직자처럼 보였다.

그녀의 한쪽 뺨에는 보기 흉하게 흉터가 나 있었는데, 나는 3년 전 그녀가 연구실 폭발사고로 남편과 동료를 잃고, 그녀 자신은 화상을 크게 입었다는 사실을 기억하고 있었다. 그 사건 이후, 그녀는 세상과는 완전히 단절된 생활을 하면서 강력한 에너지의 개발에 열중하고 있었다. 그녀는 매우 의례적으로 우리 두 사람을 맞아 주었다.

"저는 이미 여러 번 경찰의 심문을 받았어요. 더 이상은 당신들을 도울 것이 없을 거예요. 저는 이전에도 그 사람들에게 아무런 도움을 주지 못했거든요."

"부인, 똑같은 질문은 드리지 않겠습니다. 우선, 부인과 할리데이 씨는 무슨 얘기를 나누었습니까?"

그녀는 조금 놀라는 눈치였다.

"그냥 그의 연구에 대해서였어요! 그의 연구와 제 연구에 대해서 얘기를 했을 뿐이에요."

"그가 영국 학술협회에서 발표한 논문을 최근에 구체화시켰다는 얘기를 들으신 적이 있습니까?"

"얘기는 들었지요. 그것이 그가 얘기한 주요 내용이었으니까요."

"그의 아이디어는 조금 광적이지 않던가요?"

포와로가 단도직입적으로 질문을 했다.

"그렇게 생각하는 사람들이 많지요. 하지만, 저는 그렇게 생각하고 있지 않아요."

"그럼, 부인은 그 이론을 실용화할 수 있다고 생각하십니까?"

"완전히 실용 가능한 것이지요. 제 연구 노선과도 약간은 동일한 점이 있어요. 물론 동일한 목저 아래 채택될 수는 없는 것이지만. 저는 지금 라듐 에마나튬의 생성물로써, 보통 '라듐 C'로 알려진 물질에서 방사되는 감마선을 연구하고 있어요. 그런 연구를 하면서 매우 흥미로운 자기(磁氣) 현상을 발견할 수 있었지요. 사실, 저는 자기라 불리는 자연의 인력에 대한 원리를 알아냈으나, 아직 세상에 발표할 시기는 안 되었습니다. 아무튼 할리데이 씨의 실험과 견해는 저의 흥미를 끌기에 충분했었지요."

포와로는 고개를 끄덕였다. 그러고는, 그는 나를 놀라게 만들기에 족한 질문을 부인에게 했다.

"부인, 그 연구에 대한 얘기를 어디에서 나누었나요? 여기에서였나요?"

"아니오, 연구실에서 했어요."

"연구실을 좀 볼 수 있을까요?"

"물론이죠."

그녀는 자신이 들어온 문을 열어 우리를 안내했다.

그 문은 조그만 통로로 연결이 되어 있었다. 우리가 두 개의 문을 통과하자 아주 커다란 연구실이 펼쳐졌는데, 비커와 도가니(물질을 융해하거나 배소(焙燒)하는 등이 고온 처리에 사용되는 내열성 용기), 그리고 이름도 알지 못하는 기구들이 줄지어 놓여 있었다. 그곳에는 두 명의 연구생이 있었는데, 둘 다 연구에 열중하고 있었다.

올리비에 부인은 그들을 우리에게 소개시켰다.

"클로드 양이에요. 제 조수지요."

키가 훌쩍 크고, 심각한 표정을 짓고 있는 젊은 여자가 우리에게 인사를 꾸벅했다.

"앙리 씨에요. 저의 믿음직한 친구지요."

젊은 청년이 움찔하며 인사를 했다.

포와로는 그 청년을 훑어보았다. 우리가 들어온 문 양쪽으로 다른 문이 두 개 더 있었다. 부인의 설명에 의하면, 하나는 정원으로 통하고, 다른 하나는 연구를 할 수 있는 자그마한 방으로 통한다고 했다. 포와로는 이 모든 것을 눈여겨 관찰한 뒤에 응접실로 다시 돌아가자고 말을 했다.

"부인, 할리데이 씨와 단둘이서 얘기를 했나요?"

"예. 제 두 조수는 옆의 조그만 방에 있었어요."

"얘기를 엿들을 수 있었을까요? 저 두 조수나, 혹은 다른 사람이라도?"

부인은 잠시 생각을 하다가 고개를 저었다.

"그럴 수는 없었을 거예요. 엿듣는다는 것은 거의 불가능한 일이지요. 문이 모두 닫혀 있었으니까요."

"누군가가 방에 숨어 들어올 수도 있지 않겠습니까?"

"구석에 작은 벽장이 있지만, 그래도 불가능한 일이에요."

"한 가지만 더 물어봅시다. 부인, 할리데이 씨가 그날 저녁 무엇을 할 것이라는 말을 들은 기억은 없나요?"

"저에게는 아무런 얘기도 하지 않았어요."

"부인, 고맙습니다. 연구에 방해를 해서 미안하군요. 걱정 마시고 들어가시지요. 우리가 알아서 길을 찾아 나가겠습니다."

우리는 현관 쪽으로 발걸음을 옮겼다. 그때 한 여자가 응접실로 들어가고 있었다. 그녀는 급히 계단을 걸어 올라갔다.

나는 남편을 잃은 프랑스 여인에게 마음속으로 깊은 조의를 표하며 나왔다.

"평범한 여인이 아니야." 걸어 나오며 포와로가 말을 꺼냈다.

"올리비에 부인 말인가요? 흠, 그런 것 같던데요."

"아니, 올리비에 부인을 말하는 것이 아니야. 물론 세상에 그 부인 같은 천재가 흔한 것은 아니지. 그게 아니라 계단을 올라가던 여자를 말하는 거야."

"나는 그 여자의 얼굴을 보지 못했는데요." 내가 그를 쳐다보며 말했다.

"그리고, 당신도 그 여자를 보지 못했을 텐데요? 그 여자는 우리 쪽을 쳐다

본 적이 없잖아요."

"그 점 때문에 바로 내가 평범한 여인이 아니라고 말한 것일세."

포와로는 침착하게 말을 이었다.

"그 집으로 들어온 그 여자는—내 생각으로는, 자기가 열쇠로 직접 열고 들어온 것으로 보아 그녀의 집일 거야. 그런데, 응접실에 낯선 사람이 와 있는데도 누구인지를 알아보려 하지 않고 곧장 2층으로 올라갔네. 이 점이 이상하지 않나? 그 여자는 누구일까?"

바로 그때 그가 나를 뒤로 잡아끌었다. 나무 한 그루가 요란한 소리를 내며 길가로 쓰러졌다—아슬아슬하게 우리를 스치면서.

포와로는 얼굴이 하얗게 되어 당황해 하면서 바라보았다.

"위기일발이었군! 그런데 어리석게도 전혀 의심을 하지 않았다니—아무런 의심도 말이야! 내 날카로운 눈이 없었다면, 이 에르퀼 포와로는 콩가루가 되어 죽었을 걸세. 세상에, 이런 일도 다 일어나다니. 자네도 내가 아니었다면, 큰일 날 뻔했네."

"고맙습니다." 나는 얼떨떨하게 말을 받았다.

"이제 우리는 어떻게 해야 하지요?"

"무엇을?" 포와로가 되물었다.

"깊이 생각을 해봐야만 하네. 심사숙고해서 말이야. 할리데이 씨는 그때 정말로 파리에 있었을까? 그래, 그를 알고 있는 부르고노 교수가 그와 얘기를 했었다고 했지."

"도대체 무슨 생각을 하고 있는 거예요?" 내가 소리를 지르듯이 말했다.

"그날은 금요일 오전이라 했네. 그런데, 그는 금요일 밤 11시에 마지막으로 목격되었어. 누가 그때 보았다고 그랬지?"

"포터라고 했습니다."

"그런데, 그 포터는 전에는 한 번도 할리데이 씨를 본 적이 없었네. 어떤 남자가 들어와서(할리데이 씨를 닮은 사람이—아마도 제4호라고 생각되네만), 편지 온 것이 있느냐고 묻고는 위층으로 올라가 자그마한 가방을 꾸려 가지고 다음 날 아침에 빠져나갔네. 어느 누구도 그날 저녁 내내 그를 본 적이 없었어—이미 그는 악한들의 수중으로 들어갔기 때문이지. 올리비에 부인이 맞아들인 사람도 할리데이 씨가 틀림없을까? 이 점에 대해서는 비록 올리비에 부인이 그의 얼굴을 알고 있지 못한다 하더라도, 어느 누구도 그녀의 특별한 연구 계획에 대해서 그녀를 속일 수는 없었을 테지. 그는 여기에 와서 대화를 나누고는 떠났네. 그런 뒤에 그에게 무슨 일이 발생했을까?"

나의 팔을 잡아끌며 포와로는 다시 그 저택 쪽으로 되돌아갔다.

"자, 그가 사라진 다음 날이라 가정하고, 그의 종적을 추적해 보기로 하세. 자네는 발자국을 조사하는 일을 좋아했지? 흠, 여기 한 사람이 걸어가고 있네. 즉, 할리데이 씨. 그는 우리들처럼 오른쪽으로 방향을 틀어 매우 유쾌하게 걸어갔네. 아, 그런데, 다른 발자국이 그 뒤를 쫓고 있었지. 매우 빠르게. 자그마한 발자국, 여자의 발자국이. 그 여자는 그에게 바짝 다가왔네.

매우 호리호리한 젊은 여자로, 미망인 베일을 쓰고 있었지. '선생님, 죄송하지만, 올리비에 부인이 선생님을 다시 모셔오라고 해서……' 그는 걸음을 멈추고 뒤를 돌아보았네. 그런데, 그 젊은 여자는 어디로 그를 데리고 갔겠나? 그녀는 그와 함께 가는 것이 남의 눈에 띄지 않게 했겠지. 그래서, 그녀는 두 정원으로 갈라지는 좁고 긴 뒷골목에서 그를 불러 세운 걸세. 그녀는 그를 안내해 갔네. '선생님, 이 길로 가면 더 빠릅니다.' 오른쪽에는 올리비에 부인의 정원이 있고, 왼쪽에는 다른 사람의 저택이 있네. 저 정원에서, 잘 듣게, 나무가 쓰러졌어—우리 가까이에서. 양쪽 집 모두 정원 문이 샛길 쪽으로 나 있는데, 바로 그곳에 사람이 숨어 있었네. 그 사람은 갑자기 나타나 할리데이 씨를 협박해서는 그 옆의 낯선 저택으로 끌고 갔네."

"아, 놀랍군요." 나는 외치듯 소리를 질렀다.

"당신은 모든 것을 아는 듯이 얘기를 하시는군요."

"나는 그것을 마음의 눈으로 보고 있네. 그렇게 할 수밖에 달리 해석할 방법이 없는 것 같네. 자, 그럼, 그 집으로 다시 한 번 가보도록 하세."

"올리비에 부인을 다시 만나시려고요?"

포와로는 호기심 어린 미소를 지어 보였다.

"아니네, 헤이스팅스, 나는 계단 위를 올라가던 그 여자의 얼굴을 보고 싶네."

"당신은 그 여자가 누구라고 생각합니까? 올리비에 부인의 친척?"

"아마도 비서일 걸세. 들어온 지 얼마 되지 않은."

아까의 그 젊은이가 우리에게 친절히 문을 열어 주었다.

"금방 들어간 미망인의 이름을 가르쳐 주시겠소?"

"브로노 부인 말씀인가요? 올리비에 부인의 비서인데요."

"그렇소. 우리에게 시간을 좀 내주실 수 있는지 물어봐 주시겠습니까?"

젊은이는 안으로 사라졌다가 이내 다시 나타났다.

"죄송하지만, 브로노 부인은 다시 외출한 것 같은데요."

"그럴 리가 없을 텐데." 포와로는 조용히 말했다.

"에르큘 포와로라는 사람이라고 전해 주시고, 또 잠깐만 만나면 된다는 말도 전해 주시겠습니까? 나는 곧 파리경시청으로 떠나야 하니 말이오."

다시 젊은이는 안으로 들어갔다. 이번에는 아까의 그 여인이 내려왔다.

그녀는 응접실로 우리를 안내했다. 우리는 그녀를 따라 안으로 들어갔다. 그녀는 몸을 돌리고는 얼굴에 가려진 베일을 걷어 올렸다. 그런데 놀랍게도, 그녀는 우리의 오랜 적수인 러시아의 로사코프 백작부인이 아닌가! 그녀는 오래전부터 런던에서 값진 보석을 교묘하게 훔쳐내 온 것으로 알려진 인물이었다.

"응접실에서 선생님을 보았을 때 나는 그렇게 두려울 수가 없었어요."

그녀는 호소하듯이 얘기를 꺼냈다.

"로사코프 백작부인—"

그녀는 고개를 좌우로 흔들었다.

"지금은 이네즈 브로노예요." 그녀는 조그맣게 중얼거렸다.

"프랑스인과 결혼한 스페인인이에요. 내게서 무엇을 원하시죠? 당신은 끔찍한 사람이군요. 런던에서 나를 쫓아내 놓고는, 그것도 부족해서 지금은 올리비에 부인에게 나에 대한 얘기를 해서 이곳 파리에서도 나를 쫓아낼 셈인가요? 우리는 불쌍하기 짝이 없는 러시아인들이에요. 당신도 아시다시피, 우리도 살아가야만 해요."

"부인, 이건 그것보다도 더 중요한 문제입니다."

포와로가 그녀를 바라보며 말을 했다.

"나는 다만 옆집에 들어가서 할리데이 씨를 구해 내고 싶을 뿐이오. 그가 아직도 살아 있다면 말이오. 나는 이미 모든 것을 다 알고 있소"

나는 그녀가 갑자기 창백해지는 것을 보았다. 그녀는 입술을 깨물고서는 대단한 결심을 한 듯이 말을 꺼냈다.

"할리데이 씨는 아직 살아 있어요. 하지만, 그는 지금 저 집에 있지는 않아요. 자, 포와로 씨, 우리 흥정을 해요. 나에게 자유를 주시면 할리데이 씨를 무사히 보내 드리겠어요."

"좋소, 그렇게 합시다." 포와로가 응낙했다.

"나도 그 제안을 하려던 참이었소. 그런데, 빅 포가 당신의 두목이오, 부인?"

다시금 그녀의 얼굴은 질린 듯 창백하게 변했다.

그녀는 포와로의 질문에 대답을 하지 않았다. 대신, "전화 좀 걸고 와도 되겠지요?" 하고 말하고는 반대편으로 가서 다이얼을 돌렸다.

"그 집의 번호예요." 그녀가 설명을 했다.

"우리 친구가 갇혀 있는 집 말이에요. 당신이 경찰에 신고한다 해도, 경찰이 도착했을 때는 그 은닉처는 이미 비어 있을 거예요. 아! 전화가 연결이 되었군요. 여보세요? 앙드레? 나 이네즈예요. 그 벨기에인은 모든 것을 다 알고 있어요. 할리데이를 호텔로 보내세요. 그리고, 그곳을 떠나도록 하세요."

그녀는 수화기를 내려놓고는 우리 쪽으로 다가와서 미소를 지어 보였다.

"우리와 호텔까지 동행할 수 있는지요, 부인?"

"물론이죠"

내가 택시를 잡았다. 우리는 함께 택시를 탔다. 나는 포와로의 얼굴을 보고서 그가 지금 매우 당황해 하고 있다는 사실을 알 수 있었다. 아무래도 일이 너무 쉽게 풀리는 것 같았다.

잠시 뒤 호텔에 도착했다. 포터가 우리에게 다가왔다.

"어떤 신사분이 와 계십니다. 지금 선생님 방에 있습니다. 그런데, 그분은 매우 몸이 안 좋은 모양이더군요. 간호사가 그분과 함께 왔는데, 간호사는 조금 전에 이곳을 떠났습니다."

"알았소. 그는 내 친구요." 포와로가 말했다.

우리는 함께 위층으로 올라갔다. 창가의 의자에 깡마른 젊은 남자가 앉아 있었는데, 극도로 몸이 안 좋아 금방이라도 숨이 넘어갈 것 같은 모습을 하고 있었다. 포와로가 그에게 다가갔다.

"당신이 존 할리데이 씨인가요?"

그 남자가 고개를 끄덕였다.

"왼쪽 팔을 좀 보여 주겠소? 존 할리데이 씨는 왼쪽 팔꿈치 밑에 검은 반점이 있다고 하던데."

그 남자는 자기 팔을 걷어 올렸다. 검은 점이 그곳에 있었다. 포와로는 백 작부인에게 고맙다는 인사를 했다. 그녀는 몸을 돌려 방을 나갔다.

브랜디 한 잔을 마시자 할리데이 씨는 조금 기운을 되찾았다.

"아, 하나님―." 그는 중얼거렸다.

"저는 지옥에 갔다 왔어요―지옥이에요. 그 마귀 같은 놈들은 모두 악마의 화신이에요. 제 아내, 제 아내는 지금 어디 있나요? 제 아내가 뭐라고 하던가 요? 아내가 저를 버렸을 것이라고 그놈들이 얘기를 했는데. 아내는 이미 저를 버렸을 거라고……."

"당신 부인은 그렇지 않소." 포와로가 단호하게 잘라 말했다.

"당신에 대한 부인의 믿음은 조금도 약해지지 않았소. 부인은 지금 당신을 기다리고 있소. 아이와 함께 말이오."

"하나님, 감사합니다. 저는 자유스러운 몸이 되리라고는 꿈에도 생각지 못했 습니다."

"조금은 몸이 회복된 것 같으니, 처음부터 얘기를 자세히 해줄 수 있겠소?"

할리데이는 말로는 형용할 수 없다는 곤혹스런 표정을 지으며 포와로를 쳐 다보았다.

"저는 아무것도 기억을 할 수가 없습니다, 아무것도."

"뭐라고요?"

"빅 포가 어떻다는 얘기를 들은 적이 있으세요?"

"약간은." 포와로가 냉담하게 말을 받았다.

"당신은 저만큼 자세히 알지 못할 겁니다. 그들은 어마어마한 힘을 갖고 있습니다. 제가 여기서 아무 말도 하지 않고 침묵을 지키면 저는 무사할 수 있지만, 제가 여기서 사실을 털어놓으면, 한마디라도 하면, 저뿐만 아니라 저와 가까운 사람들은 말할 수 없을 정도로 고통을 받게 될 겁니다. 저와 여기서 입씨름을 해봐야 아무 소용없습니다. 저는 아무것도 알지 못하고, 아무것도 기억을 할 수가 없습니다. 아무것도.”

그러고는 그는 일어나서 방을 걸어 나갔다.

포와로의 얼굴은 매우 낙담해 하는 표정이었다.

“이렇게밖에 될 수 없었나?” 그는 중얼거렸다.

“빅 포가 다시 한 번 더 나에게 패배를 안겨 주는군. 자네 손에 들고 있는 것이 무엇인가, 헤이스팅스?”

나는 그에게 내가 가지고 있던 것을 건네주었다.

“백작부인이 떠나기 전에 휘갈겨 쓴 겁니다.”

내가 포와로에게 설명을 해주었다.

그는 그것을 받아 읽었다.

“안녕, I. V.”

“자기 이름의 머리글자로 사인을 했는데, 혹시 제4호(IV)를 나타내는 것은 아닐까? 헤이스팅스, 혹시 제4호를?”

제7장

라듐 도둑

할리데이는 악한들에게서 풀려난 그날 밤 우리가 묵고 있는 호텔의 옆방에서 잠을 잤다. 그런데, 밤새도록 잠꼬대 같은 신음소리와 무엇인가를 계속 주장하는 듯한 소리를 질렀다. 의심할 것도 없이 납치되어서 받은 고통이 그의 신경계통을 완전히 망가뜨린 게 틀림없다.

다음 날 아침, 그에게서 새로운 사실을 알아내려 했으나 역시 실패하고 말았다. 그는 다만 빅 포의 어마어마한 힘과, 자기가 사실을 털어놓으면 어떠한 보복이 가해질 것이라는 말만을 되풀이해서 늘어놓을 따름이었다. 점심을 먹은 뒤 그는 아내를 만나기 위해 영국으로 출발했다.

하지만, 포와로와 나는 여전히 파리에 머무르기로 했다. 나는 이 일 저 일을 매우 정력적으로 해나갔는데, 포와로는 아무 일도 하지 않고 그저 침묵만을 지켰다. 화가 치밀어 포와로를 부추겼다.

"제발, 포와로—." 나는 그에게 강요하듯이 말했다.

"가서 그들을 만나도록 하세요."

"이 친구야! 가긴 어딜 가나? 그리고, 누굴 만난단 말인가? 좀 정확하게 말해 보게."

"그야 물론 빅 포를 만나라는 거죠."

"그거야 두말하면 잔소리네만, 대체 어떻게 해서 말인가?"

"경찰에 알리세요." 나는 어정쩡하게 받아 넘겼다.

포와로는 미소를 지었다.

"그들은 우리를 너무나 낭만적이라고 욕을 할 거야. 우리가 지금 이 시점에서 해야 할 일은 아무것도 없어. 아무것도. 다만 기다리는 수밖에."

"무엇을 기다린다는 말인가요?"

"그들이 활동을 시작하길 기다린다는 얘길세. 이보게, 영국에서 자네는 복싱을 즐겨 보지 않았었나? 한 선수가 움직이지 않으면 상대방이 움직여야만 하네. 상대방으로 하여금 공격을 하게 한 연후에 상대방에 대해 무엇인가를 알아낼 수가 있는 것이지. 그것이 우리가 할 일이네. 우리는 가만히 있고, 상대방이 공격해 오도록 만들어야만 하는 것일세."

"그들이 공격해 오리라고 생각하나요?" 나는 다소 의심스럽게 물었다.

"틀림없이 공격해 올 것이라고 믿고 있네. 우선, 그들은 나를 영국에서 떠나게 할 참이었는데 그것에 실패했네. 다트무어 사건에서도, 우리는 그 사건에 끼어들어 그들의 희생양으로 바쳐질 뻔한 사람을 교수대에서 구해 냈어. 그리고 어제, 또 한 번 우리는 그들의 계획을 방해했지. 하지만, 틀림없이 그들은 이 정도로 그 일에서 손을 떼지는 않을 걸세."

내가 이 일로 생각에 잠겨 있을 때 문을 두드리는 소리가 들렸다.

이쪽에서 들어오라는 대답도 하지 않았는데, 어떤 사람이 문을 열고 들어와서는 문을 닫았다. 그 사람은 키가 훌쩍하니 컸으며, 몸은 말라 보였다. 그리고 매부리코와 누르께한 얼굴색을 하고 있었다. 또한, 턱까지 단추를 잠글 수 있는 오버코트를 입고 있었고, 부드러운 모자를 눈까지 눌러쓰고 있었다.

"이렇게 무례하게 들어온 것을 용서하십시오."

그는 부드러운 목소리로 말했다.

"그러나, 내 일이 좀 비정상적인 성질의 것이 돼놔서."

그는 웃으며 테이블 쪽으로 걸어와서 테이블 옆의 의자에 앉았다. 나는 순간 의자에서 벌떡 일어서려 했으나, 포와로가 나에게 손짓으로 그냥 앉아 있으라고 막았다.

"당신 말로는 당신이 무례하게 들어왔다고 얘길 했는데, 이제 예의 바르게 당신의 용무를 얘기해 보겠소?"

"오, 포와로 씨, 아주 간단한 일입니다. 당신이 내 친구들의 성질을 건드렸더군요."

"내가 무엇을 어쨌단 말이오?"

"자, 자, 포와로 씨, 그렇게 심각하게 물을 필요는 없어요. 당신도 잘 알고 있을 텐데요."

"그것은 모두 당신 친구들의 책임이오."

아무런 말도 없이 그는 자기 호주머니에서 담뱃갑을 꺼내어 열고는, 담배 네 개비를 빼서 테이블 위에 던져 놓았다. 그러고는 다시 그것을 주워 모아 담뱃갑에다 도로 집어넣고는, 담뱃갑을 호주머니에 찔러 넣었다.

"아하!" 포와로가 탄식을 했다.

"그렇게 된 거로구먼. 그럼 당신 친구들이 제안하는 것이 도대체 무엇이오?"

"그들은 당신이 이전의 본업으로 복귀해서, 평범한 범죄 사건이나 다루고 런던 사교계 부인들의 문제를 해결하는데 그 탁월한 재능을 발휘함이 어떻겠느냐고 하더군요."

"매우 평화로운 계획이구먼." 포와로가 말했다.

"내가 만일 그들의 제안을 거절한다면?"

그 사람은 매우 커다랗게 제스처를 해보이며 말했다.

"우리는 그것을 매우 유감으로 생각할 것입니다." 그가 대답을 했다.

"그리고, 당신, 에르큘 포와로의 모든 친구들과 당신이 존경하는 많은 사람들까지도 말이오. 하지만, 사람은 두 번 다시 생명을 지닐 수 없다는 것을 명심해야 할 것입니다."

"무척이나 교묘하게 말을 하는군."

포와로가 말했다. 그는 다시 고개를 끄덕이며 그에게 되물었다.

"만일 내가 당신들의 제안을 받아들인다면 어쩌겠소?"

"그럴 경우, 거기에 상응하는 보상을 해 드릴 것입니다."

그는 수첩을 꺼내어 테이블에다 열 장의 지폐를 던져 놓았다. 그것은 천 프랑짜리 지폐였다.

"이것은 다만 우리들의 신의의 표시입니다. 이보다 열 배나 더 많은 금액을 당신에게 지불할 수도 있소."

"이것 봐!" 나는 소리를 지르며 자리에서 일어서서 말했다.

"네놈이 감히 우리를 그렇게 생각할 수가—!"

"앉게나, 헤이스팅스." 포와로가 강압적으로 말을 했다.

"자네의 그 착하고 정직한 성품을 억누르고 있게나. 이보시오, 내 이 점만은 당신에게 분명히 말해 두겠소. 내 친구가 당신을 못 나가게 하고서, 내가 경찰에 당신을 신고해서 감옥에 처넣지 못할 것 같소?"

"그게 현명하다고 여긴다면, 그렇게 해보시지요." 그자가 냉정하게 말했다.

"아, 포와로—." 나는 소리를 질렀다.

"나는 더 이상 참을 수가 없습니다. 경찰에 신고를 해서 일을 빨리 처리하시지요."

나는 재빨리 자리에서 일어서서 문쪽으로 성큼성큼 걸어가, 문에다 등을 대고 막아섰다.

"분명한 방법이긴 하네만……."

포와로가 무엇인가를 심사숙고하는 듯이 중얼거렸다.

"그런데, 당신은 분명한 것을 의심하고 있군요." 방문객이 웃으며 말했다.

"빨리, 포와로!" 나는 재촉을 해댔다.

"이것은 자네의 책임이 될 텐데, 헤이스팅스?"

포와로가 수화기를 들자마자 그 젊은이는 갑작스레 고양이처럼 나에게 덤벼들었다. 나는 그에 대한 대비를 하고 있었다. 몇 분 동안을 우리는 한데 엉겨 붙어 싸우며 방 안을 돌고 돌았다. 그러다 갑자기 그가 미끄러져 넘어지는 바람에 나는 내 승리를 점칠 수 있었다.

마침내 그는 내 앞에서 쭉 뻗어 버렸다. 승리의 기쁨을 만끽하기도 전에 예기치 않은 일이 발생했다. 마치 내 몸이 앞으로 날아가는 듯한 느낌을 받았다. 먼저 머리가 벽에 세차게 부딪쳤다. 그러고는 나는 멍하니 몇 분 동안 있어야 했다. 문은 이미 싸우던 상대방 뒤로 닫히고 있었다. 앞으로 뛰어나가 문을 세차게 흔들었지만, 문은 밖에서 잠기고 말았다.

나는 포와로에게서 수화기를 채듯이 붙잡고서 큰소리로 외쳤다.

"프린트인가요? 지금 나가는 사람을 붙잡아요. 키가 크고, 단추가 턱밑까지 채워진 오버코트를 입었고, 부드러운 모자를 쓴 사람이오. 그는 경찰에 수배를 받고 있는 사람이에요."

채 몇 분이 지나기도 전에 우리는 바깥의 복도에서 떠드는 소리를 들었다.

열쇠가 돌려지고 문이 활짝 열렸다. 지배인이 문 앞에 서 있었다.

"그 사람, 잡았습니까?" 내가 큰소리로 물었다.

"아니오, 선생님. 아무도 내려온 사람이 없었습니다."

"그럼, 그놈을 내보낸 게 틀림없군."

"아무도 내보내지 않았습니다. 그가 여길 빠져나간다는 것은 있을 수 없는 일입니다."

"아니오, 내보낸 게 틀림없소. 내 생각으로는, 혹시 호텔 종업원 중 누군가가 나가지 않았습니까?" 포와로가 매우 부드럽게 말했다.

"쟁반을 나르는 웨이터가 한 명 있었습니다만."

"아!" 불분명한 목소리로 포와로가 탄식을 했다.

"턱밑까지 올라오는 오버코트를 입은 이유가 바로 그것이군."

포와로가 생각에 잠겨 말했다. 그러고 나서 우리는 흥분한 호텔 지배인을 돌려보냈다.

"미안합니다, 포와로."

나는 중얼거렸다. 아니, 오히려 맥 빠진 목소리라 해야 옳았다.

"나는 완전히 때려눕힌 줄로만 알았었는데요."

"그래, 그게 바로 일본인의 속임수라는 걸 게야. 낙심하지 말게나. 모든 것이 계획에 따라 진행되고 있는 것이니까—그의 계획에 따라. 그것이 바로 내가 바라던 바이네."

"이게 뭐지?" 바닥에 떨어진 갈색 물건을 집어들며 내가 소리쳤다.

그것은 갈색 가죽으로 된 얇은 수첩이었는데, 그 작자가 나와 싸우던 중에 떨어뜨린 게 틀림없었다. 그 속에는 펠릭스 라운의 이름으로 된 두 장의 영수증과 내 가슴을 덜컹 내려앉게 하는 접힌 종이가 들어 있었다.

그것은 노트 반 장 크기의 종이에 몇 개의 단어를 휘갈겨 쓴 것이었는데, 거기에 쓰인 단어들은 매우 중요한 것들이었다.

다음 모임은 금요일 오전 11시 에슐레 가 34번지에서 있을 예정임

그리고 그 밑에는 큰 글씨로 '4'라고 사인이 되어 있었다. 그런데 오늘이 바로 그 금요일이었다. 시계는 10시 30분을 가리키고 있었다.

"호, 아주 좋은 기회군." 나는 소리를 질렀다.

"운명이 내 손아귀 안에서 놀고 있습니다. 우리는 즉시 떠나야 합니다. 아주 기막힌 기회입니다."

"그래서 그가 여기에 왔군." 포와로가 중얼거렸다.

"이제야 모든 것을 알겠네."

"알다니, 무엇을요? 자, 포와로, 공상은 그만하도록 하세요."

포와로는 나를 쳐다보고는 살며시 머리를 좌우로 흔들며 미소를 지었다.

"'나와 함께 내 응접실로 가지 않겠소—하고 거미가 파리에게 말했다.' 어릴 적 유모에게서 들은 영국의 동요잖은가? 아니, 그들이 아무리 교활하다고 해도 해도 이 에르큘 포와로를 당해 낼 수는 없네."

"도대체 당신은 무슨 생각을 하는 건가요?"

"이 친구야, 나는 그자가 오늘 아침 우리를 찾아온 이유에 대해서 곰곰이 생각을 해봤네. 그놈이 우리에게 정말로 뇌물을 줄 생각으로 찾아왔겠나? 아니면, 내가 일을 하지 못하게 협박하러 온 것이겠나? 모두 쉽게 납득할 만한 이유가 되지 못하네. 왜 하필 그 시간에 그놈이 왔을까? 이제 그놈들의 계획이 한눈에 보이네(아주 분명하게), 완전히. 겉으로 그럴 듯한 이유를 달고 우리를 찾아왔네만, 나를 속일 수는 없지. 그리고 수첩을 떨어뜨리고 갔는데, 이것은 분명 일부러 그런 게 틀림없어. 함정이라고! 11시 에슐레 가 34번지라? 나는 그렇게는 생각지 않네. 그렇게 쉽게 호락호락 이 에르큘 포와로가 넘어가리라고 생각했다면 한참 잘못 짚은 거지."

"맙소사!" 나는 숨이 가빠졌다.

포와로는 눈살을 찌푸리며 말을 이었다.

"한데, 아직도 이해가 안 가는 데가 한 가지 남아 있단 말이야."

"그게 무엇인데요?"

"시간 말이네, 헤이스팅스 만일 그들이 나를 유인하려면 오히려 밤이 더 유리한 것 아닌가? 그런데, 왜 이렇게 이른 시간에? 그렇다면, 오늘 아침에 무슨 일이라도 일어날 가능성이 있다는 얘기란 말인가? 이 에르퀼 포와로가 모르고 있는 일을 획책하고 있다는 건가?" 그는 머리를 좌우로 흔들었다.

"곧 알게 되겠지. 여기에 앉아서 기다리도록 하세. 아무런 일도 하지 말고, 여기서 사건이 발생하기를 기다리자는 얘기네."

도움을 요청하는 편지가 온 것은 정확하게 11시 30분이었다. 작고 푸른 종이였는데, 포와로는 그것을 뜯어서 나에게 건네주었다. 그것은 다름 아닌, 어제 우리가 할리데이 씨 사건 때문에 찾아갔던 세계적으로 저명한 과학자인 올리비에 부인에게서 온 것이었다.

거기에는 얼른 파시까지 와달라는 내용이 적혀 있었다. 우리는 조금도 지체함이 없이 그녀에게 갔다. 올리비에 부인이 어제의 그 작은 응접실에서 우리를 맞아들였다. 나는 이 여인에게서 풍겨 나오는 뜻밖의 마력에 다시 한 번 놀라지 않을 수 없었다. 그녀의 기다란 얼굴과 타는 듯한 눈. 그녀는 베케렐과 퀴리 부부의 총명한 계승자임이 틀림없었다.

그녀는 곧장 본론으로 들어가 얘기를 시작했다.

"선생님은 어제 제게 할리데이 씨의 실종에 대한 얘기를 하고 가셨습니다. 그리고 저희 집에 다시 돌아와서 제 비서인 이네즈 브로노를 만나자고 해서는 당신과 함께 집을 나갔다죠? 그런데 그녀가 여태 집에 돌아오질 않고 있어요"

"그것이 전부인가요, 부인?"

"아니에요. 그뿐만이 아니라, 어젯밤 제 연구실에 도둑이 들어 중요한 서류와 메모를 훔쳐 갔어요. 도둑은 좀더 값진 것을 훔치려고 갖은 노력을 다한 것 같은데, 다행히도 대형 금고를 여는 데는 실패했어요."

"부인, 잘 들으십시오. 이것이 사건의 대략적인 내용입니다. 부인의 비서 브로노 부인은 실제로는 로사코프 백작부인이라는 전문적인 도둑이며, 또한 할리데이 씨 실종 사건의 범인이기도 하지요. 부인은 얼마 동안이나 그녀를 비서로 데리고 있었나요?"

"5개월 되었어요, 선생님. 정말 너무나 믿기 어려운 일이군요."

"하지만, 지금 한 얘기는 사실입니다. 그런데, 서류들은 찾기 쉬운 곳에 있었나요, 아니면 그런 정보가 어디로 새어나간 것은 아닌지요?"

"도둑들이 그것을 정확하게 찾아내다니 좀 이상하기도 하군요. 그럼, 선생님은 이네즈가 그랬다는 말인가요?"

"예, 그렇습니다. 그녀가 도둑들에게 정보를 제공한 게 틀림없습니다. 그런데, 그 도둑들이 찾다가 실패한 값진 물건이란 무엇인가요? 보석인가요?"

올리비에 부인은 살짝 미소를 지으며 고개를 좌우로 흔들었다.

"값진 물건이란 다름 아닌……"

그녀는 좌우를 살펴보더니 허리를 굽혀 낮은 목소리로 말했다.

"라듐이에요, 포와로 씨."

"라듐이라고요?"

"예, 선생님. 저는 지금 한창 실험을 진행하고 있는 중이랍니다. 저는 소량의 라듐을 가지고 있는데, 그 대부분은 제 실험을 위해 빌려온 것이에요. 양은 적지만, 그것을 돈으로 따진다면 몇 백만 프랑은 족히 나갈 거예요."

"그럼, 그것을 어디에 두었습니까?"

"대형금고 속의 납으로 만든 상자 속에 두었는데, 금고는 일부러 구식으로 만들었어요. 금고 제작업자가 공을 많이 들여 만든 것이지요. 그 점이 아마도 도둑들이 금고를 열지 못한 이유일 거예요."

"얼마나 오랫동안 그 라듐을 가지고 있을 작정인가요?"

"이틀 정도. 이틀 뒤에는 실험이 끝나거든요."

포와로의 눈에 빛이 반짝였다.

"그럼, 이네즈 브로노도 그 사실을 알고 있었습니까? 아, 그러면 그 친구들이 다시 돌아올 겁니다. 내 얘기를 아무한테도 하지 마세요, 부인. 그렇지만 안심하고 계십시오. 내가 당신의 라듐을 지켜 드릴 테니. 연구실에서 정원으로 나가는 문의 열쇠를 가지고 계신지요?"

"예, 여기 있어요. 여별 쇠를 가지고 있어요. 이것이 이 집과 옆집 사이에 나 있는 골목으로 통하는 정원의 문 열쇠예요."

"고맙습니다. 오늘 밤, 평상시처럼 잠자리에 들도록 하세요. 두려워하지 마시고 모든 것을 나에게 맡겨 두십시오. 그리고 아무에게도 이것에 대해 말을 하면 안 됩니다. 당신의 두 조수에게도 아셨지요? 특히, 그 조수들에게 말을 해서는 안 됩니다."

포와로는 대단히 만족스러워하며 그 집을 떠났다.

"지금 우리가 해야 할 일은 무엇이지요?" 내가 물었다.

"지금 우리는 파리를 떠나 영국으로 가야 하네."

"뭐라고요?"

"짐을 꾸리고 점심을 먹은 다음, 노르 역까지 자동차를 타고 가야 하네."

"라둡은 어떻게 하고요?"

"영국으로 떠날 작정이라고 했지, 영국에 도착할 것이라고는 하지 않았네. 잠시만 깊이 생각해 보게나, 헤이스팅스. 우리는 지금 감시를 당하고 있고, 또 미행당하고 있다는 것은 틀림없는 사실이야. 우리의 적은 틀림없이 우리가 영국으로 돌아가는 것을 믿게 될 걸세. 하지만, 그들은 우리가 기차를 타고 떠나는 것을 눈으로 직접 보지 않고서는 결코 믿지 않을 거야."

"기차가 막 떠나려고 하는 순간에 기차에서 내리자는 얘긴가요, 포와로?"

"아니네, 헤이스팅스. 우리의 적은 우리가 완전히 떠나는 것을 보아야만 안심할 거야."

"아니, 열차는 칼레(도버 해협 연안의 프랑스 도시)까지 쉬지 않고 가지 않습니까?"

"세워 달라는 신호를 보내면 중간에서 열차를 세울 수가 있네."

"아, 하지만, 당신은 열차를 세워 달라는 신호를 보낼 수 없을 텐데요?"

"불쌍한 친구야, 열차 안에 비상통보용 줄이 있다는 소리를 들어보지 못했나? 잘못 사용하면 벌금이 100프랑이지만."

"그럼, 당신은 그것을 잡아당길 작정이란 말인가요?"

"내 친구 피에르 콩보가 그 일을 해줄 걸세. 그가 기차의 차장과 말다툼을 하며 소란을 떨고 있으면, 기차 안의 모든 사람들이 그곳에 온 신경을 쏟게 될 거야. 그 틈을 이용해 우리는 조용히 사라지면 되는 것이네."

우리는 순조롭게 포와로의 계획을 이행했다. 포와로의 오랜 친구인 피에르 콩보는 포와로의 방법을 잘 이해하고 그대로 따라주었다. 파리 시 외곽에 기차가 다다랐을 때 콩보는 열차 안의 비상을 알리는 줄을 잡아당겼다. 콩보는 프랑스인 특유의 몸짓으로 야단법석을 떨었다. 우리는 그 틈을 타서 어느 누구의 관심도 받지 않은 채 열차에서 내릴 수 있었다. 그런데, 포와로는 우리가 하는 일을 손쉽게 수행하기 위해서 조그만 손가방에 무엇인가를 넣어 가지고 왔다. 그것은 다름 아닌 더럽기 짝이 없는 푸른 겉옷이었다.

우리는 인가에서 멀리 떨어진 여관에서 저녁을 먹고, 다시 파리를 향해 출발했다. 우리가 다시 올리비에 부인의 집 근처에 돌아온 것은 거의 밤 11시가 다 되어서였다. 우리는 골목으로 숨어 들어가기 전에 길을 조심스레 훑어보았다. 사방은 마치 사람이 살지 않는 곳처럼 아주 적막했다. 아무도 우리를 미행하지 않은 것이 틀림없었다.

"아직까지는 집 안에 그들이 있을 것 같지 않은데."

포와로가 나에게 속삭였다.

"내일 저녁이 되어야 도착할 것 같기도 하고, 그들은 라듐이 앞으로 이틀 동안은 더 여기에 보관되어 있으리라는 것을 잘 알고 있을 테니 말이야."

우리는 매우 조심스럽게 정원의 문을 열었다.

문은 조용히 열렸고, 우리는 정원 안으로 발길을 옮겼다. 그런데 바로 그때, 전혀 예기치 못한 주먹이 우리에게 날아왔다. 눈 깜짝할 사이에 우리는 포위가 되어 재갈이 물려지고, 온몸에 결박을 당하게 되었다. 적어도 열 명이 우리가 오기를 기다리고 있었던 게 틀림없다. 저항을 해보았자 소용이 없었다. 무기력한 두 개의 묶음처럼 우리 둘은 들려서 어디론가 운반되어 갔다.

놀랍게도 그들은 우리를 그 집으로 데려갔다. 다른 곳이 아닌 바로 그 집으로. 그들은 연구실로 통하는 문을 열고 우리를 그곳으로 끌고 갔다. 그중 한 사람이 대형금고 앞에서 상체를 구부려 뭔가 조작을 하자, 대형금고의 문이 활짝 열렸다. 나는 등골이 오싹해지는 느낌을 받지 않을 수가 없었다. 우리를 묶은 채로 집어넣어 서서히 질식해서 죽게 만들 작정이란 말인가?

그러나, 놀랍게도 금고 안에는 복도 아래로 연결되는 계단이 나 있었다. 우리는 좁은 길로 끌려 들어가 매우 큰 지하실 방에까지 갔다. 한 여자가 그곳에 서 있었는데, 키가 크고 당당한 풍채였다. 비단으로 만든 마스크가 얼굴을 가리고 있었다. 그녀는 권위에 찬 제스처를 써가며 명령을 내렸다.

우리를 메고 온 사람들은 우리를 마룻바닥에 내려놓고 나갔다. 다만 그 신비에 싸인 여자만 남기고 우리는 그녀가 의심할 것 없이 빅 포 중 제3호인, 이제껏 알려지지 않은 프랑스 여자라는 것을 한눈에 알 수 있었다. 그녀는 허리를 굽혀 우리의 재갈을 풀어 주었다—우리를 묶은 끈은 그대로 둔 채.

그러고는 허리를 펴고서 우리를 바라보며, 아주 빠른 손길로 자신의 마스크를 벗었다. 그런데, 이게 웬 날벼락이란 말인가? 그녀는 다름 아닌 올리비에 부인이었다!

"포와로 씨—." 그녀는 나지막한 소리로 말했다.

"훌륭하고 위대한 포와로 씨, 나는 어제 아침 당신에게 경고를 했어요. 그런데, 당신은 그것을 무시했죠. 당신의 재주로 우리를 당해 낼 수 있을 거라고 생각했겠죠. 하지만, 지금 당신은 이렇게 잡힌 채로 여기에 왔군요, 후후."

그녀에게는 나의 등골을 오싹하게 만드는 냉정함이 깃들어 있었다. 그녀의 불타고 있는 눈도 마찬가지였다. 그녀는 제정신이 아닌 게 틀림없다. 천재의 광기—.

포와로는 아무런 말도 하지 않았다. 그는 턱을 아래로 떨어뜨린 채 다만 그녀만을 주시하고 있을 따름이었다.

"좋아요, 이것이 마지막이에요. 더 이상 우리의 계획을 방해하도록 놔둘 수는 없어요. 마지막으로 할 얘기가 있으면 해보시지요."

이처럼 죽음이 나에게 가까이 온 적은 없었다. 그러나, 포와로는 여전히 위엄이 있었다. 그는 결코 위축되거나 창백해지지 않고, 다만 흥미가 있다는 듯 그녀만을 바라보고 있었다.

"당신의 심리 상태가 나의 흥미를 대단히 자극하고 있소, 부인."

그는 매우 조용히 말문을 열었다.

"그런데, 지금 그에 대해서 알 시간이 없다는 것이 유감스러울 뿐이오. 좋소, 마지막으로 한마디 하겠소. 사형수들에게도 항상 최후의 담배 한 모금은 허용이 되고 있는 것으로 알고 있소. 내 주머니에 담뱃갑이 있소. 허락을 해줄 수 있을는지—."라며 그는 자기를 결박하고 있는 끈을 내려다보았다.

그녀는 웃어댔다.

"아, 그럼, 내가 당신 손을 풀어 주길 바라고 있는 건가요? 에르퀼 포와로, 대단히 머리가 좋으시군. 손을 풀어 줄 수는 없어요. 다만, 내가 담배를 찾아 주지요."

그녀는 허리를 굽혀 그의 호주머니에서 담뱃갑을 꺼내어 한 개비를 그의 입에 물려주었다.

"성냥을 주지요." 그녀가 말을 하며 일어섰다.

"그까짓 것은 필요 없소, 부인."

그의 목소리에 들어 있는 위엄이 나를 놀라게 했다. 그녀 역시 움찔 놀라는 것 같았다.

"꼼짝 마시오! 부인, 움직이면 그때는 이미 후회해도 소용이 없소. 당신은 '쿠라레'라는 독약에 대해서 잘 알고 있겠지? 남미 인디언들이 화살촉에 바르는 독약 말이오. 그것에 살짝 긁히기만 해도 죽게 되어 있소. 어떤 종족은 그것을 아주 작은 파이프에 넣고는 불어서 쏘지. 나 역시 담배처럼 생긴 이 파이프를 갖고 있소. 내가 이것을 불기만 하면─움직이지 마시오, 부인. 이 담배는 매우 정교하오. 한번 불기만 하면 생선뼈처럼 생긴 아주 작은 화살이 허공을 뚫고 곧장 목표물에 맞게 되어 있소. 나는 당신을 죽이고 싶지 않소. 그러니, 우선 내 친구의 결박을 풀어 주시오. 나는 손을 쓸 수 없지만, 고개를 돌려서 당신을 향해 쏠 수는 있소. 허튼 수작을 하지 말길 바랄 뿐이오."

그녀는 손을 바르르 떨고 있었고, 분노와 증오가 온 얼굴을 덮고 있었다. 그녀는 허리를 굽혀 그의 명령대로 했다. 나는 자유로운 몸이 되었다.

포와로는 곧 나에게 다음의 행동을 일러 주었다.

"자네의 끈으로 부인을 묶게, 헤이스팅스. 그래, 완전히 단단히 묶게나. 그리고 나를 풀어 주게. 부인이 부하들을 내보내다니 운이 좋았네. 다행히 우리는 방해받지 않고 밖으로 나가는 길을 찾을 수가 있게 됐군."

잠시 뒤, 포와로는 부인에게 작별을 고했다.

"에르퀼 포와로는 그리 쉽게 죽지 않소, 부인. 좋은 밤이 되길 빌겠소."

소리를 질러 부하들을 부르지 못하도록 그녀의 입엔 재갈이 물려졌지만, 그녀의 눈에 불타고 있는 살기는 나를 오싹하게 만들었다. 나는 그녀의 마수에

다시는 걸리지 않게 되기를 간절히 바랄 뿐이었다.

정확히 3분 뒤에 우리는 집 밖으로 나올 수가 있었다. 우리는 서둘러 정원을 가로질러 걸어나왔다. 도로는 황량하기 그지없었다.

포와로가 갑자기 침묵을 깨고 말했다.

"그 여자가 내게 한 말을 믿었다니. 나는 우둔하고 불쌍하기 짝이 없네. 그런데도 여태껏 함정에 빠지지 않은 것을 자랑으로 삼고 다녔으니. 뻔히 알면서도 함정인 줄 눈치 채지 못했다니 그들은 내가 꿰뚫어 보는 것을 다 알고 있었네. 그들이 쉽사리 우리에게 넘겨주었을 때 모든 것을 알아봤어야 해—할리데이 말일세. 올리비에 부인이 두목이고 베라 로사코프는 다만 하수인에 지나지 않아. 올리비에는 할리데이의 지식이 필요했네—그녀 자신도 그를 복잡하게 만드는 연구의 갭을 보완해 줄 천재성을 가지고 있었고, 흠, 헤이스팅스, 우리는 지금 제3호가 누구인가를 알게 되었어. 세계적으로 가장 위대한 과학자라는 사실을. 생각해 보게나, 동양의 두뇌와 서양의 과학자. 그런데, 아직 다른 두 명에 대해서는 제대로 파악하지 못하고 있네. 그러나, 우리는 찾아내야만 해. 내일 런던으로 돌아가 일을 새로 착수하기로 하세."

"아니, 올리비에를 경찰에 신고하지 않을 작정인가요?"

"지금은 어떻게 할 수가 없네. 그 여자는 프랑스의 우상이네. 지금 우리가 증명할 수 있는 것은 아무것도 없잖나. 오히려 그 여자가 우리를 고발하지 않는다면 다행이네."

"뭐라고요?"

"생각해 보게. 우리가 한밤중에 남의 집에 열쇠를 갖고 침입을 했다. 그런데 그녀가 열쇠를 우리에게 준 적이 없다고 주장을 하면 어떻게 되겠나? 그리고, 그녀가 우리를 대형금고 아래에서 놀라게 했는데, 오히려 우리가 그녀에게 재갈을 물리고 끈으로 묶고는 도망쳤다고 해보게나. 그럼, 우리는 어떻게 되지? 망상에서 빨리 벗어나게나, 헤이스팅스 죄가 오히려 우리에게 있다고 몰아세우면 자네는 어떻게 설명하겠나?"

제8장

적의 집에서

파시에 있는 집에서 한바탕 모험을 치른 뒤에 우리는 재빨리 런던으로 되돌아왔다. 여러 통의 편지가 포와로를 기다리고 있었다. 그는 그중 한 통을 들고 호기심 어린 미소를 띠며 읽어 내려가더니 나에게 건네주었다.

"이것 좀 읽어 보게나, 헤이스팅스"

나는 우선 그 편지가 누구한테서 온 것인가를 보았다. '에이브 라일랜드'라는 사인이 있었다. 그는 이 세계에서 가장 부자라는 말을 포와로가 한 것이 생각났다. 라일랜드 씨의 편지는 간결하면서도 날카로웠다. 포와로에게 남미에 와서 수사를 벌여 달라는 자신의 제안을 거절당한 데에 대해서 매우 실망하고 있다는 내용이었다.

"성질나게 만드는 일이군, 안 그래?" 포와로가 말했다.

"그가 화를 내는 것도 아주 당연한 것 같은데요"

"아니, 그렇게 이해해 줄 필요는 없는 일이네. 메이얼링이라는 이름을 기억할 걸세. 여기에 숨어 들어왔다가 적에게 죽음을 당한 사람 말이네. 그가 제2호는 S자에 두 개의 선을 아래로 내려 긋는 것으로 표시된다고 했지. 즉, 달러($) 표시지. 또, 두 개의 줄과 하나의 별로도 표시가 되지. 그래서, 그는 미국인일 것이라는 가정이 성립되고, 또한 재력이 대단하리라고도 생각되네. 게다가, 라일랜드가 나를 영국에서 떠나게 하기 위해 엄청난 돈으로 유혹했다는 사실은 무엇을 뜻하는 거겠나?"

"그렇다면, 당신은 백만장자 에이브 라일랜드가 '빅 포' 중 제2호라고 생각하고 있단 말인가요?"

"역시 자네 머리는 잘 돌아가는군, 헤이스팅스 그래, 그렇게 생각하고 있네. 자네가 백만장자라 표현한 것은 좀 과장된 면도 없지 않으나, 자네에게 하나의 사실을 강조할 순 있겠네. 이 일은 수뇌부에 있는 사람에 의해 추진되고 있다는 사실을 말일세. 그리고, 라일랜드는 사업 수단이 별로 아름답지 못하다는 소문이 있지. 또한, 능력 있고 빈틈없는 사람, 자신이 원하는 모든 부(富)를 갖고 있으며, 무한한 힘을 지니고 있는 사람."

포와로의 말에는 분명 이해할 수 없는 부분이 있는 듯했다. 그래서, 나는 언제 포와로가 그런 생각을 갖게 되었는가를 물어보았다.

"바로 그것이네, 확신하는 것은 아니야. 확신할 수는 없어. 이보게, 그렇지만 난 뭔가가 보이네. 제2호는 분명 에이브 라일랜드라고 생각하네. 우리는 목표에 접근해 가고 있는 거야."

"그는 런던에 최근에 도착한 것 같습니다. 이것으로 알 수가 있는 것 아닌가요?" 내가 편지를 톡톡 치며 말했다.

"그럼, 당신은 그를 찾아가 개인적으로 사과할 작정인가요?"

"그럴 작정이네."

이틀 뒤, 포와로는 흥분을 감추지 못하며 우리 숙소로 돌아왔다. 그는 내두 손을 격정적으로 꼭 움켜잡았다.

"헤이스팅스, 예기치 않던 엄청난 일이 발생했어. 그런데, 그게 위험하기 짝이 없는 일이라 자네에게조차 부탁할 수가 없을 정도라네."

만일 포와로가 나를 놀라게 할 작정이었다면, 그는 길을 잘못 잡은 것이다. 그래서 나는 그렇게 말해 주었다. 조금은 앞뒤 조리 없이, 그는 자신의 계획을 나에게 털어놓았다.

라일랜드가 사교에 밝고 용모가 뛰어난 영국인 비서를 찾고 있는 것 같은데, 내가 거기에 응해 봤으면 하는 것이 그의 제안이었다.

그가 변명을 하듯이 설명을 했다.

"내가 직접 그 직에 응해 보고 싶지만, 자네 보기에도, 내가 예절 바르게 위장을 한다는 것은 거의 불가능한 일 아니겠나? 나는 영어를 꽤 유창하게 하지만(흥분해 있을 때를 제외하곤) 남의 귀를 속인다는 것은 힘든 일이지. 비록 내가 수염을 깎고 변장을 해도 금방 에르퀼 포와로라고 탄로가 나고 말 것이네."

나도 또한 에르퀼 포와로의 말에 수긍이 갔기에, 내가 직접 그 직에 응해

봐서 라일랜드에게 접근하기로 결정했다.

"만에 하나 그가 나를 써주지 않으면 어떡하지요?"

내가 포와로에게 물었다.

"틀림없이 그는 자네를 쓸 걸세. 자네에게 그가 군침을 흘릴 수 있도록 추천장을 한 장 받아 주겠네. 내무상(內務相)이 자네를 추천해 줄 걸세."

그것은 좀 어렵지 않겠느냐고 했지만, 포와로는 나의 그러한 말을 가볍게 일축해 버렸다.

"그 사람은 그렇게 해줄 거야. 나는 그에게 세상을 떠들썩하게 만들지도 모를 사건을 해결해 주었거든. 모든 것이 조심스럽고 세심하게 해결되어서, 지금은 자네도 그렇게 말할지 모르겠지만, 그는 조그만 새처럼 내 손에 앉아서 빵부스러기를 쪼아 먹고 있다네."

우리가 가장 먼저 한 일은 화장을 기막히게 하는 사람을 찾는 일이었다.

그는 몸집이 작고, 머리가 새대가리처럼 좀 괴상하게 생긴 사람이었다—포와로의 머리 같기도 하고. 그는 잠깐 동안 아무 말 없이 나를 바라보다가는 일을 시작했다. 30분 뒤, 나의 모습을 거울에 비추어 보고서는 나 자신도 깜짝 놀라지 않을 수 없었다. 특별히 주문한 구두는 나를 약 2인치는 더 커 보이게 만들었으며, 내가 입은 코트는 나를 길고도 홀쭉하게 보이도록 했다. 내 눈썹은 교묘하게 바뀌어 얼굴에서 확연히 다른 인상을 풍기게 했고, 양볼에 덧댄 패드와 햇볕에 그을린 듯한 까무잡잡한 얼굴은 노련미를 풍겼다. 턱수염은 감쪽같이 없어졌으며, 입속의 한 귀퉁이에는 금이빨이 선명히 드러나 보였다.

"자네 이름은 지금부터 아더 네빌이네. 하나님의 가호가 있길. 자네를 위험한 적진으로 보내자니 내 마음이 편치 않구먼."

뛰는 가슴을 억누르며 한 시간 뒤에 라일랜드가 묵고 있는 사보이 호텔로 가서, 그 사람을 만나고 싶다고 했다.

1~2분을 기다린 뒤, 나는 2층의 응접실로 안내되어 올라갔다.

라일랜드는 테이블 앞에 앉아 있었다. 그의 앞에는, 곁눈질을 해서 쳐다보니, 내무상이 직접 쓴 편지가 펼쳐져 있었다. 나로서는 처음으로 미국의 백만장자를 본 순간이었는데, 깊은 인상을 받지 않을 수 없었다. 그는 키가 크고 홀쭉했으며, 주걱턱에 매부리코를 하고 있었다. 그의 눈은 차갑게 빛나고 있었으며, 이마는 툭 튀어나와 있었다. 또, 숱이 많은 머리에는 하얀 머리카락이 희끗희끗했으며, 길고도 검은 시가가 그의 입술 한쪽 끝에 멋있게 물려 있었다—나중에야 알았지만 그는 늘 그 시가를 물고 있었다.

"앉게." 푸념하듯이 그가 말을 내뱉었다.

나는 의자에 앉았다. 그는 자기 앞에 있는 편지를 톡톡 두드렸다.

"이 편지에 의하면, 자네는 훌륭한 자질을 갖추고 있더구먼. 더 이상 볼 필요도 없겠네. 그런데, 사교에 관한 일을 잘해 낼 자신이 있나?"

나는 그 점에 관한 한 그를 만족스럽게 해줄 수 있다고 장담을 했다.

"내 얘기는, 만일 내가 많은 공작, 백작, 자작과 같은 유명인을 초청했을 때, 그들을 잘 분류해서 연회석상에 배치 할 수 있느냐는 말이네."

"물론입니다. 아주 간단히 할 수 있습니다."

나는 웃으면서 대답을 했다.

잠시 더 얘기를 나눈 뒤에, 그는 나를 고용하기로 결정했다. 라일랜드에게는 이미 미국인 비서와 속기(速記)를 담당하는 비서가 있었지만, 영국 사교계에 정통한 비서를 별도로 원하고 있었던 것이다. 이틀 뒤, 나는 라일랜드가 6개월 동안 롬셔 공작에게서 빌린 해턴 체이스 저택으로 갔다.

나의 일엔 조금도 어려운 게 없었다. 나는 일전에 오랫동안 국회의원의 개인비서를 한 경험도 있었기 때문에, 하는 일에 낯선 것은 하나도 없었다. 라일랜드는 주말에는 화려한 파티를 열면서 보냈으나, 주중에는 대체로 조용히 지냈다. 나는 미국인 비서인 애플바이에 대해선 아는 것이 별로 없었다. 다만 매우 유쾌하고도 평범한 미국 젊은이처럼 보였으며, 자기가 맡은 일을 아주 유능하게 처리해 나가는 것 같았다.

속기를 맡은 마틴 양에 대해서는 좀 아는 것이 있었다. 그녀는 스물 서넛 정도의 나이에 다갈색의 머리를 한 아리따운 아가씨로, 그녀의 갈색 눈엔 좀 장난기가 있어 보였으나 항상 새침하게 눈을 내리깔고 있었다. 나는 그녀가 자신의 주인을 싫어하고 불신하고 있다는 것을 알 수 있었다. 그녀는 결코 어떠한 일을 하든지 그런 내색을 보이진 않았지만, 나는 예기치 않게 그녀가 간직하고 있는 비밀을 듣게 되었다.

나는 주의깊게 그 집에 있는 사람들을 눈여겨보았다. 하인 한둘이 새로 고용되었고, 또 내 생각으로는 마부 한 명과 식모 몇 명이 있는 듯했다. 하인장과 하녀 책임자, 요리장은 공작의 고용인들이었는데, 그들은 그 저택에 남게된 것에 매우 만족해하고 있는 듯이 보였다.

하녀들은 중요하지 않게 생각했다. 나는 제임스라는 '차석(次席)' 마부를 세밀히 조사했으나, 그는 다만 견습 마부에 지나지 않는다는 것이 확실했다. 그는 하인장에 의해 고용됐다. 내가 의심을 떨쳐 버리지 못하는 인물은 디브스라는 라일랜드의 시종이었는데, 그는 뉴욕에서 라일랜드와 함께 건너온 자였다. 그는 영국인이며 흠잡을 데 없는 매너의 소유자였는데, 나는 계속해서 그에게 의심을 품고 감시의 눈초리를 게을리 하지 않았다.

해턴 체이스 저택에서 3주를 보내는 동안, 우리가 생각했던 의심을 뒷받침해 줄 아무런 사건도 일어나지 않았다. 빅 포의 행동을 눈치 챌 만한 것도 없었다. 라일랜드는 엄청난 권력을 소유하고 있는 인물임에는 틀림없겠지만, 포와로가 지적한 바와 같이 그가 그 무시무시한 단체와 어떤 연관이 있다고 하는 생각에는 함께할 수가 없었다. 나는 어느 날 밤 식사를 하면서, 그가 예사로 포와로까지 언급하는 것을 들은 적이 있었다.

"사람들이 훌륭한 친구라고 말하지만, 그는 겁쟁이에 불과해. 어떻게 그것을 아느냐고? 내가 그에게 일을 맡긴 적이 있었는데, 그는 거절하고 말더군. 나는 에르큘 포와로를 그리 높이 평가하고 있지 않네."

나는 그 순간, 내 얼굴에 댄 패드가 거추장스럽다고 느끼지 않을 수 없었다.

그런데 어느 날, 마틴 양이 나에게 조금 호기심을 일으키는 말을 귀띔해 주었다. 라일랜드가 며칠 예정으로 애플바이를 데리고 런던에 갔다는 것이다.

나는 마틴 양과 차를 함께 마신 다음 정원을 거닐고 있었다. 나는 그녀를 매우 사랑하게 되었다. 그녀는 꾸밈이 없고 언제나 자연스러운 모습을 지닌 아가씨였다. 나는 그녀의 마음속에는 무엇인가 말을 하고 싶어 하는 것이 있다는 걸 알고 있었다. 그녀는 결국 나에게 털어놓게 되었다.

"네빌 씨, 저는 지금 이 일을 그만두려는 생각을 갖고 있어요."

나는 깜짝 놀랐다. 그녀는 계속 서둘러 말을 꺼냈다.

"아! 저는 이 자리가 좋은 일자리라는 것은 알고 있어요. 사람들은 제가 이 일자리를 걷어차는 것을 보고 바보라고 생각하겠지요. 그러나, 저는 더 이상 욕설을 참을 수가 없어요, 선생님. 군대에서나 하는 욕지거리를 더 이상 들을 수가 없어요. 신사라면 그렇게는 하지 않을 거예요."

"라일랜드 씨가 당신에게 욕지거리를 한다는 말이오?"

그녀는 고개를 끄덕였다.

"그는 항상 짜증을 부리고 걸핏하면 화를 내곤 해요. 마치 그렇게 하는 것이 그의 일과인 것처럼요. 그는 또 나를 항상 잡아먹을 듯이 쳐다본답니다. 아무 일도 아닌 것을 가지고서."

"무슨 일인데 그래요?" 흥미 있다는 투로 나는 그녀에게 물었다.

"선생님도 아시다시피, 라일랜드 씨에게 오는 편지는 모두 제가 뜯어보거든요. 그래서 어떤 것은 애플바이에게 건네주기도 하고, 또 어떤 것은 제가 스스로 알아서 처리하는 등 제 선에서 먼저 편지를 분류하지요. 그런데, 가끔 파란 편지 봉투의 모서리에 작은 글씨로 '4'자를 적은 편지가 오곤 해요. 그 얘기를 들어보신 적이 있으세요?"

나는 놀라움을 억누를 수가 없었다. 나는 허둥지둥 머리를 좌우로 흔들고는 그녀에게 그 얘기를 계속해 보라고 재촉했다.

"그런데, 그런 편지들이 오면 열어봐서는 안 되고 곧장 자기한테 가져오라고 하더군요. 그래서, 물론 저는 항상 그 말에 따랐지요. 한데, 어제 아침 의외로 많은 편지가 왔었어요. 그래서, 그 편지들을 황급히 뜯어보다가 실수로 그 편지까지 뜯게 된 거예요. 잘못된 것을 알고서는 곧장 라일랜드 씨에게 가서 자초지종을 얘기했죠. 그랬더니 그는 노발대발하며 온갖 욕을 다하더군요. 그래서, 선생님께 말씀드린 대로, 너무나 무서운 느낌이 드는 거예요."

"편지에는 무슨 내용이 들어 있었나요? 그렇게 그의 심경을 뒤틀어 놓을 만한 것이라도 있었다는 얘기요?"

"별다른 것은 없었어요. 그게 바로 이상한 점이에요. 전 그것을 다 읽은 다음에야 실수를 깨달았지요. 매우 짧은 문장이었어요. 아직도 그것을 한 자 한

자 기억할 수 있는데, 그렇게 심사를 뒤틀리게 할 정도의 내용은 전혀 없었거든요."

"다시 그 내용을 그대로 되풀이할 수 있겠소?" 나는 그녀를 부추겼다.

"예."

그녀는 1분 정도를 쉬었다가는 천천히 편지의 내용을 되풀이했다. 그동안 나는 그녀가 말하는 대로 정성스레 받아 적었다. 그 편지의 내용은 다음과 같았다.

> *지금 가장 중요한 일은, 내 생각으로는 재산을 돌보는 일입니다. 만일 당신이 채석장을 포함시킬 것을 주장하신다면 1만 7천이 합당한 것 같습니다. 11%의 배당은 너무 많고, 4%의 배당이면 충분합니다.*
>
> *아더 리버스햄*

마틴 양은 얘기를 계속했다.

"라일랜드 씨가 재산을 처분할 생각을 하고 있는 것은 분명해요. 그러나, 그러한 사소한 일에 발광하는 사람은 틀림없이 위험한 사람이에요. 네빌 씨, 저는 어떡하면 좋죠? 선생님은 저보다 세상 경험이 풍부하시잖아요."

나는 그녀를 진정시키고, 아마도 라일랜드 씨는 사업상 경쟁자에게 고통을 받고 있는 듯하다고 말해 주었다. 그렇게 해서 마침내 나는 그녀의 마음에 평온이 깃들게 해주었다. 그러나, 나는 그렇게 쉽게 마음이 가라앉질 않았다.

그녀가 가고 나만 남게 되었을 때, 나는 노트를 꺼내어 내가 받아 적은 편지의 내용을 여러 번 읽어 보았다. 이것은 도대체 무엇을 의미하는 것일까? 이것은 글자 그대로의 의미밖에 없는 것일까? 이것은 라일랜드가 하는 사업에 관련이 있는 것인가? 그는 그 일이 완수될 때까지 여기에 대한 사실이 흘러나가지 않길 바라고 있는 것인가? 이렇게밖에 설명이 되지 않았다. 그러나, 나는 편지 봉투에 작은 글씨로 '4'라고 쓰여 있었다고 하는 사실을 기억해 내고는, 마침내 우리가 찾고 있던 길에 들어서게 되었음을 느낄 수 있었다.

나는 그날 저녁 내내 그 편지로 인해 머리가 복잡했다. 그 다음 날도 역시 마찬가지였다. 그런데, 갑자기 해답이 튀어나왔다. 그것은 너무나 단순한 것이었다. '4'라는 글자가 그 문제를 푸는 실마리가 되었다. 그 편지에서 네 번째 되는 단어만을 뽑아 문장을 만드니 전혀 다른 메시지가 도출된 것이다.

  '당신은 채석장에서 만나는 것이 중요하다. 17.11.4.'

해답은 지극히 간단했다. 17은 10월 17일을 의미하고(그것은 내일이다), 11은 시간을, 4는 사인을 나타내고 있는 것이리라—신비에 싸인 제4호를 의미하거나, 또는 빅 포를 의미하거나 간에.

채석장이라고 쓴 것도 대단히 교묘했다. 이 저택에서 반마일 정도 떨어진 곳에는 채석장으로 위장된 넓은 지역이 있었다. 그곳은 인적이 드물어서 비밀 접촉을 갖기에는 안성맞춤인 장소였다.

잠시, 나는 내가 이 사건에서 주도권을 잡고 싶다는 충동에 빠졌다. 단 한 번만이라도 포와로에게 뽐낼 수 있는 기쁨을 누리는 것이 큰 자랑거리가 될 수 있으리라는 생각이 들었다. 그러나 결국, 나는 이러한 유혹을 물리쳤다.

이번 일은 매우 큰 사건이었다. 나에게는 혼자 일을 할 권리가 없었고, 혹시 잘못하다가는 아주 좋은 기회를 망칠 수도 있을 것 같았다. 우리는 적에게 살금살금 가까이 다가갔으니, 이번 기회를 아주 유효하게 이용해야만 한다. 그래서, 내가 원하는 바대로 위장시켜 포와로가 우리 둘 중 더 좋은 생각을 택해 이 기회를 살릴 수 있도록 해야만 한다.

나는 속달로 포와로에게 편지를 보내어 이 사실을 알려주고, 그들이 나누는 대화를 옆에서 엿듣는 것이 무엇보다도 중요하다고 덧붙였다. 만일 그 일을 나에게 맡긴다면 내가 잘 처리하겠다는 것과, 포와로가 직접 그곳에 갈 작정이라면 역에서 채석장까지 어떻게 가야 하는가에 대해서도 자세히 써놓았다.

나는 편지를 가지고 마을로 내려가서는 그것을 직접 부쳤다. 이곳에 머물고 있는 동안, 내가 직접 포와로에게 편지를 부치는 방법을 통해 언제고 소식을 전할 수가 있었다. 그러나, 그가 편지를 보내면 중간에 차단될지도 모른다는 생각 때문에 내게는 편지를 보낼 수가 없었다.

그 다음 날 저녁 나는 흥분에 들떠 있었다. 집에는 아무도 찾아오는 사람이 없어서 저녁 내내 나는 라일랜드의 서재에서 그와 바쁜 시간을 보냈다. 나는 이번 일이 나에게 커다란 업적이 되는지도 모른다는 생각을 했다. 왜냐하면, 나는 포와로를 역에서 만나게 되지 않길 바랐기 때문이다.

그리고, 나는 11시 이전에 이곳을 빠져나갈 자신이 있었다.

10시 30분이 막 지나자 라일랜드는 시계를 흘끔 쳐다보더니만 일이 끝났다고 말했다. 나는 눈치를 채고는 조심스럽게 물러나왔다. 나는 침실로 가는 체 하면서 위층으로 올라가 사다리를 통해 정원으로 빠져나왔다. 나는 하얀 셔츠를 가리기 위해 이미 어두운 코트를 위에 걸치고 있었다.

고개를 돌려 어깨너머를 살피면서 정원 아래쪽까지 걸어갔다. 라일랜드는 바로 그때 자기 서재의 창문을 통해 정원으로 걸어 나오고 있었다. 그는 약속 시간에 맞추려고 지금 출발하고 있는 것이었다. 나는 선수를 치기 위해 두 배 정도나 빠른 걸음으로 걸었다. 잠시 뒤 숨을 헐떡이며 채석장에 도착했다. 주위에는 아무도 없는 듯 조용했다.

나는 우거진 덤불더미 밑으로 기어 들어가 사태가 진전되기를 기다렸다.

10분 뒤, 시계가 11시를 정확하게 가리키자 라일랜드가 살금살금 접근해 왔다. 그는 모자를 눈 가까이까지 내려오게 눌러쓰고, 시가를 입에 물고 있었다. 그는 재빠르게 주위를 두리번거리더니, 이내 채석장 밑의 움푹 팬 곳으로 뛰어들어갔다. 곧 나지막하게 중얼거리는 소리가 들려왔다. 분명 누군가가 먼저 그곳에 와 있다가 둘이 만나고 있음이 틀림없었다.

나는 매우 조심스럽게 덤불에서 기어나와 소리가 나지 않게 조금씩 접근하여, 커다란 돌에 몸을 붙였다. 이렇게 되자, 그들과 나 사이에는 오직 이 돌 하나만이 가로 놓이게 되었다. 나는 어둠 속에서 그들을 엿보기 위해 목을 길게 뺐다. 아, 맙소사! 그런데, 이게 웬 날벼락이란 말인가! 무시무시한 자동소총의 총부리가 나의 얼굴을 겨누고 있는 것이 아닌가!

"손들어!" 라일랜드가 소리쳤다.

"나는 여기서 네가 오길 기다리고 있었다."

그는 바위의 그늘 아래에 앉아 있었기 때문에 그의 얼굴을 볼 수는 없었지만, 그의 위협적인 말은 나를 오싹하게 만들었다.

그때 나는 싸늘한 금속이 나의 목 뒤에 와 닿는 것을 느낄 수 있었다. 곧 라일랜드는 자동소총을 아래로 낮추었다.

"됐어, 조지." 그가 느릿느릿 말을 했다.

"그자를 이리 끌고 오게."

나는 어둠침침한 곳으로 끌려가, 얼굴을 볼 수 없는 조지라는 자에 의해 재갈이 물려지고 단단히 결박당하게 됐다(조지라 불린 자는 그 디브스란 시종 놈이 틀림없으리라 생각됐다).

라일랜드는 내가 잘 알아들을 수 없는 목소리로 다시 말했다—아주 냉정하고 위협하는 투로.

"이제 너희 둘은 끝장이야. 너희들은 너무나 자주 우리들을 방해했어. 산사태에 대해서 들어본 적이 있나? 2년 전 이 근처에서 산사태가 일어났지. 오늘 밤 그와 같은 산사태가 또 일어날 예정이네. 그런데, 자네 친구는 약속을 정확하게 지키지 않는군."

공포의 전율이 나를 휘감아 왔다. 포와로! 잠시 뒤면 그는 나처럼 이 함정에 빠질 것이다. 그런데, 나는 그에게 이와 같은 사태를 얘기해 줄 수도 없다. 지금으로선 다만 포와로가 이 사건을 나에게 맡기고, 그대로 런던에 머물러 있어 주기만을 간절히 바랄 뿐이다. 그러나 그가 이곳을 향해 떠났다면, 지금쯤은 도착을 했어야 할 시간이다.

시간이 흘러갈수록 나의 희망은 커져 갔다. 그러다가 갑자기 그들은 흩어져 몸을 숨겼다. 나는 발걸음 소리—매우 조심스레 걸어오는 발걸음 소리를 들을 수 있었다. 나는 참을 수 없는 분노로 몸부림을 쳤다. 그들이 길로 내려가 멈추어 서자, 포와로가 머리를 한쪽으로 약간 기우뚱한 채 어둠 속을 자세히 들여다보며 나타났다.

나는 라일랜드가 자동소총을 포와로에게 겨누고 만족해하며 질러대는 큰소리를 들을 수 있었다.

"손들어."

디브스는 나에게 한 것과 똑같이 튀어나가 뒤에서 포와로를 덮쳤다. 그들의 매복은 완벽했다.

"만나서 반갑소, 에르큘 포와로." 라일랜드가 험악하게 말했다.

포와로의 침착성은 놀랄 만한 것이었다. 그는 조금도 놀라는 기색을 보이지 않았다. 그러나, 그는 무엇인가를 찾으려는 듯 어둠을 눈으로 더듬고 있었다.

"내 친구는? 그도 여기 있소?"

"그렇소. 당신 둘 다 함정에 빠진 것이지—빅 포의 함정에. 하하하!"

그는 만족스러운 듯이 웃어젖혔다.

"함정이라고?" 포와로가 물었다.

"흠, 아직도 당신은 깨닫지 못했단 말이오?"

"함정이라?—그래." 포와로가 점잖게 말을 받았다.

"하지만, 이보시오, 당신은 실수를 하고 있소. 함정에 빠진 것은 나와 내 친구가 아니라 바로 당신이오."

"뭐라고?"

라일랜드가 자동소총을 포와로에게 들이댔다. 그러나, 나는 라일랜드가 주춤거리고 있다는 것을 알 수 있었다.

"만일 당신이 총을 쏜다면, 당신이 살인을 저지르는 것을 열 명이 목격하게 될 것이고, 당신은 영락없이 교수형에 처해지게 될 게요. 지금 이곳은 런던경시청 경찰들에 의해 포위가 되어 있지. 당신은 지금 독 안에 든 쥐 신세란 말이오, 에이브 라일랜드."

포와로가 이상한 휘파람 소리를 내자, 마치 마술처럼 사람들이 이곳저곳에서 나타났다. 그들은 라일랜드와 그의 부하를 포위하고서는 무기를 빼앗았다.

포와로는 경찰 간부와 몇 마디를 나눈 뒤에 나의 팔을 잡고 나를 끌어냈다. 그는 나를 격정적으로 포옹했다.

"자네, 살아 있었군. 다친 데는 없고? 자네, 훌륭하게 일을 해냈어. 자네를 이곳에 보내고서, 내 자신을 얼마나 원망했는지 아나?"

"나는 괜찮아요." 나는 아무렇지도 않다는 듯이 말을 했다.

"하지만, 사실은 궁지에 빠져 어찌 할 바를 몰랐었습니다. 그런데, 당신은 그들의 음모를 벌써 눈치 채고 있었나요?"

"나는 다만 기회를 기다리고 있었네. 그렇지 않으면 무엇 때문에 내가 자네를 이곳까지 오도록 했겠나? 자네의 가명과 변장은 한 순간도 다른 사람들을 속일 수가 없었네."

"뭐라고요?" 내가 소리를 질렀다.

"당신은 그런 사실을 나한테 얘기한 적이 없었잖아요?"

"헤이스팅스, 내가 자네에게 항상 얘기했듯이, 자네는 천성이 너무나 착하고 정직해서 자기 자신조차 속일 수 없으니, 다른 사람을 속인다는 것은 더더군다나 불가능한 일이네. 그래서 자네는 처음부터 그들에게 발각이 되었고, 그들은 내가 의도했던 대로 따라주었네(회색의 뇌세포를 제대로 사용할 줄 아는 사람이라면 누구나 수학적 계산처럼 정확하게 생각할 수 있지). 자네를 미끼로 이용한 거야. 그리고, 그들은 그 여자를 부추겨 그녀를 또한 이용한 것이고. 그런데, 심리학적으로는 매우 흥미로운 사실이네만, 그녀가 빨간 머리를 하고 있었다고 했나?"

"마틴 양 말인가요?" 내가 냉정하게 물었다.

"그녀의 머리는 붉은 갈색 빛을 띠고 있었는데요."

"아주 교묘한 자들이군! 그들은 자네의 심리 상태까지 연구한 것이네. 오, 그래! 마틴 양은 그들의 음모에 말려든 것이었네. 그녀는 편지의 내용을 자네에게 라일랜드의 성격과 함께 얘기했네. 그 내용을 자네는 노트에 적어 열심히 생각한 끝에 알아내서는 나에게 그 해답을 보낸 것이고. 그러나, 그들이 알지 못했던 사실은 내가 이 일이 일어나기만을 기다리고 있었다는 것이네. 나는 이 소식을 재프에게 얼른 전하고서 이 일을 준비했지. 그래서, 자네가 보다시피, 모든 일이 이렇게 잘되지 않았나."

나는 포와로가 그다지 마음에 들지 않았다. 그래서, 내 마음이 그렇다는 사실을 포와로에게 말했다.

우리는 다음 날 아침 일찍 새벽 기차를 타고 런던으로 되돌아왔다. 이번 여행은 매우 불유쾌한 것이었다. 내가 막 욕실에서 나와 아침식사에 대한 즐거운 생각을 하고 있을 때, 응접실에서 낯익은 재프의 목소리가 들려왔다.

나는 실내용 가운을 급히 걸치고 서둘러 응접실로 들어갔다.

"실은 아무것도 아닌 것을 가지고 당신은 지금 우리들에게 일을 시키고 있습니다." 재프가 말을 하고 있었다.

"안됐습니다, 포와로 씨. 처음으로 당신이 말에서 떨어진 것 같습니다."

포와로의 얼굴은 멍청히 굳어 있었다. 재프는 말을 계속이었다.

"우리는 그 악당을 면밀히 조사했는데, 그자는 마부에 지나지 않았어요."

"마부라고요?" 나는 숨을 헐떡거리며 물었다.

"예, 제임스라고 아니, 그의 이름이 무엇이든지 간에. 그 친구가 아마 하인들 방에서 내기를 했던 모양입니다. 그는 노인네로 변장해서 그의 비서—헤이스팅스 대위, 바로 당신에게 빅 포에 대해 쓸데없는 스파이니 뭐니 하는 얘기를 해서는 자기들끼리 돈을 걸었답니다."

"그건 불가능해요!" 내가 소리를 질렀다.

"그걸 믿지 마십시오. 내가 해턴 체이스 저택으로 가보았는데, 그곳에는 진짜 라일랜드가 침대에서 잠을 자고 있었소. 그러니, 하인장과 요리사와 하나님은 그들 중 몇 명이 내기를 했는지 알고 있을 거요. 단지 짓궂은 장난에 불과한 겁니다. 그게 전부예요. 그 시종도 그 친구하고 똑같았고요."

"그래서, 그가 그늘에서 얼굴이 보이지 않게 한 것이군."

포와로가 중얼거렸다.

재프가 간 뒤로 우리는 서로 상대방만을 쳐다볼 뿐이었다.

"우리는, 헤이스팅스—." 포와로가 오랜 침묵을 깨고 말했다.

"제2호는 에이브 라일랜드라는 것을 알았네. 마부의 입장으로 위장한 것은 위급할 때 은폐하기 위한 수단이었어. 그리고, 그 마부는……."

"그는 누구죠?" 내가 헐떡거리며 포와로에게 재촉했다.

"제4호라네." 포와로가 위엄 있게 말했다.

제9장

노란 재스민의 비밀

포와로가, 우리는 내내 정보를 얻고 있었으며 적들의 마음을 꿰뚫어 보고 있었다고 말하는 것은 너무나도 당연한 일이었다—나 자신은 이것보다는 더욱 실체적인 성공을 요구하고 있다는 것을 느끼고 있었지만.

우리가 빅 포와 접촉하게 된 이래로 그들은 두 건의 살인을 저질렀고, 할리데이 씨를 납치했으며, 하마터면 포와로와 나 자신도 그들의 손에 꼼짝없이 죽을 뻔했었다. 그러나, 이와는 달리 우리는 지금까지도 이 게임에서 점수를 따낼 도리가 없었다.

포와로는 나의 불평을 아주 가볍게 일축했다.

"지금까지, 헤이스팅스—." 그가 말을 꺼냈다.

"그들은 우리를 비웃고 있네. 그러나, '최후에 웃는 자가 가장 잘 웃는다.'라는 속담을 알고 있지 않은가? 결국 우리는 그렇게 될 걸세."

"그렇지만, 자네는 이걸 기억해야 할 걸세." 포와로는 덧붙였다.

"우리는 지금 아주 평범한 범죄자들을 다루고 있는 것이 아니라, 세계에서 두 번째로 머리가 좋은 놈들을 상대하고 있다는 사실을 말일세."

나는 너무도 명백한 질문을 함으로써 그의 자부심을 부추기고 싶지는 않았다. 나는 내 질문에 대한 해답, 적어도 포와로의 대답이 어떠하리라는 것을 알고 있었다. 대신에, 비록 성공하지는 못했지만, 적을 추적하기 위해 그가 어떤 조치를 취할 것인가 하는 것에 대해 어떠한 정보라도 이끌어내려고 노력을 기울였다.

그러나, 평상시처럼 그는 자신의 행동에 대해 아무런 낌새도 알아채지 못하게 할 뿐이었다. 그러나 나는 그가 인도, 중국, 러시아의 비밀 정보원들과 접촉을 하고 있으며, 자신의 명성을 재현시키기 위해 적들의 마음을 헤아리는 게임을 조금씩 진행시키고 있다는 사실을 알아낼 수 있었다.

그는 자신의 개인적인 업무를 거의 포기했는데, 나는 그가 상당한 액수의 사례금까지도 거절했다는 사실을 알게 되었다. 그는 가끔 흥미를 끄는 사건을 맡기도 했으나, 그러한 사건들이 빅 포의 행위와 아무런 관련이 없다는 것을 확신하게 되면, 당장 사건들에서 손을 떼고 마는 것이었다.

포와로의 이러한 태도는 우리의 친구 재프 경감에게는 매우 큰 도움이 되었다. 의심할 것도 없이, 포와로가 내던진 반경멸적인 실마리를 이용하여 여러 사건을 해결함으로써 그는 많은 명성을 얻고 있었다.

이러한 도움에 대한 대가로, 재프는 이 조그만 벨기에인이 흥미를 끌 만한 사건들에 대해서 자세히 설명해 주곤 했다. 그러다가 그는 신문지상에서 소위 '노란 재스민의 비밀'이라 명명된 사건을 떠맡게 되었다. 그러자 그가 포와로에게 전보를 쳐서, 그 사건을 조사해 볼 의향이 없느냐고 물어 온 것이다.

에이브 라일랜드의 저택에서 그 희한한 사건이 있은 뒤, 약 한 달 만에 런던의 안개와 공해를 벗어나 비밀이 깃든 우스터셔 군의 마켓 핸드퍼드라는 작은 마을을 향해 떠난 것은 순전히 그 전보에 대한 응답에서였다.

질주하는 열차의 객실에는 우리뿐이었다. 포와로는 자기 자리에 기대어 앉았다.

"이 사건에 대해 자네는 어떻게 생각하고 있나, 헤이스팅스?"

나는 그의 질문에 즉각 대답을 하지 않았다. 왜냐하면, 신중해야 할 필요를 느꼈기 때문이다.

"매우 복잡하게 보이는데요."

나는 조심스럽게 대답을 했다.

"그 반대로는 생각하지 않나?" 포와로가 유쾌하게 물었다.

"이렇게 서두르는 것을 보니, 당신은 페인터 씨의 죽음을 자살이나 어떤 우연한 사고가 아니라, 피살된 것이라고 생각하시는 모양이군요?"

"아니, 아니네. 자네는 나를 오해하고 있어, 헤이스팅스. 가령 페인터 씨가 어떤 끔찍한 사고로 죽었다면, 아직도 많은 의문점이 남아 있을 것이네."

"그 점이 바로 내가 복잡할 것이라고 말한 이유입니다."

"주요한 사실에 대해서 찬찬히, 그리고 조직적으로 조사해 보도록 하세. 헤이스팅스, 그 사건에 대해 나에게 조리 있고 명쾌하게 다시 말해 주지 않겠나?"

나는 내가 할 수 있는 한 분명하게 설명을 해주었다.

"페인터라는 사람부터 얘기를 시작해야겠습니다. 그는 55세의 부유하고 교양있는 세계 일주 여행가였습니다. 최근 12년간 그는 거의 영국에 있지 않았습니다. 그러나, 계속된 여행에 대해 갑작스레 싫증을 느끼고는 우스터셔 군, 즉 마켓 핸드퍼드 근처에 땅을 조금 사서 정착하기로 했습니다. 그래서, 제일 먼저 그는 자기 막냇동생의 아들인 조카 제럴드 페인터라는 유일한 혈육에게 편지를 보내어 크로프틀랜즈(그곳은 그렇게 불렸습니다)에 와서 자기와 함께 살자고 했습니다. 가난하고 젊은 예술가인 제럴드 페인터는 너무나도 기뻐서 얼른 그러겠다고 했죠. 그렇게 해서 그 사건이 일어나기 전까지 그 조카는 약 7개월 동안 큰아버지와 함께 살게 되었습니다."

"자네의 그 화술은 놀랍기만 하군." 포와로가 중얼거렸다.

"나는 지금 말하고 있는 사람이 내 친구 헤이스팅스가 아니라, 책이 말하는 듯한 착각이 들 정도라네."

포와로의 말에 신경을 쓰지 않고, 나는 얘기를 계속해 나가며 분위기를 고조시켰다.

"페인터 씨는 크로프틀랜즈에서 훌륭한 고용인들을 거느리고 살았습니다—여섯 명의 하인과 중국인 시종을요. 그 중국인 시종의 이름은 아링이라 합니다."

"중국인 시종 아링이라." 포와로가 중얼거렸다.

"지난 화요일에 페인터 씨가 저녁식사를 한 뒤에 몸이 안 좋다고 불평을 하자, 하인 중 한 사람이 의사를 부르러 갔습니다. 페인터 씨는 잠자리에 들지 않겠다고 하며 자기 서재에서 의사를 맞아들였습니다. 그들 둘 사이에서 무슨 일이 있었는지 그때는 알려지지 않았는데, 퀜틴 의사가 떠나기 전에 가정부를 불러서 페인터 씨의 심장이 극도로 악화되어 있기 때문에 주사를 놓아 주었노라 얘기하고는, 신경 쓰게 해서는 안 된다고 당부하면서 하인들에 대해서 언제 그곳에 왔는가, 어디에서 왔는가 하는 따위의 이상한 질문을 했더랍니다.

그 가정부는 자기가 알고 있는 한 자세하게 대답을 했습니다만, 그 질문의 의도가 무엇인지 몰라 당황했답니다. 다음 날 아침 끔찍스러운 일이 벌어진 것이 발견되었습니다. 가정부 한 사람이 계단을 내려가다가 주인의 서재에서 나는 것 같은, 고기가 타는 듯한 매스꺼운 냄새를 맡았는데, 그 서재의 문은 안으로 잠겨 있었습니다. 제럴드 페인터와 중국인 시종의 도움으로 간신히 안으로 들어갈 수 있었는데, 끔찍한 장면이 그들을 기다리고 있었습니다.

페인터 씨는 가스난로 속에 처박혀 있었고, 그의 얼굴과 머리는 새까맣게 타서 알아볼 수도 없을 정도였습니다. 물론, 그 당시에는 그렇게 엄청난 사건이 벌어지리라는 조짐은 어느 곳에서도 발견할 수가 없었습니다. 만일에 비난받아야 할 사람이 있다면, 환자에게 마취약을 놓아 그 정도로 위험한 상태에 놓이게 한 퀜틴 의사일 겁니다. 그런데, 더 기묘한 일이 그 뒤에 발견되었습니다. 그 노인네의 무릎 위에서 신문이 떨어져 바닥에 펼쳐져 있었습니다.

그 신문을 뒤집자, 그 위에 희미하게 잉크로 휘갈겨 쓴 글자가 보였습니다. 페인터 씨가 앉아 있던 의자 바로 옆에는 책상이 하나 있었는데, 페인터 씨의 오른손 집게손가락에서 두 번째 관절에 이르는 부분이 잉크로 얼룩이 져 있었습니다. 이것은 그가 펜을 잡기에는 너무 힘이 없어서 잉크병 속에 손가락을 집어넣고는 가까스로 갖고 있던 신문지 위에 겨우 그 두 단어를 휘갈겨 쓴 게 분명했습니다.

그런데, 그 두 단어는 정말로 환상적이었습니다. '노란 재스민'—이것뿐, 더 이상은 아무것도 없었습니다. 크로프틀랜즈의 담 주위에는 노란 재스민을 아주 많이 심어 놓고 있었는데, 죽어 가면서 써놓은 단어가 바로 그 꽃 이름이었으며, 그것은 그 불쌍한 노인의 마음이 몽롱해져 있었다는 것을 보여 주는 것이라 생각됩니다. 물론, 신문 얘기를 곧이곧대로 받아들여서 그것을 노란 재스민의 비밀이라 부를 수도 있습니다만, 모든 가능성을 다 동원한다 하더라도, 그 단어들은 결코 중요한 게 아닙니다."

"그것이 중요하지 않다고?" 포와로가 말했다.

"흠, 의심할 것도 없겠지. 자네가 그렇게 말한다면야 그럴 게 분명해"

나는 그를 의심스럽게 쳐다보았다. 그러나, 그의 눈에서 놀리고 있는 듯한 기미는 찾아볼 수 없었다.

나는 말을 계속 이었다.

"그런데 심리(審理)에서 흥미 있는 일이 발생했습니다. 이것은 틀림없이 당신에게 구미가 당길 겁니다. 퀜틴 의사에 대해서는 뚜렷한 심증(心證)이 많이 있습니다. 우선, 그는 정식 의사가 아니라 대리 의사에 불과한데, 볼리도 의사가 휴가를 간 동안에 대신해서 약 1개월가량 진료를 담당하고 있었습니다. 그래서, 바로 그의 부주의가 직접적인 사인(死因)이라고 생각될 수도 있었지요.

하지만, 그의 증언은 세상을 놀라게 할 만한 것이었습니다. 페인터 씨는 크로프트랜즈에 이사 온 이후 줄곧 건강 때문에 고통을 받아 왔습니다. 볼리도 의사가 오랫동안 그를 진찰해 왔는데, 퀜틴은 그날 처음으로 그를 진찰했던 겁니다. 따라서, 퀜틴은 어떤 증세인지 몰라 당황해 하고 있었지요.

그는 페인터 씨가 저녁식사를 한 조금 뒤에 진찰하게 되었습니다. 퀜틴이 페인터 씨와 단둘이 있게 되자, 페인터 씨가 놀랄 만한 얘기를 했답니다. 자기는 아무 데도 아프지 않고, 단지 저녁에 먹은 카레가 좀 이상한 것 같다고 한 겁니다. 아링을 그 방에서 내보내려고 몇 분간 이런저런 얘기를 늘어놓은 뒤에, 그는 자기 그릇에 있는 내용물을 접시에 담고는, 그것을 의사에게 건네주면서 무언가 이상한 것이 들어 있는지 검사해 달라고 부탁을 했답니다.

그가 아픈 곳이 없다고 말을 했음에도, 마음속에 의심을 품게 된 것이 충격이 되어서 그의 심장에 영향을 끼쳤을 거라고 의사는 판단했습니다. 따라서, 그는 수면제가 아니라 스트리크닌을 주사했다는군요(스트리크닌은 많이 쓰면 독약이지만, 미소량을 사용하면 신경자극제로 쓸 수 있다).

내 생각으로는 그것이 이 사건의 원인일 겁니다─그 모든 일의 요점을 제외하고 먹지 않고 남긴 카레를 분석한 결과에 따르면 두 사람은 충분히 살해할 수 있는 아편가루가 검출되었다고 합니다."

나는 잠시 말을 끊었다.

"그럼, 자네의 결론은?" 포와로가 조용히 물었다.

"말하기 어렵습니다만, 사고가 아닐까요? 그리고, 누군가가 그날 밤 그를 독살하려 했다는 사실과는 우연의 일치라 생각됩니다."

"그렇지만, 자네 사실은 그렇게 생각지 않지? 자네는 그것을 살인사건이라고 믿고 싶어 할 텐데?"

"그럼 당신은?"

"자네와 나는 같은 방법으로 생각을 하고 있지 않네. 나는 두 가지 상반된 해답, 살인과 우연 사이에서 내 마음을 결정하려고 하지 않아. 그것은 우리가 다른 문제—'노란 재스민'의 비밀을 풀게 될 때 자연히 풀릴 것이네. 그런데, 자네는 거기에서 무엇인가를 무시한 것 같아."

"그 단어 밑에 희미하게 직각으로 엇갈려 있는 선을 말하는 건가요? 그것이 중요할 것 같지는 않은데요?"

"자네가 생각한 것은 항상 자네 자신에게 중요한 것이네, 헤이스팅스. 하지만, 노란 재스민의 비밀에서 이제는 카레의 비밀로 넘어가서 생각해 보세."

"누가 독을 넣었을까요? 왜? 거기에는 수백 가지의 해답이 있을 수 있습니다. 물론, 음식은 그 중국인 하인인 아링이 준비했습니다. 그렇다면, 왜 그는 자기 주인을 죽이려고 했을까요? 그는 중국 비밀결사의 일원이라든지, 아니면 그와 비슷한 것일까요? 노란 재스민이라는 비밀결사가 아닐까요? 그런데, 제럴드 페인터도 있습니다."

나는 갑작스레 말을 멈추었다.

"그러네." 포와로가 고개를 끄덕이며 말을 했다.

"자네가 얘기한 것처럼 제럴드 페인터도 있네. 그는 자기 큰아버지의 상속인이야. 그런데, 그는 그날 밤 밖에서 저녁식사를 했어."

"그가 카레 재료를 가지고 있었을 수도 있어요." 내가 넌지시 말을 건넸다.

"그는 밖에 나가길 꺼려하는데, 그날만은 식사를 함께하지 않았지요."

나는 내 추리가 어느 정도 포와로를 감탄하게 했다고 생각했다. 그는 지금까지보다 훨씬 더 대견한 눈으로 나를 쳐다보았다.

"그는 밤늦게 돌아왔습니다." 내가 계속해서 말해 나갔다.

"그러고는 삼촌의 서재에 불이 켜져 있는 것을 보고는 안으로 들어가서, 자신의 음모가 실패했음을 발견하고 삼촌을 불 속에 밀어 넣은 겁니다."

"페인터 씨는 정상적이고 원기 왕성한 노인이었는데, 어떻게 싸우지도 않고 순순히 그에게 떼밀려서 불에 타죽을 수가 있었을까? 그러한 가설은 있을 법하지 않은데."

"그렇다면, 포와로—." 내가 소리를 질렀다.

"이런, 거의 다 온 것 같군요. 이제는 당신이 생각하고 있는 바를 듣고 싶은데요."

포와로는 나에게 미소를 보내고는, 의기양양한 태도로 말을 하기 시작했다.

"왜 범인은 그처럼 특이한 방법으로 범행을 저질렀을까? 나는 다만 한 가지 이유만을 생각할 수 있네—사람을 알아보지 못하게 하기 위해서였어. 그래서, 얼굴을 알아볼 수 없을 정도로 불에 태운 거야."

"뭐라고요?" 나는 놀라서 소리를 질렀다.

"당신 생각에는—."

"잠깐만 참게나, 헤이스팅스. 내가 그 사건에 대해 추리한 것을 설명해 주겠네. 그 시체가 페인터 씨의 것이 아니라는 어떠한 증거라도 있는가? 그렇게 시체로 변해 있을 가능성이 있는 다른 사람은 없을까? 나는 이 두 가지 질문에 대해 생각해 봤는데, 결국 부정적인 해답을 얻었네."

"오!" 나는 조금은 실망을 하여 소리를 질렀다.

"그래서요?"

포와로의 눈이 약간 빛났다.

"그런데, 그 점에 대해서는 아직 내가 이해를 하지 못하는 부분이 있기 때문에 좀더 조사를 해봐야겠어. 나는 전적으로 빅 포에만 빠져 있고 싶지는 않아. 아, 이제 도착했군. 작은 옷솔이 어디 있지? 어디로 숨어 버렸지? 아, 여기 있군. 내 옷 좀 털어 주겠나? 나도 자네 옷을 털어 줄 테니."

포와로가 솔질을 하면서 의미심장하게 말을 꺼냈다.

"그런데 사람이란 어떤 한 가지 생각에만 사로잡히면 안 되네. 나는 지금까지 그러한 위험에 빠져 있었어. 지금 이 사건에서도 나는 그러한 위험에 빠져 있네. 자네가 말한 두 선, 즉 밑에서 내려 그어진 한 선과 옆으로 직각이 되어 그어진 선 한 개. 이것은 4(four)자의 첫 글자인가?"

"놀랍군요, 포와로."

나는 소리를 지르며 웃어젖혔다.

"엉터리 같은 얘기는 아니지? 나는 모든 곳에서 빅 포의 마수를 보고 있는데, 전혀 다른 환경에서 다른 사람의 재치를 빌리는 것도 좋네. 아, 저기 재프가 오는구면."

제10장

크로프틀랜즈에서의 조사

런던경시청의 재프 경감은 플랫폼에서 우리를 기다리고 있다가, 우리를 보고서 따뜻하게 맞아 주었다.

"포와로 씨, 어서 오십시오. 아주 멋진 사건입니다. 이것하고 비밀을 나누고 싶어 하실 거라 생각되는군요. 최고의 미스터리죠, 안 그렇습니까?"

나는 재프가 내미는 것을 얼른 읽고서 당황해 했다. 그래서 포와로가 무슨 지시라도 해주길 기대해 보았다. 재프는 차를 대기시켜 놓고 기다리고 있었다.

우리는 곧장 크로프틀랜즈로 차를 몰았다. 그 집은 정방형의 지붕에 흰색 칠을 한 수수한 저택이었는데, 집이 온통 노란 재스민과 같은 덩굴나무로 뒤덮여 있었다.

재프도 우리와 마찬가지로 그 집을 쳐다보고 있었다.

"가엾고 괴상한 노인, 그 말을 쓰려고 그렇게 애썼다니 어리석기 짝이 없는 짓 아닙니까. 아마도 환상이 아닐까요? 그리고, 이런 건 아주 드문 경우가 아닙니까?"

포와로가 웃으며 그를 쳐다보았다.

"재프, 자네는 어느 쪽으로 생각을 하고 있는 건가? 우연, 아니면 살인?"

경감은 그 질문에 약간 당황해 하는 것처럼 보였다.

"글쎄요, 만일에, 문제의 카레가 없었다면 나는 우연이라고 생각했을 겁니다. 살아 있는 사람의 머리를 불 속에 집어넣는 것은 끔찍하기 짝이 없는 일이지요. 왜 그는 비명을 지르지 않았을까요?"

"아!" 포와로가 낮은 목소리로 말했다.

"내가 잠시 잘못 생각했군. 너무나 멍청했어! 재프, 자네는 나보다 훨씬 머리가 좋아."

재프는 그의 칭찬에 조금은 움찔하는 것 같았다. 포와로는 항상 자만심에 가득 차 있었는데, 지금 그의 얼굴이 새빨개져서는 생각해 봐야 할 게 많다고 중얼거리는 것이었다.

재프가 사건이 일어난 비극의 현장, 페인터 씨의 서재로 우리를 안내했다.

널찍하고 천정이 낮은 방이었는데, 벽에는 책이 가지런히 꽂혀 있었으며, 커다란 가죽 안락의자가 놓여 있었다. 포와로는 즉시 자갈을 깔아 놓은 테라스로 통하는 창문에서 눈길을 떼지 않았다.

"저 창문은 잠겨 있지 않았었나?" 포와로가 재프에게 물었다.

"그게 바로 중요한 문제입니다. 의사가 이 방을 나갈 때, 그는 다만 문을 닫기만 했답니다. 그런데, 다음 날 아침엔 잠겨 있었습니다. 누가 잠갔겠습니까? 페인터 씨가? 아링은 저 창문을 닫고서는 걸쇠를 채웠다고 하더군요. 이와는 달리 퀜틴 의사는 그 창문은 닫혀 있긴 했지만 꽉 닫혀 있지는 않다는 느낌을 받았다고 하더군요. 그렇지만, 어떻노라고 확실하게 대답은 할 수 없다고 했습니다. 그의 말이 옳다면 대단한 차이점이 있는 것이지요.

만일 그 사람이 살해되었다면 누군가가 창문을 통하든지, 아니면 출입문을 통해서 침입을 했을 겁니다. 출입문을 통해서 들어왔다면 내부인의 소행일 가능성이 있고, 창문을 통해 침입을 했다면 외부인의 소행일 가능성이 큽니다. 사건이 난 뒤에 사람들이 문을 부수고 들어와서는, 먼저 창문을 열어 젖혔습니다. 창문을 연 하녀는 창문이 잠겨 있지 않았다고 생각하고 있습니다. 그러나, 그녀는 분명히 제대로 보지 못했을 겁니다. 질문할 걸 기억해 두어야 할 겁니다."

"열쇠는 어떻게 됐나?"

"문의 파편과 함께 마룻바닥에 떨어져 있었습니다. 열쇠구멍에서 떨어져 나갔든지, 그 방에 들어간 사람이 그곳에 떨어뜨려 놓았든지, 아니면 문밖에서 밑으로 집어넣었든지 하지 않았을까요?"

"모든 게 '그랬을지도 모른다'는 것뿐이군."

"포와로 씨, 아주 정확히 지적하셨습니다. 바로 그 점이 문제입니다."

포와로는 그를 쳐다보고는 못마땅한 얼굴 표정을 지어 보이며 중얼거렸다.

"해결점이 전혀 보이지 않는군. 문제가 풀리기는커녕 더욱 미궁에 빠지게 되었으니, 나는 실마리를 찾을 수가 없어. 또 동기는 뭘까?"

"제럴드 페인터에게는 충분한 동기가 있지 않겠습니까?"

재프가 힘주어 말했다.

"그는 매우 난잡한 생활을 해 왔습니다. 사치스럽게 살았지요. 당신도 예술가가 어떤 사람들이라는 것을 잘 알잖습니까? 도덕관념이라곤 전혀 없죠."

포와로는 재프가 예술가의 기질에 대해 일방적으로 매도하는 비난에는 그다지 주의를 기울이는 것 같지 않았다. 그 대신, 그는 무엇인가를 알겠다는 듯이 미소를 지어 보였다.

"재프, 이보게, 내 눈 속에 진흙을 던져 넣는 일이 가능할 것 같나? 자네가 지금 그 중국인을 의심하고 있다는 것은 내 잘 알고 있네. 그런데, 자네는 너무 교묘해. 자네는 내가 도와주기를 원하고 있지. 하지만, 아직도 자네는 내가 수사하는데 속임수를 쓰고 있어."

재프가 웃음을 터뜨렸다.

"굉장하군요, 포와로 씨. 그래요. 나는 지금 그 중국인에게 모든 것을 걸고 있다고 솔직히 인정합니다. 카레를 만든 친구는 그 사람이 분명합니다. 그리고, 만일 그가 그날 밤에 자기 주인을 죽이려고 한번 시도했다면, 또다시 그렇게 했을 겁니다."

"내 생각엔 좀 의심스러운데." 포와로가 부드럽게 말했다.

"그러나, 그것이 내 가슴을 뛰게 만드는 동기입니다. 그 외국인이 원수를 갚으려고 한 것이라는 생각이 듭니다."

"그런데 말이야ㅡ." 포와로가 다시 말했다

"없어진 물건은 하나도 없었나? 아무것도 없어지지 않았느냐는 말이야. 보석이라든지 돈, 또는 서류 같은 거라도?"

"아무것도."

나는 주의깊게 그의 말을 들었다. 포와로 역시 나처럼 귀를 기울였다.

"없어진 물건은 하나도 없었습니다." 재프가 설명하기 시작했다.

"그런데, 그 노인네가 어떤 책을 쓰고 있었더군요. 출판사에서 그에게 원고를 보내 달라는 편지가 오늘 아침에 도착한 것을 보고서야 그 사실을 알게 되었습니다. 그 원고는 거의 완성된 모양이더군요. 조카인 제럴드 페인터와 내가 그 책을 찾으려고 샅샅이 뒤져 보았습니다만, 아무 데서도 찾을 수가 없었습니다. 그는 그것을 어디엔가 숨겨 놓은 게 분명합니다."

포와로의 눈이 반짝거리며 빛을 발하고 있었다.

"책 제목이 뭐라 하던가?" 포와로가 물었다.

"《중국의 비밀스런 손》 이라 하는 것 같지요, 아마."

"하!"

포와로가 헐떡거리며 외마디 소리를 냈다. 그러고는 급히 재촉하듯 말을 덧붙였다.

"빨리 그 아링이라는 중국인을 만나보도록 하세."

그 중국인이 불려왔다. 발을 질질 끌며 고개를 숙인 채 걸어왔는데, 머리는 땋아서 아래로 길게 내려뜨려져 있었다. 그의 무감각한 표정은 아무런 감정도 얼굴에 나타내지 않고 있었다.

"아링—." 포와로가 말을 걸었다.

"당신 주인이 변을 당한 데에 대해 뭐라 위로의 말을 해야 할지 모르겠소."

"정말 안되셨습니다. 좋은 분이셨는데."

"당신은 누가 주인을 살해했는지 알고 있소?"

"모르고 있습니다. 알고 있다면 경찰에 벌써 신고했지요."

질문과 대답이 계속 이어졌다. 아링은 처음 들어올 때의 얼굴 표정을 그대로 하고서, 카레를 어떻게 만들었는지에 대해 설명을 했다. 요리사는 전혀 그 카레와 상관이 없고, 오로지 자기 혼자 그것을 만들었노라고 했다. 그리고, 그는 여전히 정원으로 통하는 창문은 그날 저녁에도 빗장을 채웠다고 했다. 만일 그것이 아침에 열려 있었다면, 그것은 주인이 연 게 틀림없다는 것이다.

마침내 포와로가 그를 내보냈다.

"다 됐소, 아링."

아링이 문쪽으로 거의 다 갔을 즈음에 포와로가 다시 그를 불러세웠다.

"그런데, 당신, 노란 재스민에 대해서 아무것도 아는 게 없소?"

"모르겠는데요. 제가 그걸 어떻게?"

"그 낱말에 숨겨져 있는 다른 뜻을 알고 있지 않나 해서 말이오."

포와로는 말을 하면서 의자에서 일어나, 재빨리 자그마한 테이블 위의 먼지 속에서 무언인가를 찾아냈다.

나는 그가 그것을 문지른 뒤에야 그게 무엇인지를 알 수 있었다. 그것은 커다랗게 직각으로 휘갈겨 쓴 '4'자였다. 그런데, 그것이 아링에게 준 충격은 대단한 것이었다. 그 순간, 그이 얼굴은 금세 공포에 휩싸였다가 이내 무감각한 얼굴로 변했고, 다시 한 번 모르겠노라고 대답을 하고는 물러갔다.

재프가 제럴드 페인터를 찾아 그곳을 나서게 되어, 포와로와 나만 뒤에 남게 되었다.

"빅 포네, 헤이스팅스." 포와로가 소리쳤다.

"또다시 빅 포야. 페인터는 대단한 여행광이었네. 그의 책에는 빅 포의 두목이며 브레인인 제1호 리창옌에 대한 중대한 정보가 들어 있는 게 분명해."

"그런데 누가, 어떻게?"

"쉿, 저기 오는군."

제럴드 페인터는 붙임성이 있고, 좀 약하게 생긴 젊은 청년이었다. 그는 갈색 수염을 길렀고, 독특한 넥타이를 매고 있었다.

그는 포와로의 질문에 흔쾌히 대답을 했다.

"저는 그날 이웃집의 위철리 가족과 함께 저녁식사를 했습니다."

그가 설명하기 시작했다.

"몇 시에 집에 돌아왔느냐고요? 11시쯤 됐을 겁니다. 아, 물론 열쇠를 가지고 있었지요. 모든 하인들이 잠을 자고 있어서, 당연히 큰아버지도 주무시겠거니 생각을 했죠. 중국 하인 아링이란 놈이 살금살금 걸어가서 홀 구석 쪽으로 사라지는 것을 본 듯도 한데. 아마도 제가 잘못 본 것 같습니다."

"언제 큰아버지를 마지막으로 보았소? 당신이 큰아버지와 함께 살러 오기 전에 말이오."

"아! 열 살 이후론 못 봤지요. 큰아버지는 저희 아버지와 대판 싸움을 했거든요."

"하지만, 그분은 당신이 어렵다는 것을 알게 되지 않았소?"

"예, 제가 변호사의 광고를 보게 된 것은 정말 행운이었습니다."

포와로는 더 이상 묻지 않았다.

우리의 다음 행동은 퀜틴을 찾아가는 일이었다. 그는 심문받을 때 한 얘기만 되풀이할 뿐 그 이상의 내용은 말하려 하지 않았다.

그는 한 환자를 막 진료하고 우리를 진찰실에서 맞아 주었다. 그는 매우 지적으로 보였다. 그의 깔끔한 매너는 그가 쓰고 있는 코안경과 매우 잘 어울렸다. 나는 그의 진료는 철저히 현대적이리라 생각을 하게 되었다.

"그 창문에 대해서 기억해 낼 수 있었으면 좋겠습니다."

그는 솔직하게 털어놓았다.

"그러나, 지나간 것을 생각해낸다는 건 위험스런 일입니다. 사람들은 이미 존재하지 않는 것에 대해서 쉽사리 긍정을 하는 수가 있기 때문이죠. 그것이 심리학 아니겠습니까? 포와로 씨, 당신도 아시겠지만, 나는 당신의 방법에 대해 모든 것을 읽고, 당신에 대한 열렬한 숭배자가 됐습니다. 내 생각으로는 중국인이 카레에다 아편 가루를 넣은 것 같습니다만, 그는 그것을 결코 실토하지 않을 겁니다. 그리고 우리는 왜 그랬는지도 알지 못할 겁니다. 그러나 그 노인을 불 속에 처넣은 것, 그것은 그 중국인의 성격과는 맞지 않는 것 같습니다."

나는 마켓 핸드퍼드 마을의 거리를 걸어 내려오면서 이 마지막 부분에 대해서 포와로와 이야기를 나누었다.

"당신은 그가 공모한 것을 속이고 있다고 생각합니까?" 내가 물었다.

"내 생각으로는, 재프가 그에 대해 주시를 하고 있는 것은 어느 정도 타당성이 있는 것 같은데요(재프 경감은 이미 다른 일 때문에 경시청으로 들어간 뒤였다). 빅 포의 스파이는 대단히 재빠르군요."

"재프는 그 두 사람 모두 주시하고 있네." 포와로가 나지막이 말했다.

"그들은 시체가 발견된 뒤로 계속 형사의 감시를 받고 있어."

"그럼, 우리로선 제럴드 페인터는 이 사건과 관련이 없다고 봐도 되겠군요."

"일이 무척 피곤하게 되어가고 있다는 것을 자네는 항상 나보다 훨씬 더 잘 알고 있잖나."

"늙은 여우같군요." 하고 나는 웃어젖혔다.

"당신은 결코 힌트를 주지 않을 겁니다."

"솔직히, 헤이스팅스, 이 사건은 지금 나에겐 아주 명백해졌네―노란 재스민이란 단어만 빼놓고는. 그리고 나는 그들이 이 사건과는 아무런 관계가 없을 것이라는 데도 자네와 동감이야. 이번 사건에서 자네는 누가 거짓말을 하고 있는가 하는 것을 알아내야만 하네. 나는 이미 그것을 알아냈지만 말일세. 그런데 또……."

그는 갑자기 내 곁에서 떨어져 나가 옆에 있는 서점에서 한 아름 책을 안고 나왔다. 잠시 뒤 재프가 다시 돌아왔고, 우리는 여인숙에 방을 잡았다.

나는 다음 날 아침 늦잠을 잤다. 우리가 예약해 놓은 거실로 내려오니 포와로는 벌써 그곳에 나와 있었다. 그는 이리저리 왔다 갔다 하고 있었는데, 그의 얼굴은 고민으로 일그러져 있었다.

"내게 말을 걸지 말게나." 그가 손을 내저으면서 소리쳤다.

"내가 모든 것이 잘 되었다는 것을 알기 전까지는, 범인이 체포되기 전까지는 말이야. 아! 그런데 나의 심리학은 너무 약해. 헤이스팅스, 만일 어떤 사람이 다잉 메시지(죽어가면서 남긴 암시의 말)를 썼다면, 그것이 매우 중요하기 때문이야. 모든 사람이 말했네. '노란 재스민? 그 집 주위에 노란 재스민이 자라고 있지. 그건 별 뜻이 없는 거야.' 하고 말이야. 그렇다면, 그것이 무엇을 의미하겠나? 그것이 무엇을 말하고 있는지 들어보게나."

그는 들고 있던 작은 책을 펼쳤다.

"헤이스팅스, 그 문제에 대해서 조사를 해봐야겠다는 생각이 퍼뜩 들더군. 노란 재스민이 정말 무슨 뜻일까? 이 책에서는 다음과 같이 설명되어 있네. 들어보게나."

그는 읽어 내려갔다.

"'학명은 Gelsemini Radix. 노란 재스민. 화학 성분―[알칼로이드] 겔세미닌($C_{22}H_{26}N_2O_3$), 코닌처럼 작용하는 강력한 독약. 겔세민($C_{12}H_{14}NO_2$), 스트리크닌처럼 작용. 겔세민산(酸) 등등. 겔세뮴은 중추신경 계통에 강력한 억제 효과가 있음(겔세미닌은 겔세뮴이 들어 있는 알칼로이드). 약효가 진행됨에 따라 운동신경 계통을 마비시키고, 다량 복용시에는 현기증을 일으키고 힘을 쓸 수가 없게 됨. 죽음은 호흡기 계통의 마비에 기인함.'

들었나. 헤이스팅스? 산 사람이 불 속에 처넣어졌다는 얘기를 처음 재프에게 들었을 때, 나는 이러한 사실에 대해 어렴풋이 짐작하고 있었지. 이제는, 불에 타 죽은 사람이 죽은 뒤에 불에 처박힌 것을 확실히 알았네."

"아니, 뭐라고요? 무슨 얘길 하는 겁니까?"

"이 친구야, 만일 자네가 어떤 사람이 죽은 뒤에 거기다 대고 총을 쏘거나, 칼로 찌르거나, 또는 머리를 때린다면 죽은 뒤에 상처가 날 것은 아주 분명한 일이네. 그러나, 머리가 숯처럼 불에 타버렸다면 아무도 그 불분명한 사인(死因)에 대해 알아보려 하지 않을 걸세. 그리고, 저녁식사 때에 분명히 독살당하는 것을 모면한 사람이라면, 바로 그 뒤에 독살당할 것 같지는 않네. 누군가가 거짓말을 하고 있어. 항상 그것이 의문이네만. 나는 아링은 믿기로 했네."

"뭐라고요?" 나는 소리를 질렀다.

"자네 놀라나, 헤이스팅스? 아링은 분명 빅 포의 존재를 알고 있네. 아주 분명히. 그러나, 그때까지 그는 그 범죄와 그 조직을 연관시켜서 생각하지 않은 것이 분명해. 만일 그가 범인이라면, 그는 완벽하게 무감각한 표정을 지었을 거야. 그래서, 나는 아링을 믿기로 한 거네. 그 대신, 제럴드 페인터에게로 내 의심이 향했네. 제4호라면 오랫동안 잊었던 조카로 아주 쉽게 변장할 수도 있다고 보았거든."

"뭐라고요? 제4호?"

나도 모르게 소리를 질렀다.

"아니, 헤이스팅스 그는 제4호가 아니야. 나는 노란 재스민에 대한 얘기를 읽자마자 진실을 알았네. 사실 그것은 금방 눈에 띄었어."

"그런데, 내게는 쉽사리 눈에 띄지 않던데요."

내가 차갑게 말했다.

"자네는 회색 뇌세포를 제대로 사용하지 않았기 때문이야. 누가 카레에다가 이물질을 넣을 기회가 있었겠나?"

"아링이겠지요. 다른 어느 누구보다도."

"다른 사람은? 의사라면 어떨까?"

"아니, 그것은 사건 뒤의 얘기가 아닌가요?"

"물론, 사건 뒤의 얘기네. 페인터 씨에게 주어진 카레에는 아편 가루를 넣은 흔적이라고는 없었는데, 퀜틴 의사는 그와 같은 의심을 품었어.

그 노인은 아무것도 먹지 않고 그것을 의사에게 검사해 달라고 하기 위해 그대로 놔두었네. 퀜틴이 도착하여 카레를 검사하고서는 페인터 씨에게 주사를 놓았네―그의 말로는 스트리크닌을 주사했다고 하지만, 사실은 노란 재스민 독약을 주사했네. 독액이 작용을 시작하자 그는 창문의 빗장을 풀어 놓고, 방문을 통해 그 방에서 나온 거야. 그러고는 한밤중에 창문을 통해 그 서재에 들어가 원고를 찾아내고서는 그를 불 속에 처박아 넣은 걸세. 하지만, 그는 마룻바닥에 떨어져 시체에 가려져 있던 신문지에는 주의를 기울이지 못했어. 페인터 씨는 자기에게 주사한 독액을 알고 있었으며, 자기를 죽인 빅 포를 힘이 닿는 데까지 밝히려고 한 거야.

퀜틴 의사가 그 카레를 분석하기 전에 카레에다 아편 가루를 섞는 것은 아주 쉬운 일이네. 그는 그 노인과 대화한 것을 얘기해 주면서 불쑥 스트리크닌을 주사한 것에 대해 언급했지. 주사바늘 자국이 발견될 것을 염두에 두고서 말이야. 혐의는 즉시 두 가지로 나뉘었네. 즉, 우연의 일치가 아니면, 아링이 카레 속에다 독약을 집어넣었을지도 모른다는 쪽으로."

"그러나, 퀜틴 의사가 제4호일 리는 없지 않습니까?"

"나는 그럴 가능성이 있다고 봐. 틀림없이 아마도 외국 어딘가에 나가 있는 퀜틴이라는 의사가 실제로 있을 걸세. 제4호는 잠깐 동안 그 의사로 가장했을 것이네. 볼리도 의사와의 관계는 오로지 편지로만 이루어졌을 거야. 본래 대리로 진료하기로 되어 있었던 진짜 퀜틴은 마지막 순간에 병이 났을 테고."

그 순간 재프가 뛰어 들어왔는데, 얼굴이 매우 상기되어 있었다.

"재프, 그를 잡았나?" 포와로가 근심스레 물었다.

재프는 머리를 좌우로 흔들며 몹시도 숨을 몰아쉬었다.

"볼리도 의사가 오늘 아침 여행에서 돌아왔다는군요―급히 오라고 전보로 연락을 받았답니다. 그런데, 그 전보를 누가 보냈는지는 아무도 모르고 있습니다. 그 대리 의사는 어젯밤에 떠났습니다. 그렇지만, 아직은 그를 잡을 수 있을 것 같습니다."

포와로가 머리를 조용히 좌우로 흔들었다.

"그렇게는 생각하지 않네."

포와로가 말했다. 그리고 무심코 그는 포크를 가지고서 테이블 위에다 커다랗게 '4'라는 숫자를 그렸다.

제11장

체스 문제

포와로와 나는 런던 시내 소호 구역에 있는 작은 음식점에서 가끔 식사를 했다. 어느 날 저녁 거기서 식사를 하고 있는데, 우리 식탁 가까이에 앉아 있던 한 친구를 보게 되었다. 그는 재프 경감이었다. 그는 우리가 식사하는 곳으로 와서 우리와 함께 앉았다. 우린 둘 다 본 지 꽤 오래 되었다.

"요즘은 통 우리를 만나러 오지 않더군." 포와로는 나무라듯이 말했다.

"노란 재스민 사건으로 약 한 달 전에 만나고는, 그동안 만나지 못했어."

"나는 북쪽에 가 있었습니다, 그래서 그랬어요. 무슨 일이라도 있었나요? '빅 포'가 아직도 날뛰고 있기라도 하나요?"

포와로는 비난하듯이 그에게 손가락을 흔들었다.

"오! 자네는 나를 놀리고 있군. 그러나, '빅 포'—그들은 살아 있네."

"아! 나도 그 점을 의심치는 않습니다. 하지만, 당신이 생각하는 것처럼 그들이 우주의 중심은 아닙니다."

"이것 보게, 자네 실수하고 있는 거야. 오늘날 세계에서 가장 무시무시한 악의 집단이 바로 빅 포란 말이네. 그들이 어떤 목적을 가지고 있는지는 아무도 모르며, 지금까지 그런 범죄 집단이 있었던 적도 없었어. 그 집단의 우두머리엔 기막힌 두뇌를 가진 중국인이 있고, 미국인 백만장자, 프랑스인 여자 과학자가 그 일원이며, 네 번째 인물은……."

재프가 말을 가로막았다.

"압니다, 알고 있습니다. 그런데, 지나치게 외곬으로만 생각하고 있군요. 포와로 씨, 좀 광적으로 되어가는 것 같습니다. 다른 얘기나 하도록 합시다. 체스엔 관심이 있으신지요?"

"흠, 조금 해보았네."

"어제의 그 이상한 사건 알고 계세요? 세계적으로 명성이 나 있는 두 프로선수가 대결했는데, 한 사람이 게임 도중에 죽은?"

"그 기사는 읽었네. 한 사람은 러시아 챔피언인 사바로노프 박사고, 심장마비로 죽은 그 상대방은 총명하고 젊은 미국인 길머 윌슨이지."

"바로 그렇습니다. 사바로노프는 루빈슈타인을 굴복시키고 몇 년 전에 러시아의 챔피언이 되었다고 합니다. 윌슨은 제2의 카파블랑카라고 알려져 있었지요."

"매우 이상한 사건이야." 포와로가 깊은 생각에 잠기면서 말했다.

"내 말이 틀리지 않았다면, 자네는 그 일에 깊은 관심을 갖고 있는 것 같은데?"

재프는 당황해 하며 겸연쩍게 웃었다.

"잘 봤습니다, 포와로 씨. 나는 이해가 되질 않아요. 윌슨은 매우 건강한 사람이었습니다—심장병을 앓은 적도 없었고 그의 죽음은 정말 수수께끼입니다."

"당신은 사바로노프 박사가 그를 살해했다고 의심하는 겁니까?"

나는 소리를 질렀다.

"그렇게는 생각지 않소." 재프가 차갑게 말했다.

"그 러시아인이 그까짓 체스 때문에 사람을 살해했으리라고는 볼 수 없잖소. 하여튼, 내가 생각해 낼 수 있는 모든 점으로 미루어 보건대 번지수가 틀린 것 같습니다. 사바로노프 박사는 뛰어난 자질을 갖고 있어서 라스커 다음 가는 사람이라고들 하더군요."

포와로는 깊은 생각에 빠진 채 고개를 끄덕였다.

"그러면 자네는 어떻게 생각하고 있나?" 그가 물었다.

"왜 윌슨은 독살당해야 했을까? 나도, 물론, 자네가 독살이라고 생각한 것처럼 그렇게 추측하고 있네."

"물론입니다. 심장마비란 심장의 고동이 멈추는 것이지요. 그것이 전부입니다. 이것이 그 당시 공식적으로 발표된 것입니다. 그러나, 검시한 의사는 한편으로는 그의 죽음에 이해할 수 없는 부분이 많다고 귀띔해 주더군요."

"언제 시체 해부를 하나?"

"오늘 밤입니다. 윌슨의 죽음은 이상스럽게도 갑자기 일어난 겁니다. 그는 분명 평상시처럼 보였습니다. 그런데, 체스의 말을 하나 옮기려고 하다가, 갑자기 앞으로 고꾸라지며 죽은 겁니다."

"그렇게 갑작스럽게 약효를 내는 독약은 없는데." 포와로가 말했다.

"알고 있습니다. 시체 부검을 하면 무엇인가 밝혀질 겁니다. 그러나, 왜 길머 윌슨을 살해해야 했을까요? 그것이 내가 알고 싶어 하는 점입니다. 착하고 거만하지도 않은 젊은이였는데. 미국에서 여기로 오자마자 그런 일이 벌어졌죠. 그러니, 분명히 이곳에 적이라고는 없었을 텐데 말입니다."

"불가사의한 일이군요." 나는 잠시 생각에 잠겼다.

"천만에—." 포와로는 웃으면서 말했다.

"재프 경감은 나름대로 추측하고 있는 것 같은데, 나는 알 수 있지."

"그렇습니다, 포와로 씨. 나는 그 독약이 윌슨을 노린 것이라고는 생각하지 않습니다. 다른 사람을 노린 것이 아닌가 여겨지는군요."

"사바로노프?"

"맞습니다. 사바로노프는 볼셰비키 혁명이 발생했을 때 그들과 맞섰습니다. 그는 살해된 걸로 알려지기도 했지요. 그러나, 탈출을 해서 3년 동안 그 끔찍이 춥고 거친 시베리아에서 지냈답니다. 그때의 고생이 하도 심해서 지금 그 사람은 변해 있습니다. 친구와 가까운 친척들도 그를 거의 알아보지 못할 정도로 말입니다. 머리까지 백발로 변해서, 그의 모습은 상당히 나이가 들어 보입니다. 그는 반병신이 되다시피 하여 거의 밖에 나가지 않고 지내며, 러시아인 하인과 소니아 다빌로프라는 조카딸과 함께 웨스트민스터 지역의 한 플랫식 주택(각층에 한 가구씩 살게 되어 있는 아파트)에 살고 있습니다. 그리고 아직도 누군가가 자신을 노리고 있다고 생각하는 것 같습니다.

그래서 그런지, 그가 여러 번 단호히 거절하자, 신문에서 '스포츠맨답지 않은 거절'이라고 요란스럽게 떠들어댔습니다. 또한, 길머 윌슨도 양키들 특유의 끈질김으로 시합을 계속 요구하는 바람에 간신히 시합이 성사되었던 거죠. 자, 이제 당신에게 묻겠습니다. 에르퀼 포와로 씨, 왜 그는 게임을 꺼려했겠습니까? 그는 주목을 받는 것을 원치 않았고, 또한 누군가가 자신의 종적을 추적하게 되는 것도 원치 않았기 때문입니다. 그것이 바로 해답입니다. 길머 윌슨은 실수로 죽음을 당한 겁니다."

"사바로노프의 죽음으로 인해 개인적으로 이득을 얻는 사람은 누군가?"

"흠, 추측컨대 그의 조카딸일 겁니다. 사바로노프는 최근에 굉장한 행운을 얻었습니다. 구제도 아래에서 부정축재를 해서 돈을 모은 고스포자의 부인이 그에게 재산을 남겼거든요. 그들은 한때 연애를 한 것으로 보입니다. 그녀는 그가 죽었다는 보도를 끝까지 믿으려 하지 않았었지요."

"그 시합은 어디에서 열렸나?"

"사바로노프의 아파트에서 열렸습니다. 당신에게 이미 이야기했듯이, 그는 허약한 환자입니다."

"거기서 그 시합을 본 사람이 많았나?"

"적어도 열두 명쯤, 아마도 그 이상일 겁니다."

포와로가 얼굴을 잔뜩 찌푸렸다.

"재프, 자네의 일은 결코 쉬운 것이 아니야."

"윌슨이 독살되었다는 것을 분명히 알고 있으니, 잘해 나갈 수 있을 겁니다."

"반대로, 사바로노프가 목표물이라는 가정이 확실하다면, 그 살인자는 다시 한 번 사바로노프를 죽이려 할는지도 모르지 않겠나?"

"물론 그렇습니다. 두 사람이 지금 사바로노프의 아파트를 계속해서 감시하는 중입니다."

"만일 암살자가 폭탄을 들고 그를 찾아간다면야 그의 집을 지키도록 한 것은 매우 효과적인 일일 걸세." 포와로가 비꼬듯이 말했다.

"흥미가 있으신가 보군요, 포와로 씨." 눈짓을 하면서 재프가 말했다.

"의사가 일을 시작하기 전에 영안실로 가서 그의 시체를 조사해 보시지 않겠습니까? 혹시 그의 넥타이핀이 휘어져 있어서, 그것이 당신에게 미스터리를 푸는 데 중요한 단서라도 제공해 줄는지 누가 압니까?"

"이보게, 재프, 저녁시간 내내 자네의 넥타이핀을 바르게 해주고 싶어 손이 근질근질했었네. 바르게 해줄까? 이것 보게, 얼마나 보기 좋은지. 좋아, 빨리 영안실로 가도록 하세."

나는 포와로의 신경이 이 새로운 사건에 온통 사로잡혀 있음을 알 수 있었다. 그가 외부의 일에 관심을 기울이는 것은 실로 너무나 오랜만의 일이었다. 나는 그가 다시 옛날의 모습으로 되돌아온 것이 매우 기뻤다.

　나는 그렇게 이상하게 죽어간 불행한 미국 청년의 미동도 않는 시체와 창백한 얼굴을 내려다보면서 몸서리쳐지는 슬픔을 가눌 수가 없었다. 반면에, 포와로는 시체를 주의깊게 조사하고 있었다. 시체에서는 왼쪽 손에 있는 상처 자국밖에는 별다른 것을 발견할 수가 없었다.

　"그런데, 그 상처는 칼에 찔린 것이 아니라, 불에 덴 것이라고 의사가 얘기하더군요." 재프가 설명했다.

　포와로는 죽은 사람의 호주머니에 들어 있던 것을 자세히 살펴보았다. 호주머니 속에는 다음과 같은 것만 들어 있었다—손수건 한 장, 노트가 달린 지갑, 그리고 별로 중요하지 않은 서류들. 그러나, 그중 한 가지는 포와로의 관심을 끌기에 충분했다.

　"(체스의)말!" 그는 소리쳤다.

　"흰 비숍(장기의 '馬'와 비슷한 구실을 함). 저것도 그의 호주머니에서 나왔나?"

　"아니, 그는 그것을 손에 쥐고 있었습니다. 어찌나 꽉 쥐고 있었는지 손에서 빼내기가 힘들었지요. 언젠가는 그것을 사바로노프 박사에게 돌려주어야만 할 겁니다. 상아로 조각한 말인데, 아주 훌륭합니다."

　"내가 그것을 사바로노프에게 돌려줘도 되겠나? 내가 거기에 갈 구실로 삼게 말이야."

　"아하! 그러니까 이 사건에 관심이 있으시군요?" 재프가 소리쳤다.

　"그래, 자네는 아주 교묘하게 내 흥미를 자극시키는구먼."

　"좋습니다. 당신을 드디어 방구석에서 나오게 했군요. 헤이스팅스도 역시 기쁘게 받아들일 겁니다."

　"물론입니다, 기쁘고말고요." 크게 웃으면서 나는 말했다.

　포와로는 시체가 있는 곳으로 되돌아갔다.

　"이 사람에 대해서 좀더 자세히 얘기해 줄 수 있는 것은 없나?" 포와로가 물었다.

"더 이상 자세한 얘기는 없습니다."

"그가 왼손잡이였다는 사실도?"

"포와로 씨, 놀랍군요. 아니, 어떻게 그것을 알아냈습니까? 그는 왼손잡이예요, 맞아요. 그렇지만, 그것이 이 사건과 무슨 관계라도 있나요?"

"하등의 아무것도."

포와로는 재빨리 대답하고는, 재프가 얼굴을 찌푸리는 것을 바라보았다.

"농담이네, 그 뿐이야. 나는 장난치길 좋아할 뿐이야."

포와로의 청을 들어주기로 합의하고 우리는 밖으로 나왔다.

다음 날 아침 우리는 웨스트민스터에 있는 사바로노프의 집으로 향했다.

"소니아 다빌로프―." 나는 생각에 잠겼다.

"귀여운 이름이군."

포와로는 멈추어 서서 나에게 실망의 눈초리를 던졌다.

"항상 사랑 타령만 하는군, 자네는! 어쩔 도리가 없어. 만일 소니아 다빌로프가 우리의 친구이며 베라 로사코프 백작부인의 적이라면 아주 좋을 텐데 말이야."

백작부인 얘기가 나오자, 나의 얼굴은 걱정으로 가득 찼다.

"확실히, 포와로, 당신은 의심하지 않는군요."

"아냐, 아니라고 농담이네! 재프가 그런 말을 해도, 나는 그 정도로 빅 포를 생각하고 있지는 않네."

무뚝뚝한 하인이 아파트 문을 열어 주었다. 그의 무감각한 얼굴에 어떤 감정도 나타나지 않을 것 같았다. 포와로는 재프가 몇 마디 휘갈겨 써 준 소개장을 보여 주었다.

우리는 많은 골동품과 액자가 있는 낮고 긴 방으로 안내되었다. 아름다운 초상 한두 점이 벽에 걸려 있었고, 우아하고 아름다운 페르시아 양탄자가 마루에 깔려 있었다. 사모바르(러시아의 차 끓이는 주전자)가 식탁에 놓여 있었다.

나는 상당히 가치가 있다고 여겨지는 초상화 하나를 면밀히 살펴보다가, 고개를 숙이고서 양탄자를 세심히 살피고 있는 포와로를 보려고 얼굴을 돌렸다. 그러나, 아무리 그 양탄자가 아름답다 해도, 나에게는 그토록 관심을 불러일으키는 것은 아니었다.

"뭐 값진 것이라도 됩니까?" 나는 물었다.

"어? 아, 이 양탄자? 아냐, 내가 보고 있는 것은 양탄자가 아니네. 하긴 무척 아름다운 작품이긴 하지. 너무 아름다워서 한가운데에다 커다란 못을 박을 수는 없을 것 같네. 안 그런가, 헤이스팅스" 그가 앞으로 걸어왔다.

"지금은 못은 없네만, 그 못자국이 남아 있네."

우리 뒤에서 갑자기 소리가 나서 나는 홱 몸을 돌려 바라보았고, 포와로도 깜짝 놀라며 재빨리 일어섰다. 한 처녀가 문 쪽에 서 있었다.

우리를 유심히 쳐다보는 그녀의 눈길은 의심으로 가득 차 있었다. 그녀는 중간키에 아름다웠고, 다소 여위었으며, 다갈색의 눈, 짧은 머리 스타일을 지니고 있었다. 그녀의 목소리는 크고 낭랑했지만, 정확한 영어는 아니었다.

"아저씨가 중환자이기 때문에 당신들을 만나려 하실지 걱정이 되는군요."

"저런, 안됐군요. 그러나, 아마 그분 대신 아가씨가 우리를 도와줄 수 있을 겁니다. 당신이 다빌로프 양인가요?"

"예, 제가 소니아 다빌로프입니다. 무엇을 원하시는지요?"

"어젯밤에 일어난 참혹한 사건에 대해서 물어볼 게 좀 있어서요. 길머 윌슨 씨 사건 말입니다. 그 사건에 대해 얘기해 줄 수 있겠소?"

그 처녀는 눈을 크게 떴다.

"그는 체스를 하다가 심장마비로 죽었잖아요."

"경찰에서는 '심장마비'라고 확신하고 있지는 않아요, 다빌로프 양."

그 처녀는 놀라는 모습을 지어 보였다.

"그 당시에 그랬는데." 그녀는 소리쳤다.

"이반이 맞았군요!"

"이반이 누굽니까? 그리고, 왜 당신은 그가 맞았다고 하는지요?"

"당신에게 문을 열어 준 사람이 바로 이반이에요. 그가 길머 윌슨은 자연사한 게 아니라고 이야기했거든요. 실수로 중독된 거라고 했어요."

"실수로?"

"예, 그 독은 아저씨를 죽이기 위한 거래요."

그녀는 처음에 지녔던 의심을 풀고 진지하게 설명해 나갔다.

"왜 그런 말을 하나요, 아가씨? 누가 사바로노프 박사를 독살시키려 할까요?"

그녀는 고개를 흔들었다.

"모르겠어요. 저는 어수룩해요. 그래서, 아저씨는 저를 믿지 않았어요. 당연한 거죠. 그분은 저에 대해서 거의 알지 못해요. 이곳 런던으로 아저씨와 함께 살기 위해 오기 전까지는 서로 몰랐어요. 아저씨는 절 어렸을 때만 보았거든요. 그러나, 저는 아저씨가 어떤 것에 두려움을 느끼고 있는지 잘 알고 있어요. 러시아에는 비밀단체가 많이 있는데, 언젠가 아저씨가 어떤 비밀단체를 두려워하고 있다는 것을 엿들은 적이 있어요. 말씀해 보세요, 선생님."

그녀는 가까이 다가와서, 말소리를 낮추고는 이야기했다.

"'빅 포'라는 단체를 들어본 적이 있으세요?"

포와로는 펄쩍 뛰었다. 그의 눈은 놀라움으로 튀어나올 지경이었다.

"왜—그 '빅 포'에 대해서 무엇을 알고 싶은가요, 아가씨?"

"그런 단체가 있기 있었군요! 그들에 대한 얘기를 엿들은 뒤에 제가 아저씨에게 그것에 대해 물어봤어요. 그런데, 저는 이제까지 그렇게 두려워하는 사람은 본 적이 없었어요. 아저씨는 공포로 하얗게 질려 버리더군요. 우리 아저씨는 그들에게서 큰 고통을 당하고 있는 게 분명해요. 그 빅 포라는 자들이 미국 사람 윌슨을 실수로 잘못 살인한 거예요."

"빅 포—." 포와로는 중얼거렸다.

"항상 빅 포로군! 이 놀라운 일치! 아가씨, 당신의 아저씨는 지금도 여전히 위험에 처해 있소. 내가 구해 주어야 해요. 그러니까, 그 끔찍한 저녁에 일어난 사건을 정확하게 기억해 보세요. 체스판—그 테이블을 보여 줄 수 있겠소? 두 사람은 어떻게 앉았습니까? 모든 것을 다 얘기해 줘야 해요."

그녀는 방 한쪽 구석으로 가서 작은 테이블을 가져왔다. 그것은 매우 특이해 보였는데, 상감무늬를 넣은 은색과 검은색을 한 정방형의 모양이 체스판임을 말해 주고 있었다.

"이것이 몇 주 전에 아저씨에게 선물로 보내져 왔어요. 이것을 다음번 시합

때 사용해 달라고 하면서요. 이것이 방 한가운데 놓였죠"

포와로는 내게는 별로 중요하지 않게 여겨지는 그 테이블을 샅샅이 조사했다. 그는 내가 중요하게 여기는 것들은 전혀 조사하지 않았다. 그 많은 질문들이 나에게는 한결같이 요점이 없어 보였고, 진짜 중요한 문제에 대해서는 질문을 하지 않는 것 같았다. 예기치 못한 '빅 포'에 대한 언급이 완전히 그를 균형 잃게 만들었다고 결론을 지었다.

테이블을 조사하고 나서 몇 분 뒤에, 그는 무엇인가 생각난 듯이 체스의 말을 보자고 했다. 소니아 다빌로프는 상자에서 그것을 꺼내어 보여 주었다. 그러자, 그는 형식적으로 그것들을 한두 개 조사해 보는 것이었다.

그러나, "놀랍군" 하고 멍해 가지고 그는 중얼거렸다. 그는 어떤 음식물이 나왔으며, 어떤 사람들이 참석했는가에 대해서 여전히 묻지 않았다.

나는 헛기침을 해서 목청을 가다듬었다.

"포와로, 당신은 왜 그 생각은 하지 않지요—?"

그는 내 말을 단호하게 막았다.

"어이, 친구, 무슨 생각? 가만, 나에게 모든 것을 맡기게나. 이봐요, 아가씨, 당신 아저씨를 만나는 건 정말 불가능한가요?"

그녀는 힘없이 웃었다.

"만나 주실 거예요. 이해해 주세요. 낯선 방문객을 먼저 만나보는 것이 제가 해야 할 일이거든요."

그녀는 사라졌다. 나는 옆방에서 몇 마디 수군거리는 소리를 들었다. 몇 분 뒤에 그녀는 되돌아와서, 우리에게 옆방으로 들어가라고 말했다.

침대에 누워 있는 그 남자는 남이 시선을 끌 수 있을 정도로 아주 잘생겼다. 키가 크고, 건장하고, 숱이 많아 보이는 눈썹에다, 흰 수염, 고난과 허기로 고생한 흔적이 역력해 보이는 모습, 그렇게 사바로노프는 독특한 개성을 가지고 있었다.

유난히 커 보이는 그의 머리는 나에게 특별한 생각을 갖게 해주었다. 즉, 가장 훌륭한 체스 선수는 커다란 머리를 가져야 한다는 것이다. 나는 사바로노프가 세계적으로 손꼽히는 훌륭한 선수임을 쉽게 알아볼 수 있었다.

포와로는 인사를 했다.

"박사님, 단둘이서 이야기해도 되겠습니까?"

사바로노프는 자기 조카딸 쪽으로 고개를 돌렸다.

"소니아, 나가 있거라."

그녀는 순순히 나갔다.

"자, 이제 말해 보시지요."

"사바로노프 박사, 당신에게 최근에 커다란 행운이 들어오지 않았습니까? 만일 당신이, 예기치 못하게 죽게 된다면 누구에게 상속하겠습니까?"

"나는 조카딸 소니아 다빌로프에게 모든 것을 남긴다는 유서를 만들어 놓았습니다. 내게 암시를 주지 마십시오."

"나는 아무것도 암시를 하지 않습니다. 그러나, 당신은 그녀를 어렸을 때 이후론 보지 못했습니다. 그렇다면, 누군가가 그녀로 가장하는 것은 매우 쉬운 일이 아닐까요?"

사바로노프는 이 말에 깜짝 놀란 듯했다.

포와로는 거리낌 없이 계속 말을 해나갔다.

"그것에 관한 한 충분히 당신에게 주의를 주려는 것—그게 전부입니다. 이제 당신에게 원하는 것은 그날 저녁의 체스 게임에 대해 자세히 설명해 달라는 겁니다."

"무슨 뜻입니까, 설명하라니?"

"흠, 나는 이제까지 체스 게임을 해보지 못했지만, 시작하는 방법엔 여러 가지가 있을 거라고 생각합니다. 즉, 그것을 갬빗(체스에서 졸(卒) 따위를 희생시키고 두는 수)이라 부르지 않던가요?"

사바로노프 박사는 약간 미소를 띠었다.

"아! 이제야 알겠습니다. 윌슨은 루이 로페즈라는 방식으로 시작했지요. 이것은 아주 훌륭한 방식 중 하나로, 토너먼트나 각종 경기에서 흔히 이용됩니다."

"그러면, 그 끔찍한 사건이 일어났을 때 경기는 얼마나 진행되고 있었습니까?"

"윌슨이 갑자기 돌처럼 심장이 멎어서 테이블 위로 쓰러졌을 때까지 서너 수 정도의 말을 놓고 있었지요."

포와로는 떠나려고 일어섰다. 그러면서 그는 아무렇지도 않은 말처럼 질문을 던졌다.

"그는 무엇을 먹거나 마시진 않았습니까?"

"위스키 소다수 한 잔 정도."

"여러 가지로 고마웠습니다, 사바로노프 박사. 폐를 끼쳐 드려서 미안합니다."

이반은 우리를 전송하기 위해 응접실에서 기다리고 있었다.

포와로는 문간에서 잠시 머뭇거렸다.

"이 아래층에 누가 살고 있는지 알고 있소?"

"찰스 킹웰 경입니다. 국회의원인데, 최근에 이사 왔습니다."

"고맙소."

우리는 화창한 겨울날의 햇빛을 듬뿍 받으며 걸어갔다.

"아니, 포와로." 나는 갑자기 말을 꺼냈다.

"이번에는 당신이 눈에 띌 정도로 훌륭하게 일을 해낸 것 같지가 않군요. 당신이 묻는 말들은 적절치 못한 것들이 많았어요."

"그렇게 생각하나, 헤이스팅스?" 포와로는 답답한 듯이 나를 쳐다보았다.

"내가 두서없이 보이던가. 자네는 무엇을 묻고 싶었나?"

나는 곰곰이 그 질문을 생각해 보았다. 그리고 나서, 포와로에게 내가 생각했던 것에 대해 요점만 얘기해 줬다. 그는 무척 흥미를 가지고 들었다. 나의 독백은 거의 집에 다다를 때까지 계속되었다.

"매우 훌륭해, 바로 그것이네, 헤이스팅스."

그가 잠긴 문을 열고 먼저 계단을 올라가면서 말했다.

"그러나 쓸데없는 짓일 걸세."

"쓸데없다고요?" 나는 놀라면서 소리를 질렀다.

"만일 그 사람이 독살되었다면ー."

"아ー." 포와로는 소리치며 책상 위에 놓여 있는 쪽지를 집어들었다.

"재프에게서 온 것이네. 내가 예상했던 대로."

그는 그 쪽지를 나에게 훌쩍 던져 주었다. 그것은 아주 짧고 간결했다. 독살당한 흔적을 찾아볼 수도 없었고, 그 사람이 어떻게 죽었는지를 알아낼 수 있는 거라곤 아무것도 없다는 내용이었다.

"알겠지?" 포와로가 말했다.

"그러니 그런 질문은 전혀 필요 없는 걸세."

"당신은 미리 짐작하고 있었나요?"

"'다음 상황을 예측하라.'"

내가 많은 시간을 허비한 '브리지' 문제로부터 포와로가 말을 인용했다.

"친구, 자네가 성공적으로 일을 해냈다면 그것을 '짐작'이라고는 말하지 않겠지."

"쓸데없이 세세하게 따지지 마십시오." 나는 조바심이 나서 말했다.

"당신은 이것을 예측했습니까?"

"그렇다네."

"어떻게요?"

포와로는 주머니에 손을 넣어 무엇인가를 꺼냈다. 체스의 흰 비숍이었다.

"아나——." 나는 소리쳤다.

"그것을 사바로노프에게 되돌려주는 것을 잊었군요?"

"자네가 잘못 알았어. 여보게, 먼젓번 그 말은 아직까지 내 왼쪽 주머니에 들어 있네. 이것은 다빌로프 양이 나에게 조사하라고 건네 준 체스의 말 상자에서 꺼내온 것이네. 그런데, 똑같이 말이 '두 개'였네."

그는 두 개라는 말에 힘을 주어 말했다.

나는 완전히 어리둥절했다.

"그렇다면, 왜 그것을 가져왔습니까?"

"왜냐고? 이 둘이 정확히 똑같은 것인지 알고 싶어서였네."

그는 두 개의 말을 나란히 세웠다.

"비슷하게 보인다는 것은 인정하겠네. 그러나, 그것이 증명될 때까지는 똑같다는 것을 인정하지 않을 것이네. 어이, 나에게 작은 저울을 가져다주겠나?"

심혈에 심혈을 기울여 그는 두 개의 말을 저울에 올려놓고 무게를 쟀다. 그러고 나서 승리에 찬 환한 얼굴을 하고서 내 쪽으로 고개를 돌렸다.

"옳았어. 보게나, 내가 옳았잖나. 이 에르퀼 포와로를 속일 순 없지!"

그는 전화 있는 곳으로 달려갔다. 그러고는 마음 졸이며 기다렸다.

"재프인가? 아! 재프, 자네구먼. 에르퀼 포와로일세. 하인을 찾아봐. 이반 말일세. 잘못해서 놓치면 안 되네. 꼭 잡아야 해. 그래, 내가 말한 대로네."

그는 단숨에 끊고 내게로 왔다.

"헤이스팅스, 아직도 이해가 안 되나? 내가 설명해 주지. 윌슨은 독살당한 게 아니고 전기 감전으로 죽은 것이네. 가늘고 긴 금속 막대가 체스 말 중 하나에 끼어 있었어. 그 테이블은 사전에 준비된 것이고, 또 마루의 어떤 지점에 그것을 설치했지. 이 말이 은빛 장기판 위에 놓이는 순간, 전기가 윌슨의 몸에 통해서 그가 그렇게 갑자기 죽은 것이네. 그의 몸에 꼭 한군데 상처가 있었는데, 왼손에 전기에 의해 탄 자국이 있었어—그가 왼손잡이였기 때문에 왼손에 난 거지. 그 '특수 제작한 테이블'은 극히 교묘하게 만들어진 것이었네.

내가 조사해 본 그 테이블은 똑같이 만들어진 모조품이라서 아무런 흔적도 없었어. 살인한 뒤에 즉시 다른 것으로 바꿔 놓은 것이지. 자네도 기억하겠지만, 아래층에서 가구를 다시 설치하는 작업 중이라서, 그곳을 이용해서 바꿔칠 수 있었지. 그렇다면, 적어도 공범자가 하나 사바로노프 집에 있었을 것이네. 그 처녀는 사바로노프의 재산을 상속받기 위해 공작된 '빅 포'의 대리인임이 틀림없어."

"그러면, 이반은?"

"나는 이반이 바로 그 악명 높은 제4호가 아닐까 생각하네."

"뭐라고요?"

"맞아, 그 사람이 바로 그 놀라운 배우야. 그는 자기가 하고 싶어 하는 어느 역도 다 해낼 수 있다네."

나는 모두가 동일한 한 사람이면서도 서로서로 전혀 다른 사람들(정신병자 수용소의 직원, 푸줏간의 젊은 청년, 온화한 의사), 이들의 모습을 필름이 돌아가듯이 기억해 냈다.

"놀랍기만 하군요." 나는 탄성을 질렀다.

"모든 것이 딱 들어맞는군요. 사바로노프는 그 음모를 알아차리고서 그 시합을 거절했었던 것이군요."

포와로는 말없이 나를 쳐다보았다. 그러고는 갑자기 고개를 돌리고선 방 안을 왔다 갔다 하기 시작했다.

"여보게, 혹시 체스에 관한 책이 있나?" 그가 갑자기 물었다.

"어디엔가 있을 텐데요."

그것을 찾는 데는 약간의 시간이 걸렸다. 그러나, 나는 마침내 그것을 찾아서 의자 깊숙이 앉아 있는 포와로에게 갖다 주었다.

포와로는 온 정신을 집중해서 그것을 읽기 시작했다.

한 45분쯤 지났는데 전화가 걸려왔다. 내가 받았다. 재프였다.

이반은 큰 짐을 꾸려서 그 집을 떠났다고 했다. 그는 대기 중인 택시에 뛰어들어 운전사를 밀어내고 도망가기 시작했다. 그래서 곧 추적을 하게 되었다. 그는 필사적으로 차를 몰아 햄스테드에 있는 빈집으로 들어갔다. 그래서, 지금 그 집은 포위가 되어 있다고 한다.

나는 포와로에게 그 이야기를 하나도 빼놓지 않고 말해 주었다. 그는 멍청하게 나를 쳐다보기만 할 뿐이었다. 그러고는 체스에 관한 책을 펼쳤다.

"이봐, 이것 좀 들어보게나. 이것은 루이 로페즈 첫수야. 1P—K4, P—K4. 2Kt—KB3, K—QB3. 3B—Kt5. 그렇다면, 흑으로선 가장 좋은 세 번째 수에 대해 의문이 가네. 그는 여러 가지로 방어수단을 생각했을 거야. 세 번째 백, 즉 B—Kt5를 놓았을 때 길머 윌슨은 죽은 것이네. 단 세 수만에—이 사실이 자네에겐 아무런 느낌도 주지 않나?"

나는 그가 하는 말을 조금도 이해할 수가 없었다. 그래서 그렇다고 했다.

"헤이스팅스, 자네, 이 의자에 앉아 있을 때 앞문이 열리고 닫히는 소리를 들어보았겠지? 그러면 자네는 어떻게 생각하나?"

"글쎄, 누군가가 나가는 것이라고 생각할 것 같은데요."

"옳았어—그래, 사물을 관찰하는 데는 두 가지 방법이 있네. 누군가는 나갔다고 보고, 또 누군가는 들어왔다고 생각하지. 이 두 가지는 완전히 다른 일이네, 헤이스팅스 그러나, 만일 자네가 잘못 판단했다면 거기엔 조그만 모순이 끼어들었을 것일세. 자네가 잘못된 길에 있다는 것을 보여 주겠네."

"그게 무슨 뜻인가요, 포와로?"

포와로는 갑자기 힘차게 벌떡 일어섰다.

"나는 너무도 멍청했어. 빨리, 빨리 웨스트민스터에 있는 그 아파트로 가세. 잘하면 제시간에 도착할 수도 있을 것 같네."

우리는 택시를 잡아타고 황급히 떠났다. 포와로는 나의 흥분된 질문에 대꾸를 하지 않았다. 우리는 층계를 올라갔다.

벨도 누르고 문도 두드렸으나 대답이 없었다. 그러나, 귀를 기울이자 안에서 신음소리 같은 것이 들려오는 것을 알아차릴 수 있었다. 아파트 수위에게 이 집의 열쇠가 있다는 것을 알고서, 그 열쇠를 빌어 몇 번 시도한 끝에 간신히 문을 열 수 있었다.

포와로는 곧장 방으로 들어갔다. 클로로포름 냄새가 심하게 났다.

마루에는 코와 입을 옷뭉치로 틀어막힌 소니아 다빌로프가 쓰러져 있었다. 포와로는 그것을 얼른 잡아떼고는 살릴 수 있는지 살펴보았다. 의사가 곧 도착했고, 포와로는 그녀를 의사에게 인계하고서 나와 함께 옆에 서 있었다. 그 집에는 사바로노프의 흔적이라곤 없었다.

"어찌된 일인가요?" 나는 당황해서 물었다.

"두 개의 동등한 추론이 있는데, 나는 틀린 것을 선택했다는 얘기네. 소니아 다빌로프의 역은 누구라도 쉽게 할 수 있다고 말한 것이 생각나나? 그녀의 아저씨가 오랫동안 그녀를 보지 못했다고 하면서 말이야."

"예."

"그래 하지만, 틀림없이 그 정반대가 맞을 걸세. 다른 사람을 그 아저씨로 위장시키는 일도 역시 쉬울 거야."

"뭐라고요?"

"사바로노프는 혁명이 일어나자마자 죽었네. 간신히 탈출해서는 온갖 시련을 다 겪었다던 그 사람, 너무너무 변해서 친구들도 자기를 알아보지 못하게끔 되었다던 그 사람, 그러고는 어마어마한 행운을 손에 넣는 데 성공한 그 사람은 말이야."

"하, 그러면 그는 누군데요?"

"제4호라네. 소니아가 그들이 빅 포에 대한 얘기를 하는 것을 엿듣고서는, 그 얘기를 그에게 알려 주었을 때 그가 놀란 것은 당연하지. 그런데, 나는 또 그를 놓치고 말았네. 그는 내가 결국에 가서는 자신을 찾아낼 거라고 판단했어. 그래서 그 정직한 이반을 엉터리 야생거위 추적 게임에 내보내고서는, 이 처녀를 마취시킨 뒤에 도망친 거야. 고스포자 부인이 남겨 놓은 유가증권 중 대부분이 확실하게 현실화된 지금에 와서 말일세."

"그렇다면, 그를 죽이려고 한 자가 누굴까요?"

"아무도 그를 죽이려 하지 않았네. 그가 아닌 윌슨이 줄곧 표적이었어."

"아니, 왜요?"

"이봐, 사바로노프는 이 세계에서 두 번째로 훌륭한 체스 선수였네. 하지만, 사바로노프로 위장한 제4호는 체스의 '체'자도 모르는 위인이었을 거야. 그래서, 제4호는 자기가 할 수 있는 방법을 다 동원해서 그 시합을 피하려고 했어. 하지만, 그런 노력이 실패로 돌아가자 윌슨의 운명이 결정되었던 것이네.

어떤 희생을 치르더라도, 그는 사바로노프가 체스를 두는 방법조차도 알지 못한다는 사실이 탄로 나지 않도록 하려고 온갖 수단을 다 동원한 거야. 윌슨은 루이 로페즈 방식을 즐겨 썼는데, 이번에도 그 방식을 사용하리라 판단했지. 제4호는 세 번째 수를 놓을 때 그를 죽이기로 작정을 했네. 체스판의 형세가 더 복잡해지기 전에 말이야."

"그렇다면, 포와로, 우리가 그런 미치광이와 만났단 말인가요? 나는 당신의 판단에 따르겠습니다. 그리고, 당신이 틀림없이 옳다고 믿겠습니다. 하지만, 자신의 역할을 유지하기 위해서 사람을 죽이다니! 그 어려움에서 빠져나가는 좀 더 쉬운 방법이 분명히 있었을 텐데요? 체스가 건강에 좋지 않으니, 그것을 삼가라는 말을 의사에게 들었다고 해서 경기를 피할 수도 있었잖습니까?"

포와로는 이마를 찡그리면서 말했다.

"물론이네, 헤이스팅스 다른 길이 있었을 거야. 하지만, 누구도 그 말을 믿지 않았을 거야. 그리고, 사람을 죽이는 일은 피할 수 있었을 거라고 생각한단 말이지, 응? 제4호의 생각으로는 그렇게까지 하려고는 하지 않았을 거야. 내가 그 친구의 입장이 되어 보겠네. 자네에겐 불가능한 일이겠지만, 그의 생각을 그려 보겠어.

그는 그 경기에서 자신을 그 교수로 만들어 놓고 즐긴다네. 나는 그가 자기 역할에 대해 연구하려 여러 체스 경기를 관람했을 거라고 믿네. 그는 앉아서 생각에 잠겼어. 그러고는 어떤 느낌을 받고서 거대한 계획을 짠다네. 그러면서 내내 그는 속으로 웃는다네. 그는 두 수가 자기가 알고 있고, 또한 알아야 할 필요가 있는 전부라는 것을 잘 인식하고 있지. 자, 이제 앞으로 어떤 일이 일어날 것인가가 떠오른다네. 그러고는 제4호로 되돌아가는 그 순간, 그는 사형 집행인이 되는 걸세…… 그래, 헤이스팅스, 나는 이제 그 친구와 그의 심리를 알 수 있게 되었어."

나는 어깨를 으쓱했다.

"흥, 당신의 생각이 옳은 것 같습니다. 하지만, 쉽게 피할 수 있는 일에 위험을 무릅쓴다는 것은 이해할 수가 없는데요."

"위험이라고!" 포와로는 콧방귀를 뀌었다.

"아니, 어디에 위험이 도사리고 있단 말인가? 재프가 그 문제를 알아차릴까? 아니네. 만일, 제4호가 아주 조그만 실수를 하지 않았다면, 그는 조금도 위험하지 않았을 거야."

"아니, 그가 실수했다고요?"

내가 물었다. 비록 그의 대답을 알고는 있었지만.

"이보게, 그는 이 에르큘 포와로의 회색 뇌세포를 무시했네."

포와로에게는 재능은 있었지만, 그에게서 겸손을 찾는다는 것은 불가능한 일이다.

제12장

함정

　건조하고 축축한 1월 중순, 런던의 전형적인 겨울 날씨였다. 포와로와 나는 난로 불을 쬐며 의자에 앉아 있었다. 포와로가 속을 헤아릴 수 없는 익살스런 미소를 지으며 나를 쳐다보고 있음을 알아차렸다.

　"무슨 생각을 하고 있죠?" 나는 가볍게 말했다.

　"자네가 이곳에 온 지난여름, 나한테 여기서 2개월 정도만 있겠다고 한 말을 생각하고 있었네."

　"내가 그렇게 얘기했었나요?" 나는 다소 겸연쩍다는 듯이 말했다.

　"기억이 안 나는데요."

　포와로가 크게 웃었다.

　"이봐, 그랬잖아. 그 이래로 자네의 마음이 변한 거겠지, 그렇잖나?"

　"어어―맞아요, 그래요."

　"왜 그랬지?"

　"모든 계획을 취소했죠, 뭐. 당신이 빅 포와 맞서 어려운 싸움을 하고 있는데, 당신 혼자 두고 떠나는 것은 당신도 원치 않고 있잖습니까?"

　포와로는 점잖게 고개를 끄덕였다.

　"내 생각도 마찬가지네. 헤이스팅스, 자네는 정말 진실한 친굴세. 자네가 여기 남아 나를 도와주면 나야 좋지만, 자네 집사람(자네는 그녀를 신데렐라라고 부르지)은 뭐라고 하겠나?"

　"상세히 얘기는 안 해줬지만, 물론 집사람은 이해할 겁니다. 내가 친구를 나 몰라라 하고 팽개치고 도망치는 것을 아내도 결코 원하지 않을 겁니다."

　"좋아 좋아. 역시 자네 부인은 훌륭한 분일세. 그런데, 우리는 아마 오랫동안 일을 해야 될 것 같네."

나는 고개를 끄덕였다.

"이미 6개월이 지났죠." 나는 감개무량하게 말했다.

"그런데, 우리는 지금 어디에 있는 겁니까? 당신도 우리가 무슨 일인가를 해야 한다는 걸 알고 계시잖아요?"

"헤이스팅스, 자네는 그렇게 항상 열성적이군! 그런데, 자네는 내가 어떻게 했으면 좋은지 정확히 말해 줄 수 있겠나?"

그것은 다소 어려운 문제였다. 그러나, 나는 조금도 물러서지 않을 작정이었다.

"우리가 먼저 공격해야 하지 않겠습니까? 우리가 이때까지 한 것이 뭐가 있습니까?"

"자네 생각 이상으로 많은 일을 했네. 제2호와 제3호의 신원을 파악했고, 제4호에 대해서도 보다 많은 것을 알아냈잖나."

나는 다소 기분이 좋았다. 포와로가 그런 얘기를 꺼내니 상황이 나쁘게는 들리지 않았기 때문이다.

"오! 좋아, 헤이스팅스, 우리는 많은 일을 해왔네. 사실 나는 라일랜드나 올리비에 부인을 경찰에 넘길 입장에 있질 않네. 누가 내 말을 믿겠는가? 내가 라일랜드를 멋지게 코너에 몰아넣었다고 기뻐했던 것을 자네 기억할 걸세. 그럼에도 불구하고, 나는 어떤 집안을 통해서 내 의심을 확고히 해나가고 있네. 아주 높은 집안이지. 앨딩턴 경이라고, 도난당한 잠수함 설계도 문제로 내게 도움을 청했던 사람인데, 그분이 내가 빅 포와 관계하고 있는 것을 잘 이해해 주고 있지. 그래서, 다른 사람들은 의심할지 몰라도, 그분만은 날 믿고 있네. 라일랜드와 올리비에 부인, 그리고 리창옌은 자신들 방법대로 해나갈 거야. 그러나, 그들의 움직임을 감시하고 있는 서치라이트가 있다네."

"그렇다면 제4호는요?" 나는 물었다.

"방금 얘기했잖나—나는 그의 방법을 이해하고 연구하기 시작했다고. 자네는 비웃을지 몰라도, 그의 인간성을 파헤치고, 어떤 주어진 환경에서 그가 무엇을 할 것인가를 정확히 알아내는 것이 성공으로 향한 첫걸음이네. 그가 계속 자신에 대해선 나에게 노출을 시키는 반면, 나는 그에게 나의 정체를 알리지 않으려고 노력하고 있네. 그는 환한 곳에 있고, 나는 어두운 곳에 있는 거야. 헤이스팅스, 날마다 내가 활동치 않는 걸 그들은 더 두려워할 것이네."

"그들은 우리를 그냥 놔두고 있습니다. 그들은 더 이상 당신 목숨을 노리지도 않았고, 당신 주위에 숨어 있지도 않았습니다."

"아닐세." 포와로가 의미 있게 말했다.

"사실은 그것이 나를 다소 놀라게 하고 있어. 특히, 나로선 도저히 알아차릴 수 없다고 그들이 여길 만한, 우리를 공격할 수 있는 기막힌 방법이 한두 가지쯤은 있었을 텐데 말이야. 내 말이 무슨 뜻인지 알겠나?"

"어떤 위장 폭탄장치 같은 것 말인가요?" 나는 되는 대로 물었다.

포와로는 참을 수 없다는 듯이 침을 꿀꺽 삼켰다.

"그런 것은 아니네! 마음대로 상상하게나. 난로 속의 폭탄보다 더 교묘한 것은 없다고 생각하겠지? 흠, 나는 좀더 게임이 필요해. 날씨는 이렇지만, 산책 좀 해야겠네. 용서하게, 친구—아니, 그래 한꺼번에 이 책들, 《아르헨티나의 장래》, 《사회의 거울》, 《목축업》, 《크림슨의 실마리》, 그리고 《로키 산맥의 스포츠》를 모두 다 읽을 수 있겠나?"

나는 웃으면서, 현재로선 《크림슨의 실마리》가 내 관심을 끄는 것이니 그것만 읽겠다고 하며 그의 말을 받아들였다.

포와로는 슬픈 듯 고개를 저었다.

"나머지 책들은 다시 책장에 꽂게나! 자네가 순서와 방법을 깨닫는 걸 결코 볼 수 없을 것 같구먼. 이봐, 이 책장은 무엇 때문에 있겠나?"

나는 겸손하게 사과했다. 그리고 포와로는 각각 정해진 장소에 기분 나쁜 듯이 책을 다시 꽂고는 밖으로 나갔다. 혼자 있는 시간에 스스로 책을 선택하는 즐거움을 맛보라고 하는 것 같았다.

나는 그렇게 해야 했다. 그러나, 피어슨 부인이 노크하는 바람에 비몽사몽에서 깨어났다.

"전보 왔어요"

나는 아무 생각 없이 노란 봉투를 열었다. 그러고는 나는 돌처럼 굳어져 버렸다. 남미의 내 농장에서 일하는 고용인인 브론슨에게서 온 전보였다.

내용은 다음과 같았다.

헤이스팅스 씨, 부인이 어제 실종되었습니다. 빅 포라는 갱단에게 납치당한 것 같다고 경찰이 말하더군요. 그러나 아직 단서는 잡지 못하고 있습니다.

브론슨

나는 피어슨 부인에게 방에서 나가라고 손짓을 하고는, 넋이 빠져 앉아 있었다. 그 전보를 되풀이하여 읽고 또 읽었다.

신데렐라가 납치되다니! 그 잔인한 빅 포의 손에! 맙소사, 어떻게 하면 좋단 말인가? 포와로! 나에게는 포와로가 있다. 그는 나에게 조언을 해줄 것이다. 그는 어떻게 해서든지 그들을 처치하고 말 것이다.

이제 몇 분 뒤에 그는 돌아올 것이다. 나는 그때까지는 참을성 있게 기다려야만 한다. 그러나 신데렐라가 빅 포의 손아귀에 있다니!

또 노크 소리가 들렸다. 피어슨 부인이 안으로 고개를 내밀면서 말했다.

"전갈이 왔는데요, 대위님. 중국인에게서 온 거예요. 지금 아래층에서 기다리고 있어요."

나는 그것을 받아들었다. 짧고 명료했다.

만일 당신의 아내를 다시 보기 원한다면 이 전갈을 가져간 안내자와 함께 오시오. 그리고 당신의 친구에겐 알리지 말고 떠나시오. 그렇지 않으면 당신의 아내는 고통을 받을 것이오.

커다랗게 '4'자 사인이 들어 있었다. 어쩐란 말인가? 내 입장에서 독자들이 이런 내용을 받았다면 어떻게 할 수 있겠는가? 나는 생각할 시간이 없었다.

오직 한 가지만 선택해야 한다. 그들 악마의 손아귀에 있는 신데렐라를 위해서, 나는 그들의 말에 따라야만 한다. 그녀의 머리카락 하나라도 손상시키게 해서는 안 된다. 나는 이 중국인을 순순히 따라가야만 한다. 그것은 함정일지도 모른다. 붙잡혀서 아마 죽을지도 모른다. 그들은 이 세상에서 나에게 가장 소중한 사람을 미끼로 삼은 것이다. 나는 더 이상 머뭇거릴 시간이 없었다.

나를 가장 미치게 만드는 것은 포와로에게 아무런 말도 남기지 못하고 떠난다는 것이었다. 그는 언젠가 나를 찾아내어 그 함정에서 구출해 낼 것이고, 모든 일이 잘 풀릴 것이다. 그러니, 내가 어찌 그것을 무서워하겠는가?

분명히 나는 아무런 감시도 당하고 있지 않는데도, 아직도 망설이고 있었다. 그 중국인이 올라와서 이 편지대로 따를 것인지를 확인하는 게 훨씬 쉬울 것이다. 그런데, 그는 왜 그러지 않는 것일까? 그가 올라오지 않는 것이 내게 의심을 불러 일으켰다. 나는 빅 포가 전지전능할 정도로 일을 처리하는 것을 익히 보아온 터라, 그들이 슈퍼맨과 같은 힘을 지니고 있다고 믿고 있었다.

그들에 대해 알고 있는 바에 따르자면, 침대 시트를 가는 꼬마 하녀까지도 그들의 앞잡이일 것만 같았다. 아니, 나는 감히 모험을 할 수가 없었다. 그러나, 내가 지금 할 수 있는 한 가지는 전보를 놔두고 가는 일이다. 그렇게 되면 그는 신데렐라가 납치된 사실을 알 것이고, 그에 대한 책임을 느낄 것이다.

그것이 직접 말하는 것보다는 시간이 덜 걸릴 것이라는 생각이 나의 머리에 스쳤다. 모자를 쓰고, 나는 그 안내자가 기다리고 있는 아래층으로 가서 그를 만났다. 그 안내자는 다소 낡은 옷이지만 깨끗하게 보이는 옷을 입고 있었고, 키가 크고 잘생긴 사람이었다. 그는 인사를 하고서 말을 꺼냈다.

그는 영어를 썩 잘했지만, 다소 억양이 서툴렀다.

"헤이스팅스 씨시죠, 맞습니까?"

"그렇소." 나는 대답했다.

"저에게 그 메모를 주십시오."

나는 그가 그렇게 할 거라고 예견했었다. 그에게 말없이 봉한 봉투를 건네주었다. 그러나, 그것이 전부가 아니었다.

"당신은 오늘 전보를 받으셨지요? 바로 조금 전에 남미에서 온 전보 말입니다."

나는 그들의 정보 조직망이 뛰어나다는 것을 다시금 깨달았다. 성급한 억측일지도 모르겠지만, 브론슨이 전보칠 것을 예상하고는, 그들은 전보가 배달될 때까지 기다렸다가 그 시기를 놓치지 않고 나에게 접근한 것이리라.

이미 이것은 부정할 수 없는 기정사실이었다.

"그렇소. 전보를 받았소." 나는 대답했다.

"그것을 가져오시겠습니까? 그것을 당장 가지고 오시지요."

나는 이를 악물었다. 어찌 해야 된단 말인가? 나는 위층으로 다시 뛰어갔다. 올라가면서 나는 피어슨 부인에게 비밀을 털어놓고 싶었다. 신데렐라가 실종되었다는 사실을 어떤 방법으로든 말이다.

그녀는 복도에 있었는데, 그녀 가까이에 하녀가 있어서 나는 망설였다. 그녀도 스파이라면—전갈 속의 말이 내 눈앞에서 어른거렸다. '당신의 아내는 고통을 받을 것이오.' 나는 말없이 거실로 들어갔다.

전보를 집어들고 막 나가려고 할 때, 좋은 생각이 머리를 스쳤다. 적들이 알아채지 못하게 암호를 두고 떠나면 될 것이다. 그러면, 그것을 포와로는 분명 발견하리라 생각했다. 나는 빨리 서재로 가서 책 네 권을 바닥에 떨어뜨렸다. 이러면 포와로는 그들이 온 것을 알 것이다. 그는 그 상황을 보고 화를 내겠지. 서재의 맨 끝에까지 왔다가 우연히 발견할 것이다. 그다음에 나는 난로 속에서 석탄 한 삽을 퍼내어 쇠살대에다 네 덩이를 쏟아 넣었다. 내가 할 수 있는 것은 다했다. 제발 포와로가 그 암호를 금방 알아본다면 좋으련만.

나는 다시 서둘러서 내려갔다. 그 중국인은 나에게서 그 전보를 받아 읽었다. 그러고 나서는 자기 주머니에 넣고서, 자기를 따르라고 나에게 손짓했다.

나는 아주 무거운 걸음으로 그를 따라갔다. 한번은 버스를 탔고, 한번은 전철을 타면서 한참을 갔다. 그런 뒤 우리는 줄곧 동쪽으로만 계속해서 걸었다.

그는 내가 꿈에도 보지 못한 이상한 길로만 갔다. 이윽고 방파제 아래로 내려갔다. 이젠 알 것 같았다. 나를 중국인이 사는 지역으로 데려가려는 것이다. 나는 떨리는 가슴을 억누를 수 없었지만, 그 남자는 묵묵히 터벅터벅 걷기만 했다. 좁고 지저분한 길을 돌아, 마침내 그는 낡은 집 앞에 서서 문을 네 번 두드렸다.

어떤 중국인이 나와 문을 급히 열었다. 그는 우리가 지나가도록 옆으로 비켜 서 있었다. 내가 들어가자, 문이 쾅하고 닫히면서 끝내 나의 희망은 좌절되고 말았다. 나는 분명 적의 손아귀에 들어간 것이다.

나는 두 번째 중국인에게 넘겨졌다. 그는 나를 낡아빠진 계단을 내려가, 지하실로 데리고 갔다. 그곳은 여러 가지 지저분한 물건과 통들로 가득 차 있었고, 동양식의 향료 같은 매운 냄새가 났다. 나는 불길하고도 수상쩍은 동양 분위기를 얼른 훑어보았다.

갑자기 그 사나이가 두 개의 통을 옆으로 치우자, 벽에 뚫어 놓은 낮은 통로 같은 것이 보였다. 그 사나이는 나에게 들어가라고 지시했다. 그 통로는 꽤 길었고, 또 너무 낮아서 나는 똑바로 설 수도 없을 정도였다. 그러나, 마침내 그 통로는 넓어졌고, 몇 분 뒤에 우리는 또 다른 지하실에 도착할 수 있었다.

그 사나이가 앞으로 나아가서, 벽에 붙어 있는 어떤 것을 네 번 두드리니 벽의 한 면 전체가 좍 열리는 것이었다. 그것을 통과해 가니, 놀랍게도 아라비안나이트의 궁전과 같은 곳이 나타났다.

낮고 긴 지하 방에는 동양의 비단이 잔뜩 걸려 있었고, 휘황찬란한 조명등이 켜져 있었으며, 향기로운 냄새가 났다. 대여섯 개의 소파가 비단 덮개로 씌어져 있었고, 중국의 풍속도가 그려져 있는 우아한 양탄자가 바닥에 깔려 있었다. 방의 끝에는 커튼이 드리워져 있었는데, 이 커튼 뒤에서 사람의 목소리가 들렸다.

"우리의 귀한 손님을 모시고 왔나?"

"예, 여기게 오셨습니다." 그 사나이가 대답했다.

"그 손님을 모시고 오게나."

그 목소리가 말했다. 그러면서 그 커튼이 젖혀졌다. 아름답게 수를 놓은, 길고 품이 큰 겉옷을 입은 키가 크고 마른 동양인이 굉장히 큰 쿠션으로 된 소파에 앉아 있는 것이 보였다.

"앉으시지요, 헤이스팅스 대위." 그는 손짓을 하면서 말했다.

"내 요구에 얼른 응해 주셔서 정말로 기쁩니다."

"당신은 누구요? 리창엔이 아니오?" 나는 물어보았다.

"아니오. 나는 주인에게 가장 천대받는 하인이올시다. 나는 그분의 명령을 수행했을 뿐이죠."

나는 앞으로 나아갔다.

"내 아내는 어디에 있소? 내 아내를 납치해서 어떤 짓을 저질렀소?"

"부인은 안전한 곳에 있소—부인은 아무도 찾질 못합니다. 아직까진 부인은 무사하오. 내 요구를 당신이 지켰으니까, 아직까지는 손대지 않았소."

악마 같은 사람과 대면해서 그런지, 무서움에 너무 떨어서 그런지, 나의 등뼈가 빠져나가는 것 같았다.

"무엇을 원하시오? 돈이오?" 나는 소리쳤다.

"이보시오, 헤이스팅스 대위. 우리는 당신네들이 가지고 있는 쥐꼬리만한 재산을 약탈하려는 생각은 전혀 없소. 그건 장담할 수 있소. 날 용서하시오—당신에겐 별로 지적인 제안도 아니었소. 당신 친구라면 이렇게까지 되지는 않았을 텐데?"

나는 무겁게 입을 열었다.

"당신네들은 나를 올가미 속으로 넣으려는 모양인데, 그건 성공했소. 나는 두 눈 똑바로 뜨고 여기까지 왔소. 당신이 내게 하고 싶은 대로 하시오. 그리고, 날 좀 내 아내가 있는 곳으로 보내 주시오. 그녀는 당신들이 이용할 가치도 없소. 당신네들은 나를 붙잡기 위해 그녀를 이용했소. 그리고 날 이렇게 잡았으니 이젠 제대로 되었구려."

그 동양인은 나를 가느다란 눈으로 비스듬히 바라보면서 미소를 지었다.

"당신은 너무 빨랐소." 그는 목청을 높였다.

"그것이 바로 제대로 되지 않은 점이지. '당신을 붙잡는다'고 표현했는데, 사실 그것은 우리의 목적이 아니오. 실은 당신을 통해서 당신의 친구를 붙잡으려는 것이니까."

"그렇게는 안 될걸." 하고 나는 짧게 웃으며 말했다.

"내가 제시하는 것은 이것이오."

상대방은 내가 듣는지 안 듣는지는 상관하지 않고 계속 말해 나갔다.

"당신은 에르퀼 포와로에게 이곳으로 유인하는 편지를 써야 하오."

"내게 그 따위 짓을 하라고?" 나는 화를 냈다.

"끝내 거절하면 당신 신상에 좋지는 않을 게요."

"뭐라고? 나쁜 놈들 같으니라고!"

"편지를 쓰지 않겠다면 죽는 수밖에 다른 방법이 없지. 기꺼이 죽겠소?"

등골이 오싹했지만, 나는 침착해지려고 애를 썼다.

"나를 위협한다고 좋을 것 하나도 없어. 날 괴롭히느니 차라리 중국인 겁쟁이나 가서 위협하시지."

"나의 위협은 분명한 것 중 하나요. 다시 한 번 묻겠는데, 편지를 쓰겠소?"

"못 쓰겠소. 한 번 더 말하겠는데, 당신네들은 감히 나를 죽이지 못할 거요. 당신네들은 곧 경찰의 추적을 받을 거요."

상대방은 가볍게 손뼉을 쳤다. 대기 중이던 두 중국인이 얼른 나타나서 내 두 팔을 묶었다. 그 두목이 중국인들에게 무엇인가를 재빠르게 이야기했다.

그러자, 그들은 나를 끌고서 그 방을 가로질러, 한 모퉁이에 있는 큰 방으로 데리고 갔다. 그들 중 한 녀석이 몸을 굽히면서, 갑자기 아무런 경고도 없이 나를 꿇어앉히는 것이었다. 그리고, 또 다른 녀석이 내 팔을 잡아당기는 바람에 나는 입을 벌리고 있는 구멍 속으로 떨어질 뻔했다. 그곳은 캄캄했는데, 물이 흘러가는 소리를 들을 수가 있었다.

"강이오." 소파에 앉아 있는 사나이가 소리쳤다.

"헤이스팅스 대위, 어때, 잘 생각해 보시오. 또다시 거절하면 당신은 거꾸로 떨어져서 어두운 물속으로 들어가 죽음을 만날 것이오. 자, 편지를 쓰겠소?"

나는 대부분의 사람들보다도 용감하지 못했다. 나는 죽을까 봐 겁에 질려 있다는 것을 솔직히 받아들였다. 저 중국인 악마는 농담하는 게 아니었다. 나는 그것을 알 수 있었다. 그것으로 멋진 과거와는 끝나는 것이었다. 내 의지와는 달리 대답하는 내 목소리는 조금 떨리고 있었다.

"안 돼! 그렇게는 할 수 없어. 그 따위 편지 같은 수작은 집어치워!"

무심결에 나는 눈을 감고, 숨을 헐떡이며 기도를 했다.

제13장

쥐가 들어오다

살아가는 데 있어서 사람이 영원의 한 모퉁이에 서게 되는 것이 자주 있는 일은 아니지만, 내가 이 런던 이스트 엔드의 지하실에서 그런 말을 하고 있을 때, 그 말들은 이 세상에서 하는 마지막 말이 될 것이라는 생각이 들었다.

나는 저 시커멓게 흘러가는 물속으로 빠뜨려질 충격에 온몸이 긴장되고, 숨 막혀 죽는 공포감을 미리 맛보았다. 그러나, 놀랍게도 그 낮은 웃음이 내 귓속으로 들어왔다. 나는 눈을 떠보았다. 의자에 앉아 있는 녀석의 신호에 따라 두 명의 감시인이 처음의 자리에다 나를 도로 옮겨다 놓았다.

"용기 한번 대단하구먼, 헤이스팅스 대위." 그 작자가 말했다.

"우리 동양에서는 용기를 미덕으로 삼지. 나는 당신이 그렇게 행동하리라 여겼었소. 그렇다면, 이제는 조그만 드라마의 정해진 제2막으로 들어가야겠소. 당신은 이미 죽음을 맛보았소. 이제 또 다른 죽음을 맛보겠소?"

"무슨 뜻이지?" 나는 쉰 목소리로 물었다.

소름끼치는 공포감이 나에게 엄습해 왔다.

"당신은 우리의 힘, 장미의 화원 속에 있는 부인을 잊지 않았을 텐데?"

나는 분노로 말이 막혀 그를 노려만 볼 뿐이었다.

"헤이스팅스 대위, 당신은 편지를 써야 할 게요. 여기 편지지가 있소. 내가 불러 주는 대로 쓰기만 하면 되오. 당신 부인이 사느냐 죽느냐 하는 문제는 오로지 당신에게 달려 있소."

내 이마에는 땀이 송송 배었다.

그러나, 그 작자는 웃으면서 태연히 말을 계속했다.

"대위, 당신 손에 이미 펜이 준비되어 있소. 당신은 꼭 써야 하오. 쓰지 않는다면……"

"만일 쓰지 않는다면?" 나는 물었다.

"만일 쓰지 않는다면, 당신이 사랑하는 아내는 죽게 될 것이오―서서히 죽어갈 것이오. 내 주인님인 리창옌께서는 한가한 시간에 새롭고도 기발하게 고통을 주는 방법을 연구하고 계시오."

"오, 맙소사!" 나는 소리를 질렀다.

"악마 같은 놈! 그렇게는 못할 거다!"

"당신에게 주인님께서 고안해 낸 방법을 자세히 설명해 드릴까?"

내가 악을 쓰며 반항을 하는 데에는 전혀 아랑곳하지 않고, 그는 조용히 설명을 시작했다―흔들림 없이 아주 평온하게. 내가 공포의 비명을 지르며 귀를 틀어막을 때까지.

"이만하면 충분하겠지. 펜을 들고 쓰시오."

"나는 그렇게는 못 하겠다."

"당신은 어리석기 짝이 없군. 어서 펜을 들고 쓰시지."

"만일 내가 쓴다면?"

"당신 부인은 곧 풀려날 것이오. 전보로 금방 연락이 될 테니까."

"내가 어떻게 당신들이 약속을 지킨다는 것을 믿을 수 있겠소?"

"내 조상의 무덤에 대고 맹세를 하겠소. 하지만, 잘 판단해 보시오. 내가 무슨 이유로 부인을 해치겠소?"

"그럼, 포와로, 포와로는 어떻게 되지?"

"우리의 계획이 완수될 때까지 그를 잘 보호하고 있다가, 그때에 가서 풀어주겠소."

"그것 또한 당신 조상의 무덤에 걸고 맹세할 수 있겠소?"

"내 이미 맹세를 했으니, 그것으로 충분한 것 아니겠소?"

가슴이 철렁 내려앉았다. 나는 지금 친구를 배신하려고 하는 것이다. 잠시 나는 망설였다. 그 빌어먹을 양자택일이 내 눈앞에 악몽처럼 떠올랐다.

신데렐라―이 중국 악마들의 손아귀에 들어 있는 그녀는 고문을 당하며 서서히 죽어간다.

신음소리가 내 입에서 새어나왔다. 나는 펜을 집어들었다.

어쩌면, 편지의 말투를 자세히 살핀다면, 포와로는 그 함정을 피할 수도 있을 텐데. 그것은 단지 희망사항에 불과했다. 그러나, 그러한 희망조차도 나에게 오래 남아 있지 않았다.

그 중국인의 목소리가 상냥하고도 친절하게 퍼져 나왔다.

"받아 적을 준비가 되었소?"

그는 잠시 뜸을 들였다가는 옆에 놓여 있는 한 묶음의 메모를 보아 가면서 다음과 같이 불렀다.

포와로에게

나는 지금 제4호를 추적하고 있습니다. 한 중국인이 오늘 오후 나에게 와서 가짜 편지를 가지고 유혹을 하더군요. 그런데, 다행히도 나는 그의 계략을 알아채고선 그자를 떨쳐 버릴 수가 있었습니다. 그러고는 오히려 그에게 역습을 가해서 가까스로 미행을 하게 되었지요—내가 우쭐해 할 정도로 아주 치밀하게 말입니다. 나는 지금 어린 친구를 통해 이것을 당신에게 보내니 그에게 반 크라운짜리 은화를 한 닢 주시지요. 이 편지가 안전하게 전달되었는지 어떤지 알아보기 위해 그렇게 약속을 했습니다. 나는 그 집을 계속 감시해야 하기 때문에 이곳을 도저히 떠날 수가 없어요. 6시까지 기다리다가, 만일 당신이 그때까지 오지 않으면 나 혼자 그 집에 들어갈 참입니다. 놓치기에는 너무나 아까운 기회래서요. 이 편지를 가져가는 아이가 당신을 만나지 못하면 어쩌지요? 이 아이가 당신을 만난다면 빨리 이곳으로 와주십시오. 그리고, 당신을 감시하고 있어서 눈치 챘는지도 모르니, 수염을 달아서 위장을 하도록 하십시오. 아주 급합니다.

단어 하나하나를 쓸 때마다 나는 더욱 깊은 절망에 빠져야만 했다. 이 일은 잔인하다 할 정도로 용의주도했다. 나는 이들이 얼마나 자세하게 내 생활의 세세한 것까지 알고 있는지를 알 수 있었다. 그것은 내가 직접 쓴 편지와 너무나도 흡사했다. 그날 오후에 나를 찾아와 '나를 꾀어낸' 중국인이 빅 포의 부하인 것을 암시하기 위해 네 권의 책으로 표시해 둔 것도 아무런 소용이 없을 것이라는 생각이 들었다. 그것이 함정이었고, 또 내가 그 사실을 알고 있었을 것이라고 포와로는 생각할 것이다. 시간 역시 교묘하게 계획되어 있었다.

포와로는 편지를 받자마자, 순진해 보이는 안내자를 따라 제시간에 맞추어 이곳으로 달려올 것이다. 그가 그러리라는 것을 난 알 수 있다. 그리고 자기가 늦게 오면 나 혼자 그 집에 들어갈 것이라고 한 것 때문에 더욱 조급하게 서두를 것이다. 그는 늘 나의 능력에 대해 비웃으며 불신을 드러냈다. 그는 내가 혼자 그 일을 감당해 낼 수 없으면서 위험 속으로 뛰어들 것이라고 생각하고서, 자기가 직접 상황을 감독하기 위해 이곳으로 달려올 것이다. 그러나, 아무것도 행해진 것은 없다. 나는 강압에 의해 편지를 썼을 뿐이다.

나를 감시하는 그 작자가 내가 막 다 쓴 편지를 가져가서 읽고는 만족한 듯이 고개를 끄덕였다. 그러고는 옆에서 말없이 서 있는 부하들 중 하나에게 그것을 건네주자, 그 부하는 출입구인 줄 모르게 위장해 놓은 벽의 비단 커튼 뒤로 사라졌다.

내 앞에 서 있던 그 작자는 미소를 띠며 전보용지를 빼어 들더니, 그 위에다 무엇인가를 적어서 나에게 건네주었다. 그것은 다음과 같이 쓰여 있었다.

가능한 한 빨리 그 하얀 새를 풀어 줄 것

나는 안도의 한숨을 내쉬었다.

"당신 그것을 당장 부쳐야 할 거요." 내가 재촉하듯이 말했다.

그는 웃음을 띠며 고개를 좌우로 흔들었다.

"에르큘 포와로가 내 수중에 들어와야지만 이것을 부치겠소. 그전까지는 안 돼."

"그렇지만, 당신 약속이……, 이러면 약속이 틀려지잖소."

"만일 이 계획이 실패로 돌아간다면 나에게는 여전히 하얀 새가 필요하지. 다음 단계에 당신을 설득시키기 위해서 말이오."

나는 분노로 치가 떨려 얼굴이 하얗게 질렸다.

"맙소사! 만일 당신……."

그는 가늘고 긴 노란 손을 흔들어댔다.

"안심하시오. 나는 이 계획이 실패로 돌아가리라는 생각하지 않으니까. 포와로가 내 손아귀에 들어오면 틀림없이 약속을 지키겠소."

"약속을 지키지 않는다면?"

"내 조상의 무덤에 맹세를 하겠소. 걱정할 필요 없소. 그동안 여기서 쉬도록 하시오. 내가 없는 동안에 부하들이 당신을 돌볼 것이오."

나는 이 낯설고 사치스런 지하의 방에 홀로 남겨지게 되었다. 다른 중국인 하나가 더 들어왔다. 그 부하들 중 하나가 나에게 먹을 것이며 마실 것을 가져다주었으나, 나는 옆으로 밀쳐 버렸다. 나는 지쳐 있었고, 몹시도 마음이 아팠다. 그러다가 갑자기 그들의 두목이 나타났다.

키가 훤칠하고 위엄이 있어 보였으며, 비단으로 만든 길고 품이 넉넉한 옷을 입고 있었다. 그는 부하들에게 행동을 지시했다. 그의 명령에 따라, 나는 지하실과 지하통로를 거쳐 내가 처음 들어왔던 방으로 도로 끌려갔다. 거기서 그들은 맨흙바닥으로 된 방으로 나를 데려갔다. 창문에 셔터가 내려져 있었지만 문틈으로 거리를 내려다 볼 수는 있었다.

누더기 옷을 걸친 한 노인이 거리의 반대편에서 발을 질질 끌며 걷고 있었다. 그가 이쪽 창문으로 무슨 신호를 보내고 있는 것을 보니, 그는 경비를 서고 있는 이 갱단의 일원인 것 같았다.

"잘 됐어." 그 중국인이 말했다.

"에르큘 포와로가 함정에 걸려들었어. 그는 지금 이곳으로 접근해 오고 있다는군. 안내하는 소녀과 단둘이서. 자, 헤이스팅스, 당신에게 아직도 해야 할 일이 하나 남아 있소. 만일 당신이 눈에 띄지 않으면 포와로는 이 집에 발을 들여 놓지 않으려 할 거요. 그러니, 그가 건너편에 도착하면 당신이 가서 그를 불러 들여오도록 하시오."

"뭐라고?" 나는 반항적으로 소리를 질렀다.

"당신은 그 한 가지 일만 하면 돼. 만일 실패하게 된다면, 그 대가를 치러야 한다는 것을 기억해 두시오. 에르큘 포와로가 무엇인가 잘못되어 가고 있다는 것을 눈치 채고 이 집에 들어오려 하지 않는다면, 그때는 당신 아내가 서서히 죽어가는 수밖에 없어! 아! 저기 포와로가 오는군."

가슴이 두근거리고 숨이 막혀 제대로 숨을 쉴 수 없을 정도가 되어, 나는 셔터의 틈으로 밖을 내려다보았다. 거리 반대편에서 걸어오는 사람의 모습을 보고 나는 한눈에 그가 포와로임을 알 수 있었다. 비록 코트의 깃을 세우고 커다란 노란 머플러로 얼굴을 가리고 있었지만, 그 특유의 걸음걸이와 달걀 모양의 두상(頭狀)은 감출 수가 없었다.

포와로는 지금 나를 도우러, 아무런 의심도 없이 그 편지를 곧이곧대로 믿고서, 이리로 오고 있는 것이다. 그의 옆에는 때 묻은 얼굴에 누더기 옷을 걸친 전형적인 영국의 장난꾸러기 소년이 걸어오고 있었다. 포와로는 걸음을 멈추고 이쪽 집을 바라보고 있었고, 옆에 있는 소년은 집을 가리키며 뭔가 열심히 설명하고 있었다. 이제는 내가 행동을 취할 순서였다. 나는 홀로 나왔다.

그 키 큰 중국인의 신호에 따라, 부하 하나가 문을 열어 주었다.

"실패를 하면……, 그 대가를 기억하시오."

그 원수 같은 녀석이 나지막하게 말을 했다.

나는 밖으로 나와 계단 위에서 포와로를 불렀다. 포와로가 급히 거리를 건너 나에게 뛰어왔다.

"아! 모든 일이 잘 되었나 보군. 나는 걱정을 했었는데. 자네가 그 집에 들어갔었나? 그런데 집이 비어 있던가?"

"예." 나는 낮은 소리로 자연스럽게 소리를 내려고 노력했다.

"바깥으로 통하는 비밀 통로가 어디엔가 있을 거예요. 들어가서 조사해 보시죠."

나는 다시 입구로 발길을 옮겼다. 아무것도 모르는 포와로는 나를 따라오려 했다. 그때 무엇인가 나의 뇌리를 스쳐갔다.

나는 내가 맡고 있는 역할(유다의 역할)을 아주 분명히 알 수 있었다.

"돌아가요! 포와로! 이것은 함정이에요. 내 걱정은 하지 말고, 어서 달아나요, 당장—."

이 말이 채 끝나기도 전에, 강한 손이 압축기처럼 나를 죄어왔다. 그리고 중국인 부하 하나가 튀어나와 포와로를 붙들었다. 또 한 녀석이 뒤쪽으로 가서 그의 팔을 꺾었다. 그때 짙은 연기가 어디에선가 뿜어져 나와 숨도 제대로 쉬지 못하게 했다.

나는 내 자신이 몸을 가누지 못하고 넘어지는 것을 어슴푸레 느낄 수 있었다—이것이 죽음이란 것인가?

의식이 차차 회복되어 가자 몸이 고통스러워지기 시작했다—나의 모든 감각이 마비가 된 듯했다. 가장 먼저 나의 눈에 들어온 것은 포와로의 얼굴이었다. 그는 반대편에 앉아서 나를 근심스런 얼굴로 바라보고 있었다.

그는 내가 자기를 쳐다보고 있는 것을 알고서 기쁨의 탄성을 질렀다.

"아, 살아났군, 정신이 들었어. 잘했어! 나의 불쌍한 친구!"

"여기가 어디지요?" 내가 고통스러워하며 말을 했다.

"어디냐고? 자네 집!"

나는 주위를 빙 둘러보았다. 정말이었다. 나는 익숙한 물건들 가운데 누워 있었다. 그리고 벽난로 속에는 내가 전에 조심스레 쏟아 네 개로 나눈 석탄 덩어리가 그대로 놓여 있었다.

포와로도 내 시선을 좇아 함께 바라보았다.

"그래, 그것은 훌륭한 아이디어였네. 그 책 말일세. 보게나, 만일 그들이, '당신 친구 그 사람, 헤이스팅스 말이야, 그 사람은 머리가 명석하지 못해, 그렇지 않소?'라고 말한다면 나는 이렇게 대꾸할 것이네. '뭔가를 잘못 알고 있군.' 하고 말이야. 자네는 훌륭하고 멋지게 일을 처리했어."

"그럼, 당신은 그 책으로 표시해 놓은 의미를 알아차렸나요?"

"내가 명청이인가? 물론 알아차렸지. 그것은 나로 하여금 드디어 내 계획을 실행할 때가 왔다고 경고하는 것 같더군. 아무튼 빅 포는 자네를 납치했네. 그런데 무슨 목적으로? 자네의 예쁜 눈 때문에 그런 것은 아니겠지. 마찬가지로 자네가 두려워서 자네를 제거하려 한 것은 더욱 아닐 테고 그들의 목적은 아주 명백하네. 그들은 자네를 납치하여, 그 유명한 에르큘 포와로를 손에 넣기 위한 미끼로 삼은 것이네.

나는 오래전부터 그와 같은 것을 미리 예상하고 있었지. 그래서 준비하고 있었네. 그러자, 내 예상에 빗나가지 않고 심부름꾼이 여기에 왔지—너무나 순진한 거리의 장난꾸러기 소년 말일세. 나는 모든 것을 알아차리고는 서둘러서 그 녀석을 따라갔지. 그리고, 퍽 운 좋게도 그들은 자네를 문 앞에 나와 있도록 했어. 그 점이 걱정이 되었네. 자네가 납치된 곳에 도착하기 전에 그들을 처치했어야 했거든. 그러고는 자네를 찾아내야 했는데, 그것이 헛수고로 돌아가면 어떡하나 하고"

"그들을 처치했어야 한다고요?" 나는 힘없이 물었다.

"혼자서?"

"아, 사람이 미리 각오를 하면 모든 것이 쉬워진다는 보이 스카우트의 신조가 있지 않은가? 매우 좋은 말이지. 나는 미리 각오를 하고 있었네. 얼마 전에, 나는 매우 유명한 화학자로부터 도움을 받았다네. 그분은 전쟁 중에 독가스에 관련된 많은 업적을 남겼지. 그가 나에게 소형 가스 폭탄을 만들어 주었다네. 간단해서 사용하기가 아주 쉽자—던지기만 하면 연기가 나거든. 그러면 상대편은 의식을 잃게 된다네. 그리고 나는 영리한 친구 재프를 오라고 휘파람으로 신호를 했지. 그러자, 미리 와서 그 집 주위에 잠복해 있던 재프와 그 부하들이 달려와서 그다음을 처리했다네."

"그런데, 어떻게 당신은 정신을 잃지 않았죠?"

"또 다른 하나의 행운이겠지. 제4호가 기발하게 구상한 편지대로 우스꽝스럽게 수염을 붙이고 갔잖아. 그때 변장을 하느라 가렸던 노란 머플러가 방독마스크 대용으로 쓰인 덕분에 쉽게 숨을 쉴 수가 있었던 것이네."

"기억이 나는군요." 나는 외쳤다.

무시무시한 공포 때문에 일시적으로 나의 과거를 송두리째 잊었었는데, 이제야 그것이 생각나는 것이다. 그런데 신데렐라는—?

나는 신음을 하며 실의에 빠졌다. 나는 1~2분쯤 다시 의식을 잃었다. 정신이 들고 보니 포와로가 내 입에다 브랜디를 조금씩 넣어 주고 있었다.

"흠, 포와로! 어떻게 됐죠, 말 좀 해줘요"

말을 해나가면서 나는 오들오들 떨었다. 포와로가 소리를 쳤다.

"이봐! 친구! 자네를 그렇게 고통스럽게 하는 것이 뭔가! 나는 아무것도 모르고 있어. 하지만 안심하게나. 모든 것이 잘 될 거야!"

"내 아내를 구할 수 있다는 얘기인가요? 그러나, 아내는 지금 남미에 있습니다. 우리가 곧장 그곳으로 떠난다 해도, 도착했을 때는 이미 아내는 이 세상 사람이 아닐 겁니다. 얼마나 비참하게 죽을 것인가는 하나님만이 알 뿐이에요."

"아냐, 아냐, 자네는 아직도 모르고 있군. 자네 부인은 안전하게 잘 있네. 한시도 그들 손아귀에 있었던 적은 없었어."

"그렇지만, 나는 브론슨에게서 전보를 받았는데요?"

"아—아냐, 그렇지 않네. 남미에서 날아온 브론슨의 사인이 되어 있는 전보를 받았겠지만, 그것은 별개의 일이네. 자네는 세계 도처에 퍼져 있는 그들의 조직이, 신데렐라를 들먹여서 자네에게 전보를 보내는 것쯤 너무나 간단한 일이라는 생각이 들지 않았나?"

"아니오, 전혀."

"음, 나는 그렇다네. 나는 자네가 마음 상하는 것을 보고 싶지 않기 때문에 자네에게 아무 말도 하지 않았네―나는 내 마음을 다스릴 수 있어. 자네 아내에게서 온 편지들은 목장에서 쓰인 것같이 보이지만, 사실 자네 아내는 내가 생각해 낸 매우 안전한 장소에서 벌써 석 달 가까이 생활하고 있네."

나는 오랫동안 그를 넋을 놓고 바라보았다.

"확실합니까?"

"그럼! 나는 이미 알고 있었어. 그들은 거짓말로 자네를 괴롭혔던 것이네."

나는 고개를 옆으로 돌렸다. 포와로는 자기 손을 내 어깨에다 얹었다. 그의 목소리에는 내가 전에 들어보지 못한 것이 담겨 있었다.

"내가 포옹한다든지 감정을 드러내는 것을 자네가 싫어한다는 것, 나는 잘 알고 있네. 앞으로 나는 진짜 영국 사람이 되겠네. 나는 아무 말도 하지 않겠어. 다만 이 말만 빼놓고―최후의 모험에 이르기까지 모든 영광을 자네와 함께, 그리고 자네와 같은 친구가 곁에 있어서 난 참 행복하도다!"

제14장

염색한 금발 머리

나는 차이나타운에서 포와로의 폭탄 공격으로 빚어진 결과에 대해 퍽 실망하고 있었다. 말하자면, 갱의 두목이 도망쳤던 것이다. 재프의 부하들이 포와로의 휘파람을 신호로 재빨리 돌진했을 때, 그 홀 안에는 의식을 잃은 중국인 네 명이 있었을 뿐이었다. 그들 중에 나를 죽이려고 위협한 인물은 없었다.

나중에 생각해 보니, 포와로를 집 안으로 끌어들이기 위해 나를 내몰았을 때 그 작자는 이미 딴 곳에 숨어 있었던 게 분명했다. 아마 가스 폭탄의 위력이 미치는 지역에서 벗어나 있었을 것이며, 우리가 나중에 발견한 비상구를 통해 빠져나간 게 틀림없으리라.

경찰에 체포된 네 명의 중국인으로부터 우리는 아무런 단서도 찾을 수 없었다. 경찰에 의해 충분히 조사되었지만, 그들이 빅 포 테러단과 관련이 있다는 근거는 하나도 나타나지 않았다. 그들은 그 빈민가에 살고 있는 아주 빈곤한 계층의 사람들로, 자기들은 리창옌이라는 이름에 대해 전혀 아는 바가 없다고 진술했다. 한 중국인 신사가 그들을 강변에 있는 그 집의 고용인으로 채용했는데, 그들은 자기가 맡은 일밖에는 아무것도 모르고 있었다.

다음 날까지, 나는 포와로가 사용한 가스탄의 영향으로 약간의 두통이 있었다. 그렇지만 몸은 완전히 회복되었다. 우리는 함께 차이나타운으로 가서 내가 잡혀 있다가 구출된 집을 자세히 조사했다. 다 넘어질 듯한 두 채의 건물로 이루어진 그 집은 지하통로에 의해 서로 연결되어 있었다. 각 건물의 1층과 2층은 가구를 들여놓지도 않았고 전혀 관리도 안 된 상태였으며, 깨어진 창문에는 다 썩은 셔터가 내려져 있었다.

재프는 아까부터 지하실을 샅샅이 뒤지고 있었고, 내가 거의 반시간 동안 불쾌하게 갇혀 있었던 지하방으로 통하는 비밀문을 발견했다. 자세히 살펴보니까 전날 밤에 보았던 것이 생각났다. 벽에 걸린 실크와 소파와 마루에 깔린 양탄자는 아주 정교한 솜씨로 만들어진 것들이었다. 나는 중국 예술에 대해서 잘 알지는 못하지만, 방에 있는 모든 것들은 품질 면에서 가장 우수한 것이라고 평가할 수 있었다.

재프와 그의 부하들의 도움으로, 우리는 그 집을 철저히 조사했다. 나는 아주 귀중한 단서를 찾을 수 있으리라는 큰 기대를 걸었었다. 예를 들자면, 빅포 중 가장 유력한 실력자들의 명단이라든가, 그들의 계획에서 쓰이는 암호라든가 하는 것들 말이다. 그러나 아무것도 발견할 수가 없었다.

우리가 온통 다 뒤져서 발견한 것은 그 중국인이 포와로에게 보내는 편지 내용을 나에게 불러 주면서 참고로 한 메모들뿐이었다. 그 메모에는 우리 각자의 생애와, 성격 평가, 우리가 가장 쉽게 무너질 수 있는 약점들에 대한 내용이 거의 완벽하다 싶을 정도로 나열되어 있었다.

포와로는 그것을 발견하고는 어린애처럼 좋아했다. 나 개인적으로는 그것이 어떻게 가치가 있는지 알 수 없었고, 특히 그러한 자료를 수집한 사람이 누군지 모르겠지만, 그는 여러 가지 점에서 우스꽝스러울 정도로 실수를 범했다.

우리가 집으로 되돌아왔을 때 나는 그 점을 지적했다.

"저, 포와로, 적이 우리를 어떻게 생각하는지 아시죠? 그들은 당신의 두뇌에 대해선 지나치리만큼 과대평가를 하는데 반해, 나에 대해선 아주 우습게 생각하고 있는 것이 분명합니다. 이러한 사실을 알게 되었다고 해서 우리가 전보다 더 일을 잘 추진해 나갈 수 있으리라 생각합니까?"

포와로는 다소 너무하다 싶을 정도로 낄낄 웃어댔다.

"자네는 그렇게 생각하고 있나? 그렇지는 않을 걸세. 그들이 우리의 약점을 알고 있으니까, 우리는 그 약점을 보완해 그들의 공격에 맞서서 대비하면 되는 것이네. 예를 들어서 말이야, 우리는 행동하기 전에 반드시 생각해야 한다는 것을 명심해야 하네. 만일, 다시 자네가 곤경에 처해 있을 때 빨간 머리를 가진 젊은 여자를 만난다면, 자네는 우선 그녀를 경계해야 할 거네. 그렇게 생각하지 않나?"

그들은 그 메모에 나를 충동적으로 행동하는 인물이라고 써놓았으며, 또한 어떤 색의 머리칼을 지닌 여자에게는 쉽게 녹아나는 인물로 평해 놓았다. 포와로의 말이 나는 기분 나쁘게 생각되었다. 그런데, 다행히 나에게도 반격을 가할 수 있는 게 생겼다.

"그래, 어떻게 할 작정입니까?" 나는 물었다.

"당신의 '그 잘난 체하는 허영심'을 고칠 작정인가요? '그 까다로운 성미'는 어떻고요?"

내가 우리의 적들이 포와로의 약점으로 써놓은 것을 들추어 가며 포와로에게 쏘아붙이자, 포와로는 상당히 기분이 언짢은 듯이 보였다.

"아, 헤이스팅스, 틀림없이 어떤 점에 있어서는 그들은 잘못 생각하고 있어. 그래! 그들은 머지않아 그 점을 알게 될 걸세. 반면에, 우리도 이러한 일에 준비를 철저히 해야만 한다는 것을 알아두게."

준비를 철저히 해야 한다는 말은 포와로가 요즘 들어 가장 즐겨 쓰는 문구였다. 그래서, 나는 더욱 그런 소리를 싫어했다.

"우리는 무엇인가 알고 있네, 헤이스팅스." 그는 계속 말을 이었다.

"분명히, 우리는 무엇인가 좀 알고 있어(안다는 것은 좋은 것이네). 그러나 충분히는 알고 있지 못하네. 그러니, 우리는 좀더 많은 것을 알아내야만 하네."

"어떤 방법으로 말입니까?"

포와로는 의자에 다시 앉으면서, 내가 아무렇게나 책상 위에 던져 놓은 성냥통을 똑바로 놓고서는, 내가 너무나 잘 알고 있는 그 거만한 태도를 취했다. 나는 그가 꽤 오랫동안 무엇인가를 설명하려 한다는 것을 알고 있었다.

"이보게, 헤이스팅스, 우리는 성격을 달리하는 네 명의 적과 대항하여 싸워야만 하네. 그중 제1호와는 개인적으로 접촉할 기회를 가진 적이 없었어. 하지만, 우리는 그를 알고 있네. 말하자면, 그의 심리 상태를 통해 알고 있는 것이지. 나는 그의 심리를 이해하기 시작했네—음흉하고도 동양적인 심리. 우리가 대면했던 모든 음모와 계획은 모두 그렇게 음흉한 리창옌의 머리에서 나온 것들이네. 그리고 제2호와 제3호도 꽤나 힘이 강력하고 지위가 높은 자들이라서 한참 동안 우리의 공격을 막아낼 수 있었어. 그런데 공교롭게도 그들의 안전은 우리의 안전이라 할 수 있네. 그들의 행동은 사람들의 주목을 받기 때문에, 주의깊게 명령을 받은 뒤에야 활동할 것이네. 그리고 우리는 갱단의 마지막 인물을 만났네. 제4호로 알려진 작자를 만났던 게지."

포와로의 목소리는, 특별히 개인적인 이야기를 할 때처럼 약간 이상하게 바뀌었다.

"제2호와 제3호는 자기들의 평판과 확고한 지위 때문에, 다치지 않고 자기 길을 갈 수 있을 것이네. 제4호는 그 반대 이유로 해서, 나름대로 성공적인 길을 갈 거야—세상에 잘 알려지지 않은 무명인이기 때문이지. 그가 누구인가? 아무도 모르네. 그가 어떻게 생겼는가? 역시 아무도 모르네. 자네와 내가 그를 몇 번이나 보았는가? 다섯 번 정도, 그럴까? 우리가 다시 그를 만나면 알아볼 수 있다고 확신할 수 있을까?"

나는 머리를 흔들면서 각기 다른 다섯 사람을 다시 마음속으로 생각해 보았지만, 그들은(믿어지지 않는 일이지만) 같은 한 사람이었다. 우락부락한 정신병원 관리인, 파리의 호텔에서 코트의 단추를 목 위까지 전부 잠그고 온 남자, 제임스라는 자, 노란 재스민 사건과 관련있는 꽤 젊어 보이는 의사, 그리고 러시아인 교수. 어느 모로 보나 이들 중 두 사람조차도 서로 비슷한 점이 없었다.

"아닐 겁니다." 나는 힘없이 말했다.

"우리는 아무것도 얻은 것이 없습니다."

포와로는 미소를 지었다.

"그렇지 않네, 너무 그렇게 절망적으로 생각지는 말게. 우리는 한두 가지는 알고 있어."

"뭐, 어떤 것들인데요?" 나는 대수롭지 않게 물어보았다.

"우리는 그가 중간키에, 약간 흰 피부를 갖고 있다는 것을 알고 있지. 그가 만일 가무잡잡한 피부를 가진 키 큰 남자였다면, 결코 흰 피부에 키 작은 의사로 변장할 수는 없을 거야. 교수의 역할을 하든, 제임스의 역할을 하든, 1인치 정도 키를 늘린다는 것도 어린애 장난 같은 얘기지. 마찬가지로 그는 틀림없이 짧고 반듯한 코를 갖고 있네. 교묘한 방법으로 코를 늘릴 수는 있을지라도, 큰 코를 줄일 수는 없을 것이네. 그리고, 그는 확실히 서른다섯이 넘지 않은 꽤 젊은 사람이 틀림없어. 그러니, 우리는 어느 곳에서 그자를 다시 만나게 될지도 모르네. 서른 살에서 서른다섯 살가량의 남자, 키는 중간이고, 약간 흰 피부에 분장술이 뛰어난 사람, 그리고 자기 본디 치아는 거의 갖고 있지 않은 사람."

"뭐라고요?"

"틀림없을 거야, 헤이스팅스 우선 관리인에 대해서 이야기해 볼까, 그의 이빨은 부러지고 누르퉁퉁했었네. 파리에서 그의 이빨은 고르고 희었지. 의사로 위장했을 때는 불쑥 뛰어나온 뻐드렁니였고, 사바로노프였을 때는 정상적이 아닐 정도로 긴 송곳니를 가졌었네. 얼굴 모습을 다르게 보이게 하는 데에 이빨의 형태를 바꾸는 것보다 더 완벽한 것은 없네. 자네는 이런 것을 어디에서 알 수 있을 것 같나?"

"확실히 모르겠습니다." 나는 의심스럽다는 듯이 대답했다.

"사람은 자기 얼굴에 자기 직업에 관한 것이 쓰여 있단 말일세."

"그는 범죄자예요." 나는 소리쳤다.

"그는 분장술에 뛰어난 명수야."

"그렇겠죠"

"좀더 알기 쉽게 얘기하면, 헤이스팅스, 그는 연극계에서 별로 각광받지 못하는 인물이네. 그가 과거에 연극을 했던 사람이거나 지금 연극배우일 거라는 생각이 들지 않나?"

"연극배우라고요?"

"그래, 분명해. 그는 금방이라도 자기 모습을 바꿀 수 있는 재질이 있네. 연극배우에는 두 부류가 있는데, 하나는 자기가 맡은 배역에 완전히 몰입하는 타입이고, 또 하나는 자기의 성격 안에서 그 배역을 표현하는 것이네. 배우들의 매너저는 대개 후자 출신들이네. 그들은 어떤 역할을 맡게 되면 자신의 개성의 틀에 그 역할을 끼워 맞추지. 전자 부류의 배우들은 뮤직홀에서 로이드 조지의 연주를 흉내 내거나 극장 무대에서 수염을 붙인 노인으로 분장하여 연기할 것이네. 우리가 찾으려는 제4호는 전자에 속하는 사람이야. 그는 어느 모로 보나 최상의 예술가이고, 자기가 연기하는 각 역할마다에 완전히 빠져든

다네."

나는 점점 흥미가 생겼다.

"그래서, 당신은 무대와 연관시켜서 그의 정체를 추적할 수 있게 될 것이라고 생각합니까?"

"자네의 추리는 언제나 총명하구먼, 헤이스팅스."

"좀 나아졌을지도 모르지요." 나는 차갑게 이야기했다.

"만일 그 아이디어가 당신에게 좀더 빨리 떠올랐다면 말이에요. 우리는 너무 많은 시간을 낭비했어요."

"이보게, 잘못 알고 있군. 그 정도의 시간을 소비한 것은 불가피한 것이었네. 지난 몇 개월 동안 내 정보원들이 그 일을 해오고 있는 중이야. 조지프 애런스도 그중 한 사람이네. 그 사람을 기억하나? 그들은 나에게 그러한 조건을 구비한 사람들의 명단을 작성해 주었네. 성격배우로서 재능이 있고, 다소 특징이 없는 외모를 가진, 대략 서른 살 내외의 젊은 청년들. 게다가, 최근 3년 동안 무대를 떠나 있었던 사람."

"그래요?" 나는 깊은 관심을 보이면서 말했다.

"물론, 그 명단에는 좀 많은 이름들이 올라 있었지. 그래서, 얼마 동안 그 대상을 줄이는 작업을 했다네. 그 결과 마침내 전체 명단에서 네 명의 이름만 간추려 놓았네. 바로 이 사람들이지."

그는 종이 한 장을 나에게 건네주었다. 나는 소리 내어 읽어 내려갔다.

"어니스트 러트렐. 북부 지방 목사의 아들. 성격배우로서 분장하는데 남다른 재주가 있음. 공립 고등학교를 중퇴했고, 23세 때 무대에 섰음(그다음에는 그가 연극에 출연한 때와 장소가 적혀 있었다). 마약을 상용했음. 4년 전에 호주로 간 것으로 추측됨. 영국을 떠난 뒤로는 종적을 감추었음. 나이는 32세. 키는 5피트 10.5인치(179cm). 깔끔하게 면도를 하고 다님. 갈색 머리, 반듯한 코, 얼굴빛이 희고 잿빛 눈을 가짐.

존 세인트 모어. 가명. 진짜 이름은 알려지지 않음. 런던 토박이 혈통으로 보임. 아주 어렸을 때부터 무대에 섰음. 뮤직홀에서 분장을 담당했음. 3년 동안 소식을 들을 수 없었음. 나이는 약 33. 키는 5피트 10인치(178cm), 깡마른

편, 파란 눈에 살결은 흰 편임.

어스틴 리, 가명. 실제 이름은 어스틴 폴리. 가문이 있는 집안 출생. 항상 연극을 좋아했고, 연극으로 옥스퍼드 대학에서 명성을 떨쳤음. 혁혁한 전공(戰功)을 세움. 출연한 연극은……(계속해서 많은 연극 제목들이 나열되어 있었다). 범죄학에 대한 열성주의자. 3년 6개월 전에 오토바이 사고로 뇌에 손상을 입은 이후 무대에 전혀 나타나지 않았음. 소재 파악이 어려움. 나이는 35. 키는 5피트 9.5인치(177cm), 흰 피부, 파란 눈, 갈색 머리를 하고 있음.

클라우드 대럴. 본명이라고 생각됨. 그의 출생은 미스터리. 가벼운 희가극에 출연했었고, 레퍼터리 극단에서도 공연했음. 친한 친구는 없는 것으로 추측됨. 1919년에는 중국에 갔으며, 얼마 뒤 미국으로 다시 돌아갔음. 뉴욕에서 몇 편의 작품에 출연했었음. 어느 날 밤부터 무대에 나오지 않았으며, 그 뒤로는 그의 소식을 듣지 못했음. 뉴욕 경찰은 그의 행방불명에 의혹을 품고 있음. 나이는 33. 갈색 머리, 얼굴색은 흰 편임. 잿빛 눈, 키는 5피트 10.5인치(179cm)."

"아주 재미있군요." 나는 종이를 내려놓으면서 말했다.

"그런데, 이것이 몇 달 동안 조사한 결과인가요? 이 네 명의 이름. 당신은 이들 중 누구에게 의심을 품고 있나요?"

포와로는 제스처를 크게 했다.

"이봐, 친구, 지금으로선 그건 막연한 질문이야. 나는 클라우드 대럴이 미국과 중국에 있었던 점을 자네에게 분명히 지적하고 싶네—아마 중요한 사항일지도 모르지. 그러나, 바로 그러한 점 때문에 우리가 잘못된 생각을 갖게 되어서는 안 될 것이네. 그것은 다만 우연의 일치일지도 모르니까."

"그리고 다음 조치는요?" 나는 지대한 관심을 보이며 물었다.

"이미 모든 일이 준비되어 있어. 날마다 조심스럽게 만들어진 광고가 나가는 거야. 이들 네 명 중 어느 누구하고라도 관계되는 친척이나 친구들이 내 변호사의 사무실에서 얘기를 나누게 될 걸세. 오늘도 아마—아, 전화가 왔군. 아마도 여느 때처럼 잘못 걸려온 전화일 걸세. 잘못 걸어 미안하다고 하겠지. 그러나 그것은 아마도, 그래, 아마도 무슨 일인가가 일어났다는 뜻인 거야."

나는 방을 가로질러 가서 수화기를 들었다.

"예, 예, 포와로 사무실입니다. 예, 헤이스팅스인데요. 아, 맥닐 씨로군요!(맥닐과 허지슨은 포와로의 변호사였다). 예, 전해 드리지요. 예, 당장 가겠습니다."

나는 수화기를 내려놓고, 포와로가 있는 쪽으로 고개를 돌렸다. 내 눈은 흥분되어 이글거렸다.

"포와로, 변호사 사무실에 어떤 여자가 와 있답니다. 클라우드 대령의 친구인 플로시 먼로 양이랍니다. 맥닐은 당신이 빨리 왔으면 합니다."

"어서!"

포와로는 소리치면서 자기 침실로 사라지더니, 이내 모자를 쓰고 다시 나타났다.

택시는 우리를 곧 목적지에 데려다 주었다. 우리는 맥닐의 개인 사무실로 안내를 받아 들어갔다. 변호사와 마주해서 안락의자에 앉아 있는 그녀는 젊어 보이지는 않았으며, 다소 핼쑥한 얼굴을 하고 있었다. 그녀의 머리색은 흔치 않은 노란빛이었으며, 귀 양쪽으로 구부러져 있었다. 눈썹은 짙은 까만색이었다. 그리고, 입술에는 결코 잊히지 않을 선명한 립스틱과 입술 연고를 바르고 있었다.

"아, 포와로 씨가 오셨군요." 맥닐 씨가 말을 했다.

"포와로 씨, 이쪽은 어, 먼로 양인데 몇 가지 정보를 우리에게 주기 위해 이렇게 오셨습니다."

"아, 대단히 친절하시군요." 포와로가 말했다.

그는 무척 열정적으로 앞으로 나아가서 그녀와 다정하게 악수를 나누었다.

"아가씨는 이 메마르고 황량한 낡은 사무실에 핀 한 떨기 꽃 같군요."

그는 맥닐이 기분은 아랑곳하지 않고 말했다

굉장한 아첨에 영향을 받아서 그런지 그녀는 얼굴을 붉히면서 마지못해 웃었다.

"오, 별 말씀을요, 안녕하세요, 포와로 씨!" 그녀는 쾌활하게 말했다.

"당신은 파리의 신사 같군요."

"아가씨, 우리는 영국 사람처럼 체면을 차리느라 하고 싶은 말도 못 하지는 않습니다. 그렇다고 프랑스인도 아닙니다. 난 벨기에인이랍니다."

"저도 오스탕드(벨기에의 해안도시)에 갔던 적이 있어요." 먼로 양이 말했다.

포와로 말마따나 전체적으로 일이 잘 되어가고 있었다.

"자, 아가씨, 우리에게 클라우드 대릴에 대해 이야기해 줄 수 있는지요?"

포와로는 계속해서 말을 꺼냈다.

"저는 한때 대릴 씨를 잘 알고 있었어요." 아가씨가 설명해 나갔다.

"저는 상점에 나갔다가 선생님의 광고를 보게 되었어요. 그래서, 시간도 좀 있고 해서 저에 대해서 말씀드리려고요. 그 광고에선 불쌍한 클라우드에 대해 알고 싶다고 했습니다. 변호사들도 마찬가지겠지만, 아마 정당한 상속자를 찾는다는 것은 대단한 행운일 거예요. 저는 당장 찾아와야겠다고 생각했어요."

맥닐 씨가 일어섰다.

"저, 포와로 씨, 먼로 양과 이야기를 나누십시오. 전 잠시 나가 있겠습니다."

"친절하기도 하군요. 하지만, 여기 있어 주시겠소—나에게 생각이 좀 있어서요. 점심시간이 다 되었군요. 아가씨, 나와 함께 점심을 같이 해주신다면 큰 영광이겠는데요."

먼로의 눈이 반짝였다. 나는 그녀가 지금 몹시 궁색해서, 정식으로 초대된 점심식사를 거절할 수가 없을 것이라는 생각이 문득 들었다.

몇 분 뒤에, 우리는 택시를 타고 런던에서 가장 값비싼 음식점으로 향했다.

거기에 도착해서 포와로는 가장 좋은 음식을 주문했다. 그리고 나서 먼로 양에게 물었다.

"아가씨, 포도주를 하시겠소? 샴페인은 어때요?"

먼로 양은 아무 말도 하지 않았다—다 좋다는 말인가?

식사는 유쾌하게 시작되었다. 포와로는 아주 친절하게 아가씨의 잔에 술을 가득 채워 주고, 차츰 자기가 가장 알고 싶은 이야기로 대화를 이끌어갔다.

"가엾은 대릴 씨. 그가 우리와 함께할 수 없음이 안타까울 뿐입니다."

"정말 그래요." 먼로 양은 한숨을 쉬었다.

"불쌍한 사람, 그에게 무슨 일이라도 일어나지 않았는지 모르겠어요."

"당신은 그를 못 본 지 꽤 오래 되었겠군요, 그렇죠?"

"전쟁이 끝난 뒤로는 그를 보지 못했어요. 클라우드는 재미있는 사람이었어요. 매사에 꼼꼼하고, 자신에 대한 속마음을 남한테 털어놓은 적이 없었어요. 그러나, 물론, 그가 행방불명된 상속자라야 모든 것이 맞아 들어갈 텐데요. 포와로 씨, 그것이 핵심이죠?"

"아아, 단순한 유산상속일 뿐입니다." 포와로가 뻔뻔스럽게 말을 했다.

"신원을 파악하는 일이 우선적이지요. 그래서, 그를 매우 잘 아는 사람을 찾는 일이 불가피한 일이 된 겁니다. 당신은 그를 잘 알고 있나 보죠, 아가씨?"

"선생님께 숨김없이 다 이야기해 드리겠어요. 선생님은 시사이시니까요. 여자에게 점심을 대접하는 매너도 훌륭하시고요. 요즘은 건방진 젊은 애들이 많아요. 솔직히 말씀드리겠어요. 제가 이렇게 이야기한다 해서 프랑스 신사 같은 선생님께 충격이 되지는 않겠지요? 프랑스인들은 나빠요! 나쁘다고요!"

그녀는 지나칠 정도로 교활하게 삿대질을 해가며 얘기했다.

"그래요, 클라우드와 저, 젊은 두 사람이 있어요. 선생님은 그밖에 누구를 알고 싶으신가요? 그리고 저는 아직까지도 그에게 호감을 갖고 있어요. 비록 그가 저에게 잘 대해 주지는 않았지만요. 그래요, 그는 그랬어요. 그는 저를 전혀 사람 취급도 하지 않았어요. 숙녀 대접은 고사하고 돈 문제가 생길 때도 마찬가지였어요."

"그만, 그만해요, 아가씨."

포와로는 그녀의 잔을 다시 가득 채우면서 말을 막았다.

"이젠 대럴 씨에 관한 이야기를 해주겠소?"

"그는 겉으로 보기에는 대단찮아 보이는 사람이었어요."

플로시 먼로는 회상 어린 어조로 이야기했다.

"키가 크지도 작지도 않고, 그러니까, 보기 좋을 정도로 적당했죠. 옷차림은 말쑥했고, 푸르스름한 잿빛 눈을 가졌으며, 약간 금발 머리였던 것 같아요. 얼마나 철저한 예술가였던지! 저는 연극배우들 가운데 그를 당해 낼 만한 사람을 본 적이 없어요. 질투심만 아니었다면 그는 오래전에 이름을 날렸을 거예요. 아, 포와로 씨, 질투─선생님은 그것을 정말 믿지 않을 거예요. 예술가들이 질투 때문에 얼마나 많은 고통을 받고 있는지를 정말로 알지 못할 거예요. 한번은 맨체스터에서 이런 일이 있었지요."

팬터마임(무언극)에 대한 길고 장황한 이야기와, 그 무언극에서 주연인 남자 역할을 한 여배우의 형편없는 무대처리 따위에 관한 얘기를 듣느라고 우리는 무척이나 괴로웠다. 그래서, 포와로는 클라우드 대럴에 대한 화제로 점잖게 그녀를 다시 이끌었다.

"아주 재미있군요. 그것이 대럴 씨에 대해, 아가씨가 우리에게 이야기해 줄 수 있는 전부인가요? 여자들은 아주 예리하게 판단하죠. 여자들은 단순한 남자들이 흔히 지나쳐 버리는 그런 하찮고 자세한 것까지도 다 잘 알고 있죠. 여자는 수십 명의 사람들 중에서 한 사람을 확인하여 골라낼 수도 있잖습니까? 여자는 남자가 흥분했을 때 코를 만지작거리는 버릇까지 세심하게 관찰할 수 있답니다. 남자들이 어디 그와 같은 것을 알아차릴 수 있겠습니까?"

"정말 그래요!" 먼로 양이 소리쳤다.

"맞아요, 분명히 본 것 같아요. 이제 생각해 보니, 클라우드가 항상 식탁에서 빵을 만지작거린 것이 기억나는군요. 그는 손가락 사이에다 작은 빵조각을 들고서 빵부스러기를 묻히려고 이리저리 가볍게 두드리곤 했어요. 저는 수백 번이나 그렇게 하는 것을 보았죠. 그 버릇 때문에 어디서라도 그를 알아볼 수 있어요."

"내가 말한 것이 바로 그런 겁니다. 여자의 놀라운 관찰력이죠. 아가씨, 그런데 그런 하찮은 버릇에 대해 그에게 얘기해 준 적이 있나요?"

"아니, 그런 적은 없어요, 포와로 씨. 남자들이 어떻다는 걸 알고 계시잖아요! 남자들은 남들이 그런 사실을 알아차리는 걸 좋아하지 않아요. 특히, 그 사실로 자기들을 단정 지으려 하는 것이라면 더욱요. 저는 한마디도 한 적이 없어요—그럴 때마다 속으로 웃기만 했죠. 그는 자기가 무엇을 하고 있는지조차도 몰랐는걸요."

포와로는 점잖게 고개를 끄덕였다. 그러나, 나는 그가 술잔을 집어들었을 때 손이 약간 떨리고 있다는 사실을 알아차렸다.

"그리고 본인임을 확인하는 방법에는 항상 당사자의 자필을 알아보는 것이 순서입니다. 당신이라면 틀림없이 대럴 씨가 보낸 편지를 보관하고 있으리라 생각하는데요?"

플로시 먼로는 낙담한 채 머리를 흔들었다.

"그는 편지를 쓴 적이 한 번도 없어요. 자기의 생활에 관해 제게 단 한 줄도 쓴 적이 없었다니까요."

"그것참 안됐군요." 포와로가 말했다.

"선생님께 무엇이든지 다 말씀드리죠." 먼로 양이 갑자기 말했다.

"제게 사진이 한 장 있는데, 도움이 좀 될지 모르겠군요."

"사진이 있다고요?"

포와로는 흥분하여 벌떡 일어섰다.

"꽤 오래된 것인데─최소한 8년."

"상관없습니다! 오래되고 낡았을지라도 아무 문제가 안 돼요! 바로 그거요, 정말로 큰 행운이군! 그 사진 좀 보여 줄 수 있겠소, 아가씨?"

"물론이죠."

"그것을 복사해도 괜찮겠죠? 별로 오래 걸리지는 않을 겁니다."

"좋으실 대로 하세요."

먼로 양이 일어섰다.

"이젠 가봐야겠어요." 그녀가 장난기 섞인 소리로 말했다.

"포와로 씨, 선생님과 친구 분을 만나게 되어서 대단히 기쁩니다."

"사진은? 언제 볼 수 있을까요?"

"오늘 저녁에 보실 수 있도록 해 드리겠어요. 어디에다 두었는지 알고 있으니까, 곧 선생님에게 보내 드리겠어요."

"대단히 감사합니다, 아가씨. 당신은 정말로 친절하군요. 조만간 함께 점심 시사라도 한 번 더 할 수 있으면 좋겠군요."

"선생님만 좋으시다면, 전 기꺼이 받아들이겠어요."

"그러고 보니, 아가씨의 연락처를 모르고 있군요."

정중한 태도로, 먼로 양은 핸드백에서 자기 명함을 꺼내어 그에게 건네주었다. 다소 지저분했으며, 옛날 주소는 지우고 그 위에다 새로운 주소를 연필로 쓴 것이었다.

여러 번 고맙다는 말과 몸짓을 하면서, 우리는 그녀와 작별을 했다.

"사진이 그렇게도 중요할 것 같습니까?" 나는 포와로에게 물었다.

"그렇다네. 카메라는 거짓말을 하지 않지. 사진을 확대하면, 보통 방법으로는 포착할 수 없는 두드러진 점을 찾아낼 수 있다네. 사진은 수천 가지 사항들을 자세히 얘기해 주네. 어느 누구도 말로 설명할 수 없는 귀의 생김새라든지 그런 것 말이야. 그래, 이번은 우리에게 좋은 기회가 될 걸세! 이것이 내가 미리 대책을 세우자는 이유였네."

그는 이야기를 끝마치고 전화 있는 곳으로 갔다. 그러고는 그가 가끔 찾았던 사립탐정에게 전화를 걸었다. 그의 지시는 치밀하고 정확했다. 사립탐정 두 사람은 포와로가 일러 준 주소대로 찾아가서, 말하자면 먼로 양의 신변을 보호하기 위해 그녀가 가는 곳이면 어디든지 따라가서 그녀를 지켜 줄 것이다.

포와로는 전화를 끊고 다시 이쪽으로 왔다.

"그렇게까지 할 필요가 있다고 생각하십니까?" 내가 물었다.

"그래야 할 걸세. 우리 두 사람은 틀림없이 감시를 받고 있을 거야. 그러므로, 그들은 오늘 우리가 누구하고 점심을 먹었는지 이미 알고 있을 걸세. 제4호는 금방 냄새를 맡겠지."

약 20분 뒤에 전화벨이 울렸다.

내가 받았다. 퉁명스런 목소리가 전화기에서 흘러나왔다.

"포와로 씨 계신가요? 세인트 제임스 병원인데요. 젊은 여자가 10분 전에 실려 왔어요. 교통사고입니다. 이름은 플로시 먼로. 그녀는 매우 다급하게 포와로 씨를 찾고 있어요. 즉시 와주셔야겠습니다. 금방이라도 숨이 넘어갈 것 같습니다."

나는 포와로에게 이 말을 되풀이했다. 그의 얼굴이 하얗게 변해 버렸다.

"빨리! 헤이스팅스 서둘러! 급해!"

택시는 10분이 채 걸리지 않아 병원에 닿았다. 우리는 급하게 응급실로 뛰어들어가 먼로 양을 찾았다. 병실문 앞에서 흰 캡을 쓴 간호사와 부딪쳤다.

포와로는 그녀의 얼굴을 보고 상황을 알아차렸다.

"죽었소?"

"6분 전에 죽었습니다."

포와로는 멍청하게 서 있었다.

그의 감정을 제대로 이해하지 못한 간호사가 조용하게 이야기하기 시작했다.

"그분은 고통을 받지 않았어요. 그리고, 마지막까지 의식을 되찾지 못했습니다. 자동차가 그분을 치었는데―운전사가 뺑소니를 쳤다는군요. 정말 잔인해요. 누군가가 차번호를 기억하고 있으면 좋겠는데……."

"그 '스타'들은 우리에게 대항하고 있네." 포와로가 낮은 소리로 말했다.

"그분을 보시겠어요?"

간호사가 안내했다.

립스틱을 바른 입술과 염색한 머리를 한 채 죽어 있는 불쌍한 플로시 먼로 그녀는 입가에 약간 미소를 띠고, 평화스럽게 잠들어 있었다.

"맞아." 포와로가 중얼거렸다.

"그 스타들이 우리와 대항하고 있어―아니, 스타들이라고?"

그는 갑자기 무슨 생각이 떠올랐는지 머리를 들었다.

"스타들이라고, 헤이스팅스? 만일 그렇지 않다면, 그게 아니라면……. 아, 나는 여기 불쌍하게 누워 있는 이 여자의 시체를 두고 자네에게 맹세하겠네. 나는 때가 이르면 절대 그냥 보고만 있지는 않을 걸세."

"무슨 뜻이지요?" 내가 물었다.

그러나, 포와로는 간호사에게로 다가가서 무슨 단서라도 찾으려고 애를 썼다. 그리하여 그녀의 핸드백에서 나온 물품을 적어 놓은 목록을 손에 넣을 수 있었다. 포와로는 울분을 억누르면서 그것을 보았다.

"알겠나, 헤이스팅스, 봤지?"

"뭘 말이세요?"

"현관문의 열쇠는 적혀 있지 않아. 그녀 핸드백 속에 들어 있어야 할 열쇠가 말일세. 그녀는 냉혹하게 자동차에 치여 쓰러졌어. 그녀를 치고 달아난 자가 핸드백에서 열쇠를 가져갔을 것이네. 하지만, 우리에겐 아직 시간이 있어. 그는 찾고 싶어 하는 것을 당장은 찾을 수가 없을 거야."

플로시 먼로 양이 준 주소를 가지고, 우리는 택시를 타고 지저분한 동네에 있는 그녀의 초라한 집으로 향했다. 우리는 먼로 양의 집에 들어가는 데 시간을 좀 지체했다. 왜냐하면, 밖에서 안을 완전히 확인하기 전까지는 안심하고 들어갈 수 없었기 때문이다.

결국 우리는 안으로 들어갔다. 우리가 오기 전에 누군가가 다녀간 게 분명했다. 서랍과 찬장에 들어 있던 물건들이 마루 위에 흩어져 있었다. 잠긴 것을 억지로 연 듯 심지어 작은 책상까지도 부서져 있었는데, 이런 난폭한 광경은 침입한 자의 마음이 초조했음을 말해 주고 있는 것이었다.

포와로는 샅샅이 뒤지기 시작했다. 갑자기 무엇인가 발견했는지, 그는 소리를 지르면서 벌떡 일어섰다. 그것은 아주 낡은 사진틀이었다—사진은 이미 없어진 뒤였지만.

그는 천천히 그것을 뒤집어 보았다. 둥그렇고 작은 상표가 붙어 있었다—가격 표시인 듯했다.

"4실링인데요." 내가 말했다.

"빌어먹을! 헤이스팅스, 눈을 똑바로 뜨게. 이건 새롭고 깨끗한 상표잖아. 우리보다 먼저 온 자가 사진을 꺼내고 그것을 붙인 거야. 우리가 올 것이라고 짐작을 한 거겠지. 그래서, 우리에게 이것을 남기고 갔네. 클라우드 대령, 일명 제4호."

제15장

무시무시한 대이변

플로시 먼로가 비참하게 죽은 다음, 나는 포와로에게 변화가 일어나고 있음을 알아차릴 수 있었다. 지금까지는 믿을 수 없을 정도의 자신감을 가지고 시련을 극복해 온 그였지만, 이제는 오랜 긴장에 짓눌린 듯 어느 것도 의욕적으로 해나가지 못했다.

그의 태도는 침울하고 수심이 가득했으며, 그의 신경은 무척 날카로워져 있었다. 요즘 그는 고양이처럼 불쑥 튀어 올라 신경질을 부리곤 했다. 그는 가능한 한 빅 포에 대한 모든 논쟁을 회피했고, 일상적인 일에 매우 열심히 관심을 기울이는 듯했다. 그럼에도 불구하고, 그가 이 커다란 사건에 대해 비밀스럽게 여전히 대책을 세우고 있음을 나는 알고 있었다. 이상하게 보이는 슬라브인이 계속 그를 만나러 왔다. 그러나, 이 신비에 싸인 행동에 대해서 나에게는 한마디도 해주지 않았다.

그는 다소 냉정해 보이는 외국인의 도움으로 적과 싸울 수 있는 무기와 새로운 방어책을 모색하고 있음이 분명했다. 언젠가 우연히, 나는 그의 수첩에 적혀 있는 내용을 본 일이 있었다. 그는 어떤 조그만 항목을 확인하기 위해 나에게 뭘 물어본 적이 있었다—그리고 나는 거액의 돈이 오가고 있음을 알아차렸다. 더욱이 요즘에 포와로가 벌어들인 거액의 돈이, 포와로의 사인이 분명하게 되어서 어떤 러시아인에게 지불되는 것이었다.

그러나, 그는 자기가 하는 일에 대해 아무런 얘기도 해주지 않았다. 단지 계속 한마디 말만 되풀이할 뿐이었다.

"자네의 적을 과소평가하는 것은 커다란 실수라는 것을 기억하게나."

그리고, 나는 그가 어떻게 해서든지 함정에 빠지는 것을 피하려 한다는 것을 알아차릴 수 있었다. 그 문제는 3월말까지 계속되었는데, 어느 날 아침에 포와로가 내게 매우 깜짝 놀랄 말을 했다.

"이보게, 오늘 아침에는 가장 멋진 양복을 입어야겠어. 우리는 내무상을 방문하러 갈 것이네."

"정말입니까? 아주 흥분되는 일이로군요. 장관이 당신에게 사건을 부탁했나요?"

"그런 것은 아니네. 이번 면담은 내가 요청한 것일세. 내가 언젠가 그 사람을 도와줬다고 한 말 기억하고 있나? 그 이후로 그 사람은 내 능력에 대해 어리석을 정도로 맹신하고 있다네. 나는 그런 그의 태도를 이용할 참일세. 자네도 알다시피, 프랑스 수상인 데스자르도가 지금 런던에 와 있네. 그런데, 내 요청에 따라 내무상이 주선을 해서 그 수상과도 만나기로 되어 있네."

내무상인 시드니 크로더는 인기도 좋고 명성도 있는 인물이었다. 재미있게 생긴 인상과 날카로운 잿빛 눈을 가진 50세가량의 남자였다.

그는 자신의 원칙적인 행동 중 하나로 잘 알려진, 쾌활하고 호인다운 매너로 우리를 맞이했다.

벽난로를 등진 채, 예민한 얼굴과 잘 다듬어진 까만 턱수염을 가진, 키가 크고 마른 사람이 서 있었다.

"데스자르도 수상 각하." 크로더가 말했다.

"아마, 이미 들어서 알고 계시겠지만, 에르퀼 포와로 씨를 소개하겠습니다."

수상은 인사를 하고, 그와 악수를 나누었다.

"에르퀼 포와로 씨 이름을 익히 들어왔습니다." 그가 유쾌하게 말을 했다.

"당신을 모르는 사람이 있겠습니까?"

"감사합니다, 각하."

포와로가 인사를 했다. 그의 얼굴은 기쁨으로 홍조를 띠고 있었다.

"옛 친구 소식을 들으셨는지요?" 조용하게 그가 물었다.

그러자, 높다란 책상 옆 모퉁이에서 한 남자가 앞으로 나왔다.

그는 우리의 친구인 잉글스 씨였다.

포와로는 손을 내밀어 따뜻하게 그와 악수를 나누었다.

"자, 포와로 씨, 무엇이든 말해 보시지요. 우리에게 아주 긴히 하실 말씀이 있는 걸로 알고 있습니다만?"

크로더 장관이 말했다.

"그렇습니다, 각하. 오늘날 이 세계에는 거대한 조직이 도사리고 있습니다—범죄 조직 단이죠. 빅 포라고 알려진 네 명에 의해 조종되고 있는 조직입니다. 제1호는 중국인인 리창옌, 제2호는 미국의 백만장자 에이브 라일랜드, 제3호는 프랑스 여자, 제4호는 여러 가지로 추적해 본 결과 영국의 무명 배우로 밝혀진 클라우드 대럴입니다. 이들 네 사람은 현존하는 사회질서를 파괴하려는 무리들입니다. 그리고 그들은 이 사회를 무정부 상태로 혼란시켜서, 독재자로 군림할 야욕을 갖고 있는 자들입니다."

"믿을 수가 없군요." 프랑스 수상이 중얼거렸다.

"라일랜드가 그런 환상에 빠져 있다니, 너무나 어이없는 공상이군요."

"각하, 지금까지 빅 포가 저질러 온 소행에 대해 말씀드릴 테니 잘 들어주시기 바랍니다."

포와로가 꺼낸 이야기는 나의 마음을 사로잡았다. 그들의 소행에 대해서는 상세하게 알고 있는 터였지만, 우리들의 모험과 탈출에 대한 대목에 이르러서 나는 다시 한 번 등줄기에 땀이 배는 스릴을 맛보았다. 데스자르도 수상은 포와로의 말이 끝나자 크로더 장관을 말없이 쳐다보았다.

크로더 장관은 그 얼굴 표정을 알아차리고 대답했다.

"알겠습니다, 데스자르도 수상 각하. 우리는 '빅 포'의 존재를 인정한다고 생각합니다. 런던경시청에서도 처음에는 비웃는 경향이 있었지만, 포와로 씨의 끈질긴 설득으로 결국엔 이분의 말을 인정하기에 이르렀습니다. 다만 한 가지 의문시되는 것은, 그들의 목적이 어느 범위까지 이르는 것인가 하는 점입니다. 나는 포와로 씨의 말에, 약간 지나친 감이 있다는 점을 솔직히 말씀드려야겠습니다."

그의 대한 대답으로 포와로는 열 가지 두드러진 요점을 간추려서 말해 주었다.

나는 지금까지도 그것을 공표하지 말 것을 요청받고 있기에, 그렇게 하지 않고 참고 있다. 그러나, 포와로가 말한 것 가운데는 몇 달 전에 발생한 잠수

함에서의 엄청난 참사, 일련의 비행기 사고와 불시착에 관한 사건이 포함되어 있었다. 포와로의 말에 따르면, 이 모든 것이 다 빅 포의 소행이었으며, 그 밖에 그들은 세계에 그리 알려지지 않은 여러 가지 과학적인 비밀을 소유하고 있다는 사실을 목격한 사람이 있다고 했다.

이러한 얘기가 끝나자, 예상했던 대로 프랑스 수상이 질문을 하기 시작했다.

"그 조직의 세 번째 인물이 프랑스 여자라고 말씀하셨지요? 그녀의 이름을 아십니까?"

"잘 알려진 이름입니다, 각하. 명예로운 이름이죠. 제3호는 그 유명한 올리비에 부인입니다."

퀴리 부인의 계승자라 일컬어지는 세계적으로 저명한 과학자의 이름이 언급되자, 데스자르도 수상은 크게 놀라서 의자에서 벌떡 일어섰고, 얼굴은 감정이 격해져 자줏빛으로 변해 있었다.

"올리비에 부인이라고요? 그럴 리가! 무엇인가 잘못 알고 있을 거요. 그렇게 말하는 것은 그녀에 대한 모독이오!"

포와로는 점잖게 머리를 흔들었으나, 아무 대꾸도 하지 않았다.

데스자르도는 잠시 동안 멍하니, 그를 쳐다보았다. 잠시 뒤에 그의 얼굴은 다시 환해졌고, 그는 크로더 내무상을 흘끗 쳐다보더니 의미심장하게 자기 이마를 두드리고는 말했다.

"포와로 씨는 분명 훌륭한 인물입니다. 그러나 훌륭한 사람도 가끔 망상에 사로잡히는 수가 있지 않습니까? 그래서, 남을 중상모략하여 자기를 높은 위치로 올려놓으려 하죠. 흔히 있는 일입니다. 크로더 장군, 당신도 내 말에 동의하시지요?"

크로더 내무상은 잠시 동안 대꾸를 하지 않았다. 그리고 나서 그는 무겁게 천천히 입을 열었다.

"저는 잘 모르겠습니다. 저는 지금까지 포와로 씨를 믿어 왔고, 지금도 믿고 있습니다. 그러나, 흠, 이 말은 시간이 좀 지나봐야 판명될 것 같습니다."

"리창옌도 역시—." 데스자르도 수상이 계속 이야기를 했다.

"그에 대해서 들어본 사람이 있습니까?"

"제가 들었습니다." 잉글스 씨가 대답했다.

프랑스 수상이 그를 응시하더니, 다시 침착하게 뒤를 돌아보았다.

"잉글스 씨는 우리나라에서 중국 내부의 사정에 관한 한 가장 권위 있는 사람입니다." 내무상이 설명했다.

"당신이 리창옌이라는 사람에 대한 얘기를 들으셨다고요?"

"포와로 씨가 오기 전까지는, 제가 영국에서는 그에 대해 알고 있는 유일한 사람이라고 생각했습니다. 데스자르도 수상 각하, 오늘날 중국에서 주목할 만한 인물은 리창옌밖에 없습니다. 아마, 그는 현재 세계에서 가장 뛰어난 두뇌를 가진 사람일 겁니다."

데스자르도 수상은 넋이 나간 듯이 털썩 주저앉았다. 그러나, 이내 곧 그는 다시 정신을 차렸다.

"당신이 말한 것은 중요한 내용입니다, 포와로 씨." 그가 냉정하게 말했다. "그러나, 올리비에 부인에 관해서는 분명히 실수를 했습니다. 그녀는 진정 프랑스의 딸입니다. 그리고 과학 분야에 헌신적으로 몸을 바쳐 온 인물입니다."

포와로는 어깨를 으쓱하고는 아무런 대꾸도 하지 않았다.

잠시 침묵이 흘렀다. 위엄 있는 태도로 앉아 있던 내 친구 포와로가 자리에서 일어났다.

"여러분께 말씀드릴 것은 이것이 전부입니다—아니, 경고하는 것이지요. 저는 그것이 믿어지지 않을 것이라고는 생각했습니다. 최소한 여러분들은 조심을 하십시오. 제 말을 마음속 깊이 새기십시오. 새로운 사건이 터진다면, 여러분의 흔들리는 믿음이 확고해질 겁니다. 지금은 이런 말씀을 드릴 필요가 있지만, 나중에는 그렇게 하지 못할 겁니다."

"무슨 뜻입니까?"

크로더 내무상이 물었다. 포와로의 진지한 목소리에 자신도 모르게 감명을 받은 듯했다.

"각하, 제4호의 정체를 간파한 이래로, 저의 목숨은 한시라도 방심할 수 없을 정도로 위태로울 지경입니다. 그는 어떻게 해서든지 저를 파괴시킬 겁니다 —그는 '파괴자' 이외에는 달리 뭐라 말할 수 없습니다. 안녕히 계십시오. 크로더 장관께는 봉한 봉투에 넣은 열쇠를 우송해 드리겠습니다. 그 케이스 안에는 제 모든 서류가 다 들어 있습니다. 어느 날엔가 이 세계에 돌연히 나타나게 될 위협에 대처하는 최선의 방법에 대한 제 생각이 거기에 기록되어 있으며, 그래서 확실하게 안전한 곳에다 맡겨 두고자 합니다. 만일 제 목숨에 위태로운 상황이 발생한다면, 크로더 장군님, 이 모든 서류들에 대한 권한을 대행해 주십시오. 그리고, 그중 필요하신 서류가 있으면 마음대로 사용하셔도 됩니다. 그럼, 부디 행운을 빌겠습니다."

데스자르도는 냉정하게 간신히 인사만 했지만, 크로더는 일어나서 손을 내밀고 악수를 청했다.

"마음을 돌리겠소, 포와로 씨. 이 모든 것이 환상 같지만, 나는 당신이 우리에게 전한 말을 기꺼이 진심으로 믿겠소"

잉글스도 우리와 함께 그곳을 떠났다. 함께 걸으면서 포와로가 말을 꺼냈다.

"그 면담이 그리 실망스러운 것은 아니었어. 나는 데스자르도에게 확신을 주리라고는 기대하지 않았네. 그렇지만 만일 내가 죽는다하더라도, 최소한 내 지식이 나와 함께 소멸하지는 않을 것이라는 확신을 갖게 되었네. 게다가, 한두 사람을 개심시키지 않았는가. 그리 나쁘진 않지."

"당신 의견에 동감입니다." 잉글스가 말했다.

"그건 그렇고, 나는 갈 수 있는 한 빨리 중국으로 가야 할 것 같군요."

"그것이 현명한 방법인가요?"

"아닙니다." 잉글스가 딱 잘라 말했다.

"그렇지만, 필요한 일이지요. 사람은 자기가 할 수 있는 일을 해야만 하지요"

"정말 용기가 대단하십니다!" 포와로가 진심으로 감탄했다.

"여기가 길만 아니었다면, 당신을 와락 껴안아 주었을 텐데."

나는 잉글스가 다소 안심하는 것을 알 수 있었다.

"내가 중국에 있는 것이 당신이 런던에 있는 것보다는 덜 위험할 겁니다."

잉글스가 투덜거렸다.

"충분히 가능한 일이지요" 포와로가 동의했다.

"나는 그들이 또 헤이스팅스를 죽이려 들지 않길 바랄 뿐이오, 그것이 전부요. 그런 일이 나를 아주 괴롭히곤 한답니다."

두 사람의 유쾌한 대화에 끼어들어, 나도 그들이 나를 죽이도록 내버려 둘 의향은 없다고 말했다. 그리고, 조금 뒤에 잉글스는 우리와 헤어졌다.

얼마 동안 우리는 말없이 계속 걸었다. 그런데, 포와로가 뜻하지 않은 말을 꺼내서 침묵을 깼다.

"정말로, 이 사건에 나의 형제를 끌어들여야 한 것이라는 생각이 드는구먼."

"형제라니요?" 나는 놀라서 소리쳤다.

"당신에게 형제가 있다는 사실을 들은 적이 없는데요."

"자네야말로 나를 놀라게 하는구먼. 유명한 탐정은 많은 형제를 가지고 있다는 걸 알지 못하고 있나? 만일 그들이 선천적으로 게으르지만 않다면 더욱 더 유명해졌을 형제들이지."

포와로는 농담인지 진담인지, 가끔씩 거의 알 수 없는 엉뚱한 태도를 보이곤 한다. 그러나, 그러한 태도는 그 순간에는 아주 분명했다.

"그 사람 이름이 뭔데요?"

나는 이 새로운 아이디어를 받아들이기로 하고 그에게 물었다.

"아킬 포와로." 포와로가 신중하게 답했다.

"그는 벨기에의 스파 근처에 살고 있지."

"무슨 일을 하고 있는데요?"

나는 호기심을 갖고 물어보았다. 고(故) 포와로 부인의 인간됨됨이와 성향에 관해서, 그리고 세례명에 대한 그 부인의 고전적인 취향에 관해 물어보고 싶은 마음을 한쪽으로 밀어 놓고서 말이다.

"아무것도 안 하네. 그는 대단히 나태한 성격의 소유자라네. 그러나, 그의 능력은 나 못지않지."

"모습도 당신을 닮았습니까?"

"나와 꼭 닮았네. 그러나, 그렇게 잘생기지는 않았어. 그리고 코밑수염이 없다네."

"나이는 당신보다 더 들었나요, 아니면 덜 들었나요?"

"그는 나하고 우연히 같은 날 태어났다네."

"뭐라고요? 쌍둥이?" 나는 소리를 쳤다.

"그렇다네, 헤이스팅스. 실수하지 않고 정확하게 결론을 내렸구먼. 다시 집으로 가야겠네. 그리고 당장 공작부인의 목걸이 사건에 대한 수사를 시작하도록 하세."

그러나, 공작부인의 목걸이 사건은 얼마 동안 미루어야만 했다. 전혀 다른 종류의 사건이 우리를 기다리고 있었던 것이다.

집에 들어서자마자 우리 하숙집 주인인 피어슨 부인이, 어떤 간호사라는 여자가 찾아와서 포와로를 만나기 위해 기다리고 있다고 알려주었다.

우리는 감청색 유니폼을 입고 쾌활한 얼굴을 한 중년의 여인이 유리창 정면에 놓여 있는 큰 안락의자에 앉아 있는 것을 보았다. 그녀는 자신이 여기에 온 것이 다소 마음에 꺼리는 듯한 표정이었지만, 포와로는 곧 그녀의 마음을 편하게 가라앉혀 주었다. 그러자 그녀는 자초지종을 털어놓기 시작했다.

"그런 일을 당해 보긴 생전 처음이에요. 저는 라크 시스터후드에 있다가 허트퍼드셔 군의 어떤 환자에게 가게 되었습니다. 템플턴이라는 나이 많은 신사였지요. 꽤 안락한 집이었고 아주 유쾌한 사람들이었어요. 그의 부인은 남편보다 훨씬 젊었고, 그에게는 전처의 아들이 하나 있는데 거기서 함께 살고 있었어요. 저는 그 젊은 아들과 계모가 항상 함께 지낸다는 사실을 알지 못했죠.

그는 상식 이하였어요—모자라는 정도가 아니라, 아주 지능이 떨어지는 우둔한 사람이었지요. 전 처음부터 템플턴 씨의 병이 아주 의심스러웠어요. 그전에는 그에게 아무 이상이 없었거든요. 그런데 갑자기 위경련이 일어나기도 하고 토하기도 하는 거였습니다. 그러나, 의사는 아주 만족해하는 것 같았고, 저에게는 아무 이야기도 해주지 않더군요. 그러나, 저는 그것에 대해 생각해 보지 않을 수 없었습니다. 그런데……."

그녀는 흥분하여 더 이상 말을 잇지 못했다.

"의심을 불러일으킬 만한 무슨 일이 있었던가요?" 포와로가 물었다.

"있었어요." 그러나, 그녀는 계속 이야기하기가 힘든 듯이 보였다.

"저는 하인들이 얘기하는 것을 들었어요."

"템플턴 씨의 병에 대해서요?"

"오, 아뇨! 다른 것에 대해서……."

"템플턴 부인에 대해서 말인가요?"

"그래요, 맞아요."

"템플턴 부인과 그 의사가……, 아마?"

포와로는 이러한 것들에 대해 신비스러울 정도의 직감을 가지고 있었다. 그 간호사는 그에게 고맙다는 눈짓을 하고는 이야기를 계속했다.

"하인들이 그런 얘기를 수군거렸어요. 그러던 어느 날, 저는 우연히 함께 있는 그들을 직접 보게 되었죠, 정원에서."

그녀는 여기에서 말을 멈추었다. 그러나, 그녀가 그런 도덕적 타락에 대한 분노에 완전히 사로잡혀 있었기 때문에, 정원에서 무엇을 보았느냐고 물어볼 필요는 전혀 없었다. 그녀는 분명 그 상황에서 자신의 행동을 결심할 만한 무엇인가를 보았음이 분명했다.

"최근 들어 병은 더욱 악화되었어요. 트레브스 의사는 모든 것이 매우 당연한 현상이며 예상된 것이라 하더군요. 그래서, 템플턴 씨는 더 이상 목숨을 연장시키기가 어려운 지경에까지 이르렀죠. 저는 전에는 그런 일을 본 적이 없어요. 오랫동안 간호사 생활을 해왔지만, 전 그것이 어쩌면……."

그녀는 망설였다.

"비소(砒素)계 독약?" 포와로가 거들었다.

그녀는 고개를 끄덕였다.

"그런데, 그 환자가 좀 이상한 말을 했어요. '그들이 나에게 그런 짓을 할 거야. 그들 중 네 명이 그들이 내게 그럴 거야.'라면서요."

"뭐요?" 포와로가 재빠르게 말했다.

"그분이 직접 한 말이에요, 포와로 씨. 그분은 물론 무척 병에 시달리고 있지요. 그래서 자기가 무슨 말을 하고 있는지조차 모르고 있을 거예요."

"'그들이 나에게 그런 짓을 할 거야, 그들 중 네 명이.'"

포와로가 조심스럽게 되풀이했다.

"그 사람이, '그들 중 네 명'이라고 한 말이 뭘 뜻하는 거라고 생각하나요?"

"포와로 씨, 저는 무슨 말인지 모르겠어요. 혹시, 자기 아내, 아들, 그리고 의사, 클락 양 등 템플턴 부인의 측근을 뜻하는 것이 아닐까요? 그렇게 보면 네 명이 되는데, 그렇지 않을까요? 그분은 그들이 모두 결탁해서 자기를 죽이려 한다고 생각한 게 아닐까요?"

"음, 그렇겠군. 그런 것 같군요." 포와로가 생각에 몰두해서 말했다.

"식사는 어땠나요? 당신은 음식에 대해선 조심하지 않았습니까?"

"가능하다면 제가 준비했어요. 가끔 템플턴 부인이 남편에게 가져가기도 했죠. 그리고, 제가 쉬는 날에는 부인이 준비를 했습니다."

"알겠습니다. 그런데, 당신은 경찰에 신고할 만큼 확신은 못하고 있군요?"

그녀의 얼굴은 공포로 싸여 있었다.

"포와로 씨, 제가 한 것은 이것이 전부예요. 템플턴 씨는 수프 한 접시를 먹은 뒤에 병이 급격히 악화되었어요. 제가 나중에 접시 밑바닥에서 수프를 조금 수거해 두었다가, 가지고 왔어요. 지금 템플턴 씨는 혼자 남겨 두어도 괜찮을 만큼 좋아졌죠. 그래서, 저는 누워 계신 어머니를 보러 가겠다고 말하고서 이렇게 여기에 왔답니다."

그녀는 까만 액체가 들어 있는 병을 꺼내어 포와로에게 건네주었다.

"훌륭하십니다. 곧 이것을 분석해야겠습니다. 한 시간 뒤에 다시 오시면 그때는 당신이 의심하는 점을 확인할 수 있을 겁니다."

포와로는 그녀의 이름과 자격증을 받아 놓고선 그녀를 배웅했다. 그리고 나서 그는 쪽지에 몇 마디를 적어서 수프가 들어 있는 병과 함께 어디론가 보냈다. 우리가 결과를 기다리는 동안, 포와로는 놀랍게도 간호사의 자격증을 확인해 보는 것이었다.

"안 되지 안 돼. 이보게—." 그가 소리쳤다.

"우린 조심해야 해. 빅 포가 우리 뒤를 쫓고 있다는 사실을 잊어선 안 되네."

그러나, 마벨 팰머라는 이름을 가진 그 간호사는 라크협회의 회원이라는 것과, 환자에게 파견 나가 있다는 사실을 곧 연락받았다.

"지금까지는 괜찮군." 그는 눈을 빛내면서 말했다.

"잠시 뒤면 팰머 간호사가 다시 올 것이고, 또 분석한 보고서도 도착할 거야."

나와 간호사는 포와로가 분석 보고서를 읽는 동안 마음을 졸이며 기다렸다.

"비소가 들어 있었나요?" 그녀가 숨 가쁘게 물었다.

포와로가 서류를 다시 접으면서 머리를 흔들었다.

"아뇨."

우리는 말할 수 없이 놀랐다.

"비소는 들어 있지 않았습니다." 포와로가 계속 말해 나갔다.

"대신 안티몬이 검출되었지요. 이건 명백한 사건입니다. 당장 허트퍼드셔로 떠나야겠어요. 오, 제발 너무 늦지 않도록 도와주소서."

포와로는 거기에 가서 자신의 신분을 밝히겠다고 하고서, 템플턴 부인에게 자신이 방문한 표면상의 이유로 부인이 전에 고용했던 하인(그의 이름은 팰머 간호사에게서 들은 걸로 했다)에 관한 것을 들고, 그가 보석 절도와 관련되어 있다는 것을 알아내려 한다는 식으로 꾸미기로 했다.

우리가 엘름스테드라 불리는 그 집에 도착했을 때는 이미 늦은 시간이었다.

우리는 팰머 간호사를 약 20분쯤 앞서 가도록 해서, 우리가 함께 도착했다는 인상을 주지 않도록 조치했다.

흐느적거리는 몸놀림에 이상한 눈을 가진, 키가 크고 피부가 검은 템플턴 부인이 우리를 맞아들였다. 포와로가 직업을 얘기하자 그녀는 숨을 몰아쉬며 매우 놀라는 기색이었다.

하인에 대해 묻자 아주 자세히 얘기를 해주었다. 그러고는, 그녀를 테스트해 보기 위해 포와로는 독약을 먹여 남편을 독살한 아내에 대한 내용이 나오는 옛날 얘기를 그녀에게 해주었다. 그는 이야기하면서 그녀의 얼굴에서 눈을 한 번도 떼지 않았다.

그녀는 자기 마음의 동요를 감추려고 애썼으나, 결국엔 드러나고 말았다. 갑자기 그녀는 앞뒤 조리가 맞지 않게 실례한다는 말을 남기고는 그 방을 허둥지둥 나갔다.

얼마 되지 않아, 작고 빨간 코밑수염을 달고 코안경을 쓴, 어깨가 딱 벌어진 남자가 들어왔다.

"트레브스입니다. 이 집 주치의죠." 그는 자신을 소개했다.

"템플턴 부인이 당신들께 미안하다는 말을 전해 달라더군요. 그녀는 아주 나쁜 상태입니다. 신경과민이지요. 게다가, 남편을 잃을지도 모른다는 데 대한 슬픔이 겹친 겁니다. 제가 그녀에게 진정제를 먹고 쉬라고 권했습니다. 부인은 당신들이 식사를 하고 가시길 바라고 있습니다. 제가 모셔야겠군요. 당신에 대해서는 이미 들었습니다, 포와로 씨. 여러 가지 도움을 주시기 바랍니다. 아, 저기 미키가 오는군요!"

휘청거리는 젊은 사내가 방으로 들어왔다. 그는 무엇에 놀란 듯한 표정에, 바보스럽게 보이는 눈썹과, 둥근 얼굴을 하고 있었다. 그는 악수를 하면서 어설프게 씩 웃었다. 이 사람이 바로 그 '모자라는' 아들임이 분명했다.

곧바로 우리는 저녁식사를 하러 갔다. 트레브스 의사가 방을 나갔다(아마 포도주를 내오려는 것 같다). 그런데, 갑자기 그 아들이 얼굴에 놀라운 변화를 나타냈다. 그는 포와로를 쳐다보면서 앞으로 몸을 숙였다.

"당신은 아버지의 일로 왔군요." 고개를 끄덕이면서 말했다.

"전 알아요. 많은 것을 알아요. 그런데, 아무도 제가 알고 있다고 생각하지 않아요. 어머니는 아버지가 죽으면 트레브스 의사와 결혼할 수 있으니까 기쁠 겁니다. 당신도 아시겠지만, 그녀는 진짜 어머니가 아닙니다. 저는 그녀가 싫어요. 그녀는 아버지가 죽길 바라고 있어요."

끔찍한 일이었다. 다행히도 포와로가 말을 꺼내기 전에 그 의사가 돌아왔다.

우리는 부자연스럽게 대화를 나누어야 했다. 그런데, 갑자기 포와로가 괴로운 신음소리를 내면서 의자에 눕다시피 기댔다. 그의 얼굴은 고통으로 일그러졌다.

"선생님, 어디 아프십니까?" 의사가 물었다.

"갑자기 경련이 일어나서요. 가끔 그렇습니다. 아니, 괜찮소 의사의 도움이 필요할 정도는 아니오. 위층에 가서 좀 누울 수 있을까요?"

그의 요구는 금방 받아들여졌고, 나는 그를 부축해서 위층으로 갔다. 그는 무겁게 신음소리를 내며, 침대에 맥없이 드러누웠다.

처음 몇 분 동안 나는 그에게 속고 있었다. 그러나, 나는 곧 포와로가(예전에도 가끔씩 그랬던 것처럼) 연극을 꾸미고 있다는 사실을 알아차렸다.

그의 목적은 위층에 있는 환자의 방 가까이에 혼자 있게 되는 것이리라. 그러므로, 나는 방에 우리만 남게 되는 즉시, 그가 박차고 일어날 것을 알고 마음의 준비를 하고 있었다.

"빨리, 헤이스팅스, 창문으로. 밖에는 담쟁이덩굴이 있네. 저 사람들이 의심하기 전에 타고 내려가야 하네."

"타고 내려간다고요?"

"맞아, 우리는 당장 이 집을 빠져나가야 하네. 자네, 식사 중에 그를 보았지 않나?"

"의사 말인가요?"

"아니, 템플턴 청년 말이야. 빵 먹을 때의 버릇 봤지? 플로시 먼로가 죽기 전에 우리에게 이야기한 것 생각나나? 클라우드 대럴이 식탁에서 빵조각을 집어들고는 손장난을 하는 버릇이 있다고 했잖아. 헤이스팅스, 이것은 거대한 음모야. 모자라게 보이는 그 젊은이가 바로 우리의 교활한 적이야—제4호란 말일세. 서두르게."

논의하고 어쩌고 할 시간이 없었다. 모든 것이 믿어지지 않았다. 하여간 시간을 지체하지 않는 것이 그 순간 가장 현명한 방법이었다.

우리는 될 수 있는 한 빨리 담쟁이덩굴을 타고 내려가서, 기차역이 있는 작은 마을까지 곧장 달려갔다. 8시 34분에 가까스로 탄 열차는 우리를 11시경에 목적지에 내려놓았다.

"음모—." 포와로는 깊은 생각에 잠겼다.

"그 안에 몇 명이나 있을까? 템플턴의 가족 전체가 바로 빅 포의 앞잡이들인 듯싶네. 그들은 거기로 우리를 단순히 유인하려고만 한 걸까? 아니면, 그보다 더 미묘한 것이 있을까? 내 연극을 비웃으려고 한 것일까? 그들이 다른 일을 저지를 시간을 벌기 위해 우리의 관심을 그곳으로 유도한 것일까? 무엇일까? 정말 모르겠군."

그는 많은 생각을 했다.

하숙집에 도착하자, 그는 거실문 앞에서 나를 들어가지 못하게 막았다.

"조심해, 헤이스팅스 뭔가 의심스러운 생각이 드네. 내가 먼저 들어가 보겠네."

그는 먼저 거실로 들어갔다. 좀 우습다 싶을 정도로 그는 구둣발로 전등 스위치를 조심스럽게 눌렀다. 그러고 나서 방어태세를 취하고 조심스럽고 예리하게, 마치 낯선 곳에 온 고양이처럼 방을 죽 둘러보는 것이었다. 나는 벽에 바짝 기대서서 한참 동안 그가 하는 행동을 지켜보았다.

"괜찮아요, 포와로?" 나는 참지 못하고 말했다.

"괜찮아, 괜찮은 것 같아. 하지만, 확인을 해야 하네."

"시시하게—." 내가 말했다.

"불을 켜야겠습니다. 파이프 담배를 피워야겠어요. 언젠가 한번은 내가 당신을 말린 적이 있었죠. 지난번에는 당신이 성냥을 들고 평소대로 파이프 불을 붙이려 했잖아요. 바로 그런 일인데 당신은 언제나 내가 하는 일에는 반대를 하고 나서는군요."

나는 손을 뻗었다. 포와로의 경고 소리가 들렸다(나를 향해 뛰어오는 그를 보았다). 나의 손이 성냥통에 닿았다.

그 순간, 번쩍하는 푸른 불꽃.

귀를 찢는 굉음, 어두움—.

의식을 찾자, 전부터 알고 있었던 리지웨이 의사의 얼굴이 나를 굽어보고 있는 것이 눈에 들어왔다. 안도의 빛이 그의 얼굴에 스쳤다.

"움직이지 마시오." 그는 친절히 말했다.

"당신은 이제 괜찮소 사고가 있었던 것 당신 기억하시오?"

"포와로는?" 나는 입속으로 중얼거렸다.

"여기는 우리 집이오. 모든 것이 다 잘 될 게요."

차가운 공포가 나를 휘감았다. 대답을 회피하는 리지웨이의 태도가 나에게 소름끼치는 두려움으로 전달되었다.

"포와로는요?" 나는 되풀이하여 물었다.

"포와로는 어떻게 되었죠?"

그는 내가 그 사실을 알아야 한다는 것과, 더 이상 회피해 보았자 소용없는 일이라는 것을 깨달은 듯했다.

"당신은 기적적으로 살아남았소만, 포와로, 포와로는 그러지 못했소."

나의 입술 사이에서 울음이 터져 나왔다.

"죽지 않았을 거야! 죽으면 안 돼!"

리지웨이는 머리를 숙였다. 그의 얼굴이 슬픔으로 실룩거렸다.

안간힘을 써서 나는 일어나 앉았다.

"포와로는 죽었을지도 몰라요." 내가 힘없이 말했다.

"그러나, 그의 정신은 여전히 살아 있을 겁니다. 나는 그의 임무를 꼭 완수해 낼 거예요! 빅 포를 분명 파멸시키고 말 겁니다!"

그리고 나는 또다시 정신을 잃었다.

중국인의 죽음

지금도 나는 3월의 그날들을 글로 옮기려면 참을 수 없을 정도로 감정이 복받치곤 한다. 포와로, 하나밖에 없는 그 친밀한 에르큘 포와로가 죽었다!

헝클어진 성냥통이 그 악마 같은 손짓을 했다. 그것이 포와로의 눈에 띄게 되면 포와로는 그것을 정돈하려 할 것이다. 그러면 그것이 폭발하는 것이다.

포와로의 깔끔한 성격을 이용하려는 빅 포의 야비한 계획이었다. 그러나, 끊임없이 나로 하여금 회한을 느끼게 하는 그 재난을 재촉한 것은 사실상 다름 아닌 바로 나 자신이었다.

리지웨이 의사는 내가 죽음을 면하고 약간의 상처만 입고 살아남을 수 있었던 것은 거의 기적에 가까운 일이라고 했다. 내 생각에는 내가 즉시 의식을 차린 것 같았는데, 실제로는 24시간도 더 지났다고 했다.

다음 날 저녁때가 되어서야 나는 일어나서 옆방으로 힘없이 비틀거리며 들어갔다. 그리고 이 세상에서 가장 놀라운 사람 중 하나로 기억될 인물을 넣을 평평한 느릅나무 관을 무거운 마음으로 바라보아야 했다.

나는 의식이 되돌아온 그 순간부터 마음속에 오로지 한 목표만을 생각하고 있었다―포와로의 죽음에 대한 복수를 반드시 하고, 빅 포를 끝까지 추적해서 내 손으로 냉혹하게 처치하는 일.

나는 이 일에 대해 리지웨이 의사도 틀림없이 나와 같은 생각을 하고 있으리라 생각을 했으나, 놀랍게도 그 착하디착한 의사는 그러한 일엔 이상하게도 마음이 내키지 않아 하는 것 같았다.

"남미로 돌아가시오." 기회가 있을 때마다 그는 나에게 충고를 했다.

왜 불가능한 일을 하려고 하는가? 가능한 한 조심스럽게 내 마음을 상하지 않도록 얘기했는데, 그의 의견의 요점은 이랬다―포와로, 그 유명했던 포와로

조차도 실패했을 정도인데, 나와 같은 사람이 그 일에 성공하겠는가 하는 것이었다.

그러나 나는 완강하게 고집을 세웠다. 내가 그 일을 정말 감당할 능력이 있는가에 대한 문제는 제쳐 놓더라도(내친 김에 나는 이 점에 관해서는 전적으로 그의 견해에 동의하지 않는다고 말하려 했다), 나는 아주 오랜 기간 포와로와 함께 일을 해 와서 그의 방법에 대해 철저히 알고 있기 때문에, 그가 남기고 간 일을 떠맡을 수 있다고 하는 생각이 깊이 들었다.

그것은 나에게 있어서는 감정상의 문제였다. 내 친구는 그들 손에 무참히 살해당했다. 그런데도, 그를 죽인 살인자를 법정으로 보내려고 애써 보지도 않고 내가 순순히 남미로 되돌아가야 한다는 말인가? 나는 주의깊게 듣고 있는 리지웨이에게 이런 말을 했다.

그는 내 말이 끝나자 말했다.

"그래도, 내 충고는 변함없소. 나는 포와로도, 만일 그가 여기에 있었다면 당신에게 돌아갈 것을 재촉하리라고 분명히 확신하오. 그의 이름으로 다시 한 번 말하겠소. 헤이스팅스, 그 허망한 꿈을 버리고 당신 목장으로 돌아가시오."

나로서는 오로지 한 가지 대답만이 가능했으므로, 그는 슬프게 고개를 젓더니 더 이상 아무 말이 없었다.

내가 건강을 완전히 회복할 때까지는 약 한 달이 걸렸다. 4월말쯤에, 나는 내무상에게 면담을 요청했다. 크로더 씨의 태도도 리지웨이와 마찬가지였다.

그는 나에게 감정을 진정시키라고 달래면서 반대를 했다. 나의 능력을 다 쏟겠다는 것만은 높이 평가하면서도 그는 점잖고 사려 깊게 그것을 말렸다. 포와로가 작성한 서류들은 그가 보관하게 되었다. 그는 앞으로 다가올 위협에 대처해서 모든 가능한 조치를 강구하겠노라고 하면서 나를 안심시키려 했다.

그 같은 내키지 않는 위로에 나는 억지로 만족하려 노력했다. 크로더 장관이 나에게 남미로 돌아갈 것을 권유하면서 면담은 끝났다. 심각하게도 모든 것이 뜻대로 되지 않았다.

내가 적당한 장소를 정해, 포와로의 장례식을 치러야 했다. 그 장례식은 엄숙하고도 감동적이었다. 엄청난 꽃이 그의 무덤가에 바쳐졌다. 도처에서 보내

온 그 꽃들은 그가 자기만을 위해 스스로 선택한 그 나라로 가는 것을 분명히 입증해 주는 듯했다. 나는 혼자 무덤 옆에 서서 치솟는 슬픔에 기진맥진한 채, 우리가 함께 지내온 행복한 날들과 숱한 사건을 머릿속에 떠올렸다.

5월초까지 나는 행동 계획을 치밀하게 세웠다. 클라우드 대령에 관한 정보를 얻기 위해 광고를 낸 포와로의 계획을 계속하는 것이 가장 좋은 방법이라는 것을 느꼈다. 나는 조간신문의 광고가 효과적이라는 것을 알고 그렇게 했다.

그러던 어느 날 나는 런던 소호 가에 있는 작은 음식점에 앉아 그 광고의 효과에 대해 여러 가지로 판단을 해보았다. 그러다가 나는 신문의 다른 면에 실린 작은 기사를 발견하고는 감당해 낼 수 없는 충격에 휩싸였다.

마르세유(프랑스 남부의 항구 도시)를 떠난 지 얼마 되지 않아, 기선 상하이 호에서 존 잉글스 씨가 감쪽같이 사라졌다는 매우 간단한 기사였다. 날씨가 아주 좋았는데도, 그 불운한 신사는 배에 타고 있다가 물속으로 빠졌다는 보도에 나는 몸이 오싹해졌다. 그 기사는 또 잉글스가 중국에서 오래 지냈고 좀 별난 일을 했다고 짤막하게 언급하면서 끝을 맺었다.

불쾌한 보도였다. 나는 잉글스의 죽음에 불길한 동기가 있음을 알아차렸다. 곧 나는 그 사건의 내막을 추리해 낼 수 있었다. 잉글스는 살해되었고, 그의 죽음은 빅 포가 저지른 소행임이 너무도 명백했다.

나는 엄청난 충격을 받고, 그냥 앉아 있었다. 그리고 온갖 생각으로 머리를 꽉 메우고 있었는데, 내 반대편에 앉아 있는 이상한 행동을 하는 사람을 보고 깜짝 놀랐다. 지금까지 나는 그에게 주의를 기울이지 않았었다.

그는 말랐고, 서너 개의 수염이 듬성듬성 나 있었으며, 얼굴빛은 안 좋아 뵈는, 중년 정도의 음흉해 보이는 사내였다. 그는 내가 눈치 채지 못할 정도로 조용하게 와서 내 건너편에 앉아 있었던 것이다.

그러나, 대충 그를 쳐다보아도 그의 행동에는 분명히 이상한 데가 있었다.

앞으로 몸을 구부려 그는 조심스럽게 소금이 들어 있는 병을 들고서 나의 삭사용 쟁반 가장자리에 네 개의 작은 소금더미를 만들어 놓았다.

"나의 실례를 용서해 주시겠죠." 그는 슬픈 목소리로 말했다.

"낯선 사람에게 소금 넣는 것을 도와주는 것은 그들의 슬픔을 나눠 주는 것과 같다고 그러더군요. 무슨 일인지는 몰라도 피할 수 없는 필연 같은 것이겠죠. 내가 원하지 않을지라도, 나는 당신이 분별력 있는 사람이라고 믿습니다."

그러고 나서, 특별한 의미가 있는 듯, 그는 자기 그릇에 소금을 넣으면서 똑같은 행동을 되풀이했다. 4라는 숫자의 상징적인 의미는 너무 분명해서 잊을 수가 없다. 나는 그를 날카롭게 탐색하듯이 쳐다보았다.

어느 모로 보아도 그가 젊은 템플턴이나 마부 제임스, 또는 우리가 우연히 만났던 여러 사람 중 누구와 닮은 데가 있는 것 같지는 않았다. 그런데도, 나는 그 무시무시한 제4호와 대면했다는 확신을 갖게 되었다. 그의 목소리는 파리에서 우리와 만났던, 단추를 목 끝까지 채운 이상한 사람과 분명히 닮은 데가 있었다.

어떻게 할까 결정을 내리지 못하고 나는 둘레를 두리번거렸다. 그는 내가 생각하는 바를 읽었는지, 미소를 지으면서 점잖게 고개를 내저었다.

"그것에 대해 충고할 필요는 없겠지." 그는 한마디 했다.

"파리에서 당신이 얼마나 경솔한 행동을 했는지 기억하시오. 나의 은신처는 잘 은폐되어 있음을 당신에게 확인시켜 주고 싶소. 헤이스팅스, 한마디 더 하겠는데, 당신들 머리에서 나온 아이디어는 아주 미숙하기 짝이 없었소."

"뭐라고, 이 악마 같은 놈!" 나는 분노가 복받쳐 올랐다.

"이 악마의 화신아!"

"흥분하는군, 별것도 아닌 것을 가지고 말이야. 침묵을 지키는 사람이 항상 큰 이익을 보게 될 거라고 지난번 죽은 당신의 친구가 이야기했을 텐데."

"감히 그분을 함부로 이야기하지 마." 나는 소리를 질렀다.

"그 사람을 네 놈들이 잔인하게 살해해 놓고 말이야. 그러고도 무엇이 필요해서 여기에 온 거자―."

그는 내 말을 막았다.

"나는 대단히 훌륭하고 평화적인 목적으로 여기에 왔소. 당신에게 충고하겠는데, 당장 남미로 돌아가시오. 만일 그렇게 한다면, 빅 포에 관한 한 매듭을 지을 것이오. 당신과 당신의 주위 친구를 이제 더 이상 괴롭히지 않을 것이오. 그에 대해 나는 당신에게 분명히 약속하겠소."

나는 경멸하는 투로 웃었다.

"당신의 허무맹랑하고 독선적인 명령에 따르기를 거절한다면?"

"이건 명령이 아니오. 경고라고 부르면 어떻겠소?"

그의 말 속에는 무시무시한 위협이 있었다.

"첫 번째 경고요." 그는 부드럽게 말했다.

"당신, 그것을 소홀히 생각하지 말고 충고를 받아들이는 것이 신상에 이로울 것이오."

그러고 나서, 그는 내가 자기 의도에 어떤 낌새를 차리기도 전에 얼른 일어나서 문쪽으로 재빨리 빠져나갔다.

나는 벌떡 일어나서 잠시 동안 그의 뒷모습을 바라보고 있었다. 그러나 불행하게도 나와 옆의 식탁 사이에서 통로를 가로막고 버티고 서 있는 어마어마하게 뚱뚱한 사람과 정면으로 부딪쳤다. 내가 다시 정신을 차렸을 때, 나의 적은 문 밖으로 이내 사라져 버렸다. 그다음에는 많은 접시를 나르던 웨이터와의 전혀 예기치 않은 충돌로 다시 지연되었다. 마침내 내가 문까지 서둘러 갔을 때는, 까만 수염을 기른 그 마른 사람은 흔적도 없이 사라진 뒤였다.

그 웨이터는 지나칠 정도로 사과를 했고, 뚱보는 점심을 주문해 놓고 얌전히 앉아 있었다. 방금 일어난 두 사건이 우연한 사고가 아니었다고 말할 만한 근거는 아무것도 없었다. 그럼에도 불구하고, 나는 그 사건에 관해 나 나름대로의 결론을 내렸다. 빅 포의 부하들이 어느 곳이든 흩어져 있음을 나는 확실히 알게 되었다.

말할 것도 없이, 나는 그들이 경고한 것에 전혀 개의치 않았다. 나는 꼭 해낼 것이다. 아니면, 그 훌륭한 목적을 위해 죽어도 좋다. 내가 광고를 낸 뒤 들어온 정보라고는 단지 두 가지뿐이었다. 둘 다 가치 있는 정보가 못 되었다. 그들은 한때 클라우드 대릴과 연극했던 배우들이었다. 그러나, 그들은 아무도 그를 깊이 알지 못했고, 그의 정체와 현재의 소재에 관한 문제에도 아무런 새로운 것이 없었다.

그 뒤 10일쯤 지나서도 빅 포로부터는 아무런 지시가 없었다. 그런데 어느 날 아무 생각 없이 하이드 파크 공원을 지나가고 있었는데, 호소력이 있고 외국인의 억양이 섞인 풍부한 목소리가 나를 큰소리로 불러 세웠다.

"헤이스팅스 대위 아닌가요?"

커다란 리무진 한 대가 차도를 따라 천천히 오고 있었다. 한 여자가 차창 밖으로 몸을 내밀고 있었다. 우아하게 검은색 원피스를 입고 멋진 진주 목걸이를 한 그녀는 처음에는 베라 로사코프 백작부인으로 알려졌고, 나중에는 빅포의 앞잡이로서 다른 가명을 가지고 있는 여인이었다.

어떤 이유에서인지 포와로는 항상 그 백작부인에게 남다른 애정을 품고 있었다. 그 여자의 매우 화려한 모습이 그 자그마한 사내를 매혹시켰을 것이다. 그가 열광적으로 감탄하는 말을 하곤 했는데—그녀는 절세의 미인이라는 것이었다. 그러나 그의 그런 마음에도 불구하고, 그녀는 우리의 가장 나쁜 적의 편에 서서 우리에게 대항하고 있었다.

"아, 기다려요!" 백작부인이 말했다.

"당신에게 할 중요한 말이 있어요. 나를 체포하려고 애쓰지 마세요. 그것은 어리석은 짓이니까. 당신네들은 항상 어리석었죠—그래 맞아요. 우리가 당신에게 보낸 경고를 무시하고 고집을 피우다니, 당신은 매우 어리석은 사람이군요. 내가 두 번째 경고를 전달하겠어요. 당장 영국을 떠나세요. 여기에 있어야 이로울 것이 하나도 없으니까—진심으로 이야기하는 거예요. 당신은 아무것도 얻지 못할 거예요."

"그렇다면, 당신네들이 내게 이 나라를 떠나라고 안달하는 것을 보니, 그것이 오히려 이상하군." 나는 강력하게 말했다.

백작부인은 어깨를 으쓱했다—멋진 어깨, 그리고 멋진 몸짓이었다.

"나로서도 역시 그것은 어리석은 짓이라고 생각되는군요. 나는 당신이 여기를 떠나서 좀 행복을 누렸으면 싶어요. 하지만, 우리 보스들은 당신이 말한 몇 마디가 당신보다 더 뛰어난 사람들에게 커다란 영향력을 미칠지도 모른다는 사실을 두려워하고 있는 거예요. 그러므로, 당신은 추방되어야 하는 것이지요."

백작부인은 나의 능력을 괜히 추켜세우는 듯했다. 나는 불쾌감을 내보이지 않으려 노력했다. 의심할 것도 없이 이 여자의 이러한 태도는 나를 불쾌하게 만들고, 또한 나에게 나 자신이 별로 중요치 않은 인물이라 스스로 생각하게 만들고자 하는 의도였다.

"물론, 식은 죽 먹기예요—당신을 없애기란." 그녀가 계속 말했다.

"그러나 가끔 나는 아주 감상적이 되곤 하지요. 당신에게 간청하겠어요. 당신은 어디엔가 착한 아내가 있지 않은가요, 그렇죠? 그리고, 죽은 친구에게 아직 당신은 죽지 않았다는 것을 알려 주어 그를 기쁘게 해주어야 하지 않겠어요? 당신도 알겠지만, 나는 항상 그를 흠모해 왔어요. 그는 영리했어요—다만 영리할 뿐이었죠! 그리고 내가 진실로 믿는 그 사람에게 네 명의 적이 없었더라면, 그는 살아서 우리를 위해 더 많은 일을 했을 거예요. 솔직하게 그 심정을 털어놓겠어요. 그분은 나의 주인이나 마찬가지였어요! 나는 존경하는 마음의 표시로 그의 장례식에 화환을 보냈어요—커다란 진홍빛 장미로 된 화환. 진홍빛 장미는 나의 열정적인 마음을 표현한 거예요."

나는 조용히 듣고만 있었다. 마음 한구석에 역겨움이 일었다.

"당신은 고집스럽게 자신의 귀를 닫고 뒷발질이나 하는 노새 같군요. 좋아요, 나는 경고를 전달했어요. 명심하세요. 세 번째 경고는 '파괴자'로부터 직접 전달될 겁니다."

그녀가 신호를 하자, 자동차는 급히 질주해 갔다. 아무런 쓸모가 없을 텐데도, 나는 기계적으로 차번호를 기억해 두었다. 빅 포는 아무리 사소한 데라도 부주의하는 일이 없을 테니까.

나는 마음을 가라앉히고 집으로 향했다. 백작부인이 밑도끝도없이 늘어놓은 얘기 가운데 한 가지 사실이 머릿속에 계속 떠올랐다. 나의 생명이 심각한 위험에 처해 있다는 것이 엄연한 현실로 다가와 있었다. 싸움을 포기할 의향은 없다 하더라도 마땅히 조심해서 처신해야 하며, 모든 가능한 예방책을 강구해야 한다는 것을 알고 있었다.

이 모든 현실을 검토하면서 가장 바람직한 행동의 방향을 찾고 있는 동안에 전화벨이 울렸다. 나는 방을 가로질러 가서 수화기를 들었다.

"예, 여보세요, 누구시죠?"

또렷한 목소리가 대답했다.

"세인트 길스 병원입니다. 어떤 중국인이 길에서 칼에 맞아 여기에 실려 왔어요. 생명이 그리 오래 지속되지 못할 거예요. 그런데, 당신의 이름과 주소가 적힌 종이쪽지가 그의 주머니에서 발견되었기에 이렇게 당신에게 전화를 거는 겁니다."

나는 대단히 놀랐지만, 잠깐 신중하게 생각한 다음 나는 당장 가겠다고 대답했다. 세인트 길스 병원은 부두 아래쪽에 있었다. 그래서 그 중국 사람이 배를 타고 왔을지도 모른다는 생각이 퍼뜩 들었다.

부두 아래쪽으로 가는 도중에 내 마음속에 갑자스런 의구심이 솟았다. 함정이 아닐까? 중국인이 있는 곳에는 어디든지 리창옌의 마수가 뻗쳐 있을 것이다. 나는 '미끼로 꾀어 낸 함정'의 모험을 기억했다. 이 모든 것이 적의 계략이란 말인가? 이런저런 생각 끝에 어쨌든 병원을 찾아가는 것은 별로 해 될 것이 없으리라는 확신을 가졌다.

아마 이것은 음모라기보다는 차라리 통속적인 의미의 '함정'에 불과할 것이다. 죽어 가는 그 중국인이 나에게 어떤 행동을 하라고 방향을 제시해 줄는지도 모르며, 나를 빅 포의 마수에 끌어 들일는지도 모른다. 내가 지금 해야 할일은 마음을 굳게 먹고, 잘 믿어 주는 체하면서 경계를 철저히 하는 것이었다.

세인트 길스 병원에 도착하자마자 나는 용건을 이야기한 다음, 응급실로 즉시 안내받아 의문의 그 사람이 누워 있는 침대 곁으로 갔다. 그는 눈을 감은 채, 미동도 하지 않고 누워 있었다. 다만 가슴의 아주 미약한 움직임이 아직까지 살아 있다는 것을 나타내 주었다.

의사는 침대 옆에 서서 손가락으로 중국인의 맥박을 재고 있었다.

"거의 꺼져 가고 있어요." 그가 나에게 속삭이듯이 말했다.

"아는 사람입니까?"

나는 고개를 내저었다.

"한 번도 그를 본 적이 없습니다."

"그렇다면 어째서 그의 주머니에 당신의 주소와 이름이 적힌 쪽지가 들어 있었을까요? 당신이 헤이스팅스 대위 아닌가요?"

"맞습니다. 그러나, 나도 당신 이상으로 어떻게 설명할 수는 없군요."

"이상한 일이군요. 이 쪽지로 보아 그는 잉글스라는 사람의 하인이었던 것 같은데요—퇴임한 공무원이군요. 아, 당신은 이 사람을 아는 모양이군요?"

잉글스의 하인! 그렇다면, 나는 전에 그를 본 적이 있다. 그런데, 나는 중국인들을 제대로 구별해 낸 적이 없었다.

그는 중국으로 가는 길에 잉글스와 동행했음이 틀림없다. 주인이 죽은 뒤에, 그는 아마 나에게 전할 전갈을 가지고 영국으로 되돌아오려고 했을 것이다. 내가 들어야 할 메시지는 극히 중요하고 긴급한 것이다.

"그에게 의식이 있나요?" 나는 물었다.

"말할 수 있을까요? 잉글스 씨는 오랜 친구인데, 아마 불쌍한 이 사람을 통해 나에게 소식을 전하려 했을 겁니다. 잉글스 씨는 열흘 전쯤에 해외로 나간 것 같은데요"

"의식이 좀 있긴 합니다만, 과연 말할 힘이 남아 있는지 모르겠군요. 그는 많은 양의 피를 흘렸습니다. 물론 흥분제를 투여할 수는 있지만, 우리는 이미 모든 처방을 가능한 한 다해 보았습니다."

그러면서, 그는 주사를 놓았다. 나는 그의 한마디—어떤 신호라도 듣겠다는 요행을 바라면서, 침대 옆에서 인내심을 갖고 기다렸다. 그 한마디는 내가 해야 할 일에 극도로 가치 있는 것이 될지도 모른다. 그러나 시간은 쏜살같이 흘렀고, 그에게서는 아무런 신호도 없었다.

갑자기 불길한 생각이 내 마음을 사로잡았다. 나는 이미 함정에 빠져든 게 아닐까? 이 중국인이 단순히 잉글스의 하인 역할을 맡고 있다고 한다면, 그는 실제로는 빅 포의 하수인이 아닐까? 어떤 중국인 성직자는 사람을 가사(假死) 상태에 빠지게 할 수 있다는 걸 읽은 적이 있지 않은가? 아니면, 지배자의 명령만 있으면 언제든지 죽음 그 자체를 환영하는 광신자들에게 리창엔이 이 같은 명령을 내렸을지도 모른다. 경계를 단단히 해야만 할 것이다.

이런저런 생각들이 마음속에서 심한 동요를 일으키고 있는데, 침대에 누운 사람이 움직였다. 그의 눈이 살짝 열렸다. 그는 무엇인가 분명치 않게 중얼거렸다. 그 순간 나를 향해 멈춘 그의 시선을 보았다. 그는 알아들을 수 있는 아무런 신호도 주지 않았지만, 나에게 뭔가 이야기하려고 한다는 것을 금방 알 수 있었다. 친구든 적이든 간에 나는 그가 말해야 하는 것을 들어야만 했다.

나는 침대 위로 몸을 구부려 들으려고 애썼지만, 발음이 정확치 못해 아무런 의미도 전달되지 않았다. '핸드(hand)'라는 말을 들은 것 같은데, 무엇과 관련된 뜻인지 얼른 와 닿지 않았다. 그러고 나서 그가 다시 입을 움직였는데, 이번에는 '라르고(Largo)'라는 단어를 들었다.

나는 놀라서 눈을 크게 떴다. 두 단어를 나란히 놓으면…….

"헨델의 라르고?" 나는 그를 향해 물었다.

그 중국인은 그렇다는 듯이 눈을 재빠르게 깜박였다. 그리고 그는 '카로차(carozza)'라는 이탈리아어 한마디를 덧붙였다. 두세 마디 더 이탈리아어로 중얼거리는 소리가 귀에 들렸다. 그러고는 그는 갑자기 고개를 떨어뜨리며 숨을 거두고 말았다. 그 의사는 나를 옆으로 밀었다.

모든 것이 끝났다. 그는 이렇게 죽은 것이다.

나는 완전히 어리둥절하여 다시 밖으로 나갔다.

'헨델의 라르고'와 '카로차' 내 기억이 맞다면, '카로차'는 '캐리지(carriage; 자동차)'라는 뜻이다. 그 단순한 단어 뒤에는 무슨 뜻이 숨겨져 있을까? 그는 왜 이탈리아어로 말해야 했을까? 만일 그가 잉글스의 하인이었다면, 그는 영어를 할 줄 알 것이 아닌가? 모든 것이 너무나도 혼란스러웠다.

집에 오는 동안 내내 그 수수께끼를 풀려고 골머리를 앓았다. 아, 반짝하는 두뇌로 그 문제를 풀 수 있는 포와로가 여기 있다면 얼마나 좋을까!

나는 현관문을 열쇠로 열고 방으로 천천히 걸어 들어갔다. 편지 한 통이 책상 위에 놓여 있었다. 나는 아무 생각 없이 봉투를 뜯었다. 그러나 편지를 읽어 나가면서 나는 바닥에 뿌리가 박힌 듯 서 버렸다.

변호사 사무실에서 온 전갈이었다.

우리의 변호 의뢰인 고(故) 에르퀼 포와로 씨의 지시에 따라 우리는 이 봉한 편지를 당신 앞으로 보냅니다. 이 편지는 그가 사망하기 1주일 전에 우리에게 전달되었습니다. 이것은 그가 죽은 뒤에 일정한 날짜를 잡아서 당신에게 보내도록 되어 있었습니다.

재배(再拜)

나는 몇 번이고 그 봉해진 편지를 이리저리 돌려보았다. 의심할 여지없이 포와로에게서 온 것이었다. 눈에 익은 그의 필체는 금방 알아볼 수 있었다.

무거운 마음과 함께 한편으론 열정을 간직한 채, 나는 떨리는 마음으로 그것을 뜯었다.

다정한 친구(편지는 이렇게 시작됐다), 자네가 이 편지를 받을 때면 이미 나는 이 세상에 없을 것이네. 너무 슬퍼하지만 말고 내 지시를 잘 듣도록 하게나. 이것을 받는 즉시 남미로 돌아가도록 하게나. 너무 고집피우지 말게. 내가 자네에게 여행을 떠나라고 명한 것은 어떤 감정적인 이유에서 그런 것이 아니라네. 꼭 돌아가게나. 그것도 에르퀼 포와로의 계획 가운데 하나라네. 명석한 두뇌를 가진 나의 친구 헤이스팅스에게라면 더 이상 부연 설명이 필요 없겠지.

빅 포는 저주를 받을 걸세! 내 친구, 무덤 저편에서 자네에게 인사를 해야겠구먼.

자네의 영원한 친구, 에르퀼 포와로

나는 이 놀라운 편지를 읽고 또 읽었다.

한 가지 사실은 분명했다. 모든 예측 못할 사건, 심지어는 자신의 죽음까지도 철저하게 준비하고 있었던 이 놀라운 사람은 자신의 계획을 결코 중단시키지 않고 있는 것이다! 그렇다면 나의 역할은 행동으로 실천하는 것이다—그는 천재성을 발휘하여 다음 지시를 남겨 두었을 것이다.

의심할 여지없이, 나는 바다를 건너가서 나를 기다리고 있을 모든 행동 지시를 받아야만 한다. 한편, 적들은 내가 자기들의 경고에 따른 것으로 확신하고, 골칫덩어리였던 나에게 주의를 기울이지 않을 것이다. 그러면 나는 적당한 기회를 틈타 그들의 의심을 받지 않고 돌아올 수 있을 것이며, 적진에 뛰어들어 그들을 쑥밭으로 만들어 버릴 것이다.

지금 내가 당장 떠나는데 방해가 되는 것은 아무것도 없었다. 나는 해외 전보를 치고 배편을 예약했다. 그리고 1주일 뒤에 부에노스아이레스로 가는 앤소니아 호에 올랐다. 배가 부두를 떠나자마자, 한 승무원이 나에게 쪽지를 갖다 주었다. 배의 트랩을 들어 올리기 직전에 마지막까지 배에 남아 있었던, 모피코트를 입고 몸집이 큰 신사가 주었다고 그가 설명해 주었다.

나는 그것을 보았다. 간결하고 짤막했다.

"당신은 현명하오."라고 쓰여 있었다. 커다랗게 4라는 숫자가 함께 표시되어 있었다. 나는 쓴웃음을 짓지 않을 수가 없었다!

바다는 잔잔했다. 나는 나와 동승한 대부분의 승객들에게 신경을 쓰지 않고 근사한 저녁식사를 즐긴 다음, 브리지의 3회 승부를 연거푸 벌였다. 그러고는 선실로 돌아가, 배에 오르며 늘상 그랬듯이 통나무처럼 쓰러져 정신없이 잠을 잤다.

나는 누군가가 나를 계속 흔들어대고 있다는 느낌에 잠에서 깼다. 어리둥절해서 멍하니 눈을 떠보니 승무원 한 사람이 내 옆에 서 있었다.

내가 일어나 앉자 그는 안도의 한숨을 내쉬었다.

"휴, 이제야 선생님을 깨우게 됐군요. 제 임무를 못 마칠 뻔했습니다. 항상 이렇게 주무시나요?"

"무슨 일이 있었소?"

나는 여전히 잠에서 덜 깬 채 어리둥절한 상태로 물었다.

"배 안에서 무슨 일이 있었나요?"

"저보다 선생님이 무슨 일이 일어났는지 더 잘 알 것 같은데요."

그는 냉담하게 말했다.

"해군본부로부터 특별한 지시가 있었습니다. 구축함 한 대가 선생님이 승선하기를 기다리고 있습니다."

"무엇이?" 나는 소리를 질렀다.

"바다 한가운데서?"

"아주 수수께끼 같은 일이에요. 하긴 그것은 제가 알 바가 아니지만, 그들은 선생님을 대신할 젊은이를 이미 배에 올려 보냈답니다. 우리 모두는 비밀을 지키겠다고 맹세해야만 했지요. 일어나서 옷을 입으세요."

너무나 갑작스레 일어난 일이어서 나는 그저 놀라고 어리둥절하기만 했다. 보트 한 대가 내려졌고, 나는 구축함으로 옮겨져 승선했다. 구축함 안에서 나는 정중하게 대우를 받았다. 그러나, 별 다른 정보를 얻을 수는 없었다. 어떤 상관으로부터 나를 벨기에 연안의 한 지점에 상륙시키라는 명령을 받았다는 것이 그가 아는 전부이고, 그것으로 그의 의무는 끝나는 것이었다.

모든 것이 꿈속 같은 일이었다. 다만 내가 분명하게 가지고 있는 한 가지 생각은 이 모두가 포와로의 계획의 일환임에 틀림없다는 것이었다.

나는 지정된 그 지점에 정확하게 내려졌다. 거기에는 자동차 한 대가 기다리고 있었고, 곧 나는 평탄한 플랑드르 지방의 평야를 가로질러 빠르게 질주해 나아갔다. 나는 브뤼셀에 있는 작은 호텔에서 그날 밤을 지냈다. 그 다음 날 우리는 다시 달리기 시작했다. 숲이 울창하고 산이 많은 시골로 갔다.

나는 아르덴(프랑스 북동부, 벨기에에 접하는 현) 지방으로 깊숙이 들어가고 있다는 것을 알았다. 스파에 자기 형제가 살고 있다는 포와로의 말이 갑자기 생각났다. 그러나, 우리는 스파 쪽으로 가지 않았다.

우리는 대로를 벗어나 작은 마을에 다다를 때까지, 계속 숲이 우거진 언덕의 꼬불꼬불한 길을 올라갔다. 한적하게 언덕 위에 하얀 별장이 한 채 외떨어져 있었다. 차는 그 별장의 초록색 대문 앞에 멈추었다. 내가 차에서 내리자 대문이 열렸다.

나이가 꽤 든 하인이 문 옆에 서서 인사를 했다.

"헤이스팅스 대위십니까?" 그가 프랑스어로 말했다.

"대위님을 기다리고 있었습니다. 어서 들어가시지요."

그는 홀을 가로질러 가더니, 뒤에 있는 문을 활짝 열고 내가 들어가도록 옆으로 비켜섰다.

나는 눈이 부셔 눈을 깜박거렸다. 그 방은 서향이어서 오후의 햇빛이 정면으로 쏟아져 들어오고 있었다. 시야가 분명해지면서 나는 손을 내민 채 나를 환영하기 위해 기다리고 있는 사람을 보았다.

아, 이럴 수가, 이럴 수가―.

"포와로!" 나는 울먹이며 소리쳤다. 당장 그는 나를 힘 있게 껴안았다.

"그래, 그래, 날세, 정말 나라고! 에르큘 포와로를 제거하는 것이 그리 쉬울 줄 알았는가!"

"포와로, 도대체 어찌된 일이죠?"

"전략일세, 바로 전략이라네. 우리의 대공격을 위해 모든 것이 완벽하게 준비되었네."

"그렇지만, 나에게 말을 해줬어야 했잖아요?"

"아니지, 헤이스팅스, 말을 할 수 없었지. 앞으로 언제 어느 때라도 장례식에서의 그런 역할은 수행해 낼 수 없을 것이네. 말하자면, 그것은 정말 완벽했어. 빅 포에게 그런 확신을 주지 않을 수 없었네."

"그렇다면 내가 한 일은—"

"나를 너무 무정하다고 생각하지 말게나. 나는 한편으로는 자네를 위해서 그런 속임수를 썼던 것이네. 나는 기꺼이 나의 목숨을 바칠 각오가 되어 있었지만, 자네에게까지 계속 위험을 무릅쓰게 하는 데에는 불안하지 않을 수 없었어. 그러다가 폭발 사고 이후, 나에게 퍼뜩 기발한 생각이 떠오르지 않았겠나. 리지웨이가 내 일을 완수하도록 도와준 것이지. 내가 죽고 나면 자네는 남미로 되돌아갈 것이라고 생각했지. 그러나, 자네는 그렇게 하지 않았네. 결국 나는 변호사의 편지를 내세워야만 했네. 그리고 시시하고 장황하게 이야기를 늘어놓은 것이지. 그래서, 하여간에 자네가 이곳까지 오게 된 것일세. 숨어 있는 것이지—마지막 투쟁을 위한 그 순간이 올 때까지. 빅 포의 파멸을 향한 최후의 순간 말일세."

제17장

제4호의 계략

아르덴 지방의 조용한 은신처에서 우리는 이 거대한 세계에서 사건들이 펼쳐지는 것을 지켜보고 있었다. 우리에게는 각종 신문이 배달되었으며, 날마다 포와로는 분명히 어떤 보고서 같은 것이 든 두툼한 봉투를 받았다.

그는 내게 그 보고서들을 보여 준 적이 없었지만, 나는 그것들의 내용이 만족스러운가, 그렇지 않은가를 그의 태도를 보고 알아낼 수가 있었다. 그는 우리의 현재 계획이야말로 성공적으로 일이 마무리될 수 있는 유일한 것이라는 신념에 결코 의혹을 품지 않았다.

"별 얘기는 아니네만, 헤이스팅스─." 그는 어느 날 말을 꺼냈다.

"나는 항상 자네가 내 탓으로 인해 죽으면 어쩌나 하는 걱정을 해왔네. 그것이 내 신경을 날카롭게 만들고 있네─자네가 말했듯이, 고양이가 뛰어오르는 것 같이 말이야. 그러나, 이제 나는 아주 만족해하고 있네. 설령 그자들이 남미에 상륙한 헤이스팅스가 가짜임을 알았을지라도(나는 그들이 그것을 밝혀내리라고는 생각지 않으며, 또한 그들은 개인적으로 자네를 잘 아는 하수인을 파견하지도 않을 걸세) 그들은 자네가 스스로 영리한 방법을 써서 자기들을 속여 넘겼을 거라고 믿을 것이며, 자네의 거처를 밝혀내기 위해 그리 심각한 관심도 기울이지 않을 것이네. 그들은 나의 가장된 죽음을 하나의 명백한 사실로, 철저히 믿고 있네. 그렇게 되면 그들은 계속 일을 추진해서 자기들의 계획을 끝까지 완성시킬 것이네."

"그러면?" 나는 궁금해서 물었다.

"그러면, 이봐, 당당하게 부활한 에르퀼 포와로가 있잖아! 11시에 다시 나타나서 나는 모든 것을 혼란에 빠뜨리겠네. 그러고는 나만의 독특한 방법을 사용해 최후의 승리를 획득할 것이야."

나는 포와로의 자만심이 모든 공격을 견디어낼 수 있을 정도로 크다는 사실을 깨달았다. 나는 포와로에게 한두 번 정도 게임의 영광은 우리 적에게로 넘어갔었다는 사실을 상기시켰다. 그러나, 나는 에르큘 포와로가 스스로 자신의 방법에 대한 열망을 줄이도록 하는 것이 불가능하다는 것을 알고 있었다.

"이봐, 헤이스팅스, 이건 트럼프를 할 때 쓰는 약간의 속임수 같은 거라네. 자네는 아무런 의심을 갖지 않고 그것을 보아 왔나? 자네가 네 개의 잭을 가지고 있다고 치세. 자네는 그것을 나누어서, 하나는 맨 위에다, 또 하나는 그 밑에 포개 놓고, 나머지도 그렇게 하겠지―자네는 카드 패를 떼고 카드를 치고, 또 다시 한 번 패를 떼고 섞어서 치곤 할 거야. 그것이 나의 목적이네. 지금까지는, 빅 포 중 한 사람과 대결하고, 다시 다른 사람에게 대결하는 식으로 싸움을 해왔네. 그러나 이제 나는, 트럼프 한 벌에서의 네 개의 잭처럼, 그들 모두를 함께 모아 놓고, 단 한방으로 모조리 파멸시킬 것이네!"

"그러면 어떻게 그들 모두를 모이게 할 수 있나요?" 나는 물었다.

"최후의 순간까지 기다리는 거지. 그들이 공격을 준비할 때까지 잠자코 두고 보는 것이네."

"오래 기다려야 할 텐데요." 나는 불평스레 말했다.

"항상 참을 줄 알아야만 하네, 헤이스팅스! 그러나 아닐세. 그렇게 오래 걸리지는 않을 걸세. 그들이 두려워하고 있는 단 한 사람―나는 방해가 되지 않는 곳에 가만히 있을 거야. 기껏해야 2~3개월의 여유를 그들에게 줄 것이네."

누군가 방해가 되지 않게 비킨다는 그의 말이 나에게 잉글스의 비참한 죽음을 상기시켰다. 그리고, 나는 세인트 길스 병원에서 죽어 간 중국인에 대해 포와로에게 이야기 한 적이 없음을 생각해 냈다.

그는 내 이야기에 예민하게 귀를 기울였다.

"잉글스의 하인이라고, 어? 그가 이탈리아어로 말했다고? 이상하군."

"그것이 빅 포의 함정일지도 모른다고 의심하는 이유입니다."

"이봐, 헤이스팅스, 자네 추리는 틀렸네. 작은 회색의 뇌세포를 잘 굴려 보게나. 만일 적들이 자네를 속이려고 했었다면, 그들은 틀림없이 그 중국인으로 하여금 하기 쉬운 중국의 상업용 영어를 하도록 했을 걸세. 아냐, 그 메시지는 진짜였네. 자네가 들은 것을 다시 한 번 이야기해 보게나."

"처음에 그는 '헨델의 라르고'라고 했고, 그다음에는 '카로차'라고 하는 것 같이 들렸는데, '캐리지(자동차)'가 아닌가 해요."

"그밖에 다른 것은 없었나?"

"글쎄요, 최후의 순간에 그는 일종의 여자 이름 같은 '카라'라는 말을 희미하게 중얼거렸어요. 그러고는 '지아'라고 했던 것 같아요. 그러나, 그것이 나머지 다른 말과 관련이 있다고는 생각지 않고 있습니다."

"그렇게 생각하면 안 되지, 헤이스팅스 '카라 지아'는 정말로 중요하네. 아주 대단히."

"난 그렇게 보지 않는데."

"이보게, 자네는 결코 모를 걸세. 하여간 영국 사람들이란 지리에 대해선 아무것도 모른다니까."

"지리?" 나는 의아하게 물었다.

"그것하고 지리하고 무슨 관련이 있는데요?"

"토마스 쿡도 그 점을 아주 중요시할 거라고 감히 말할 수 있네."

평소와 같이 포와로는 더 이상 이야기하려 들지 않았다―나를 짜증나게 만드는 그의 기질이다. 그러나 마치 점수를 따낸 것처럼, 그의 태도가 대단히 유쾌해지고 있음을 나는 알아차릴 수가 있었다.

세월은 잘도 흘러갔다. 약간 단조로웠지만 유쾌한 나날이었다. 그 별장에는 많은 책들이 있었으며, 상쾌한 마음으로 이리저리 산책을 하기도 했지만, 나는 가끔 우리의 정지된 듯한 무기력한 생활에 안달이 날 지경이었다.

그러나, 나와는 달리 포와로는 놀라울 정도로 평온하고 만족스럽게 생활을 해나갔다. 우리의 조용한 생활을 시끄럽게 만드는 것은 아무것도 없었다. 포와로가 설정해 둔 기한인 6월말이 되어서야 비로소 우리는 빅 포의 뉴스를 전해 들을 수가 있었다.

어느 날 아침 일찍 차 한 대가 우리의 평화를 깨칠 예기치 못한 전갈을 가지고 집 앞에 와 섰다. 나는 궁금하여 얼른 뛰어 내려갔다. 포와로는 내 나이 또래의 쾌활해 보이는 젊은이와 이야기를 주고받고 있었다.

포와로가 그를 나에게 소개했다.

"이 사람은 정보부에서 가장 유명한 요원인 장래가 촉망되는 하비 대위일세, 헤이스팅스"

"천만에요, 유명하긴요." 유쾌하게 웃으면서 그 사람이 말을 받았다.

"내 알기로는, 그런 것들만 빼놓고는 유명하다고 할 수 없지. 내 말해야겠구먼. 하비의 친구와 주위 사람들은 하비가 호감을 갖게 하는 사람이지만 머리가 좀 나쁘다고 얘기들을 하지. 그 뭐라더라, 여우의 트로트인가 하는 춤에만 정신을 쏟고 있다고 말이야."

우리는 함께 웃었다.

"좋아, 그러면 본론으로 들어가세." 포와로가 말했다.

"때가 드디어 왔다고 생각하고 있나?"

"우리는 분명히 확신하고 있습니다, 선생님. 중국은 드디어 어제 완전히 정치적으로 고립이 되었습니다. 그래서, 이제 그 안에서 무슨 일이 일어나고 있는지를 아무도 알 수가 없습니다. 뉴스라든지, 전화, 그 밖의 모든 통신 수단이 완전히 두절되었습니다. 모든 연락이 끊어졌지요."

"리창옌이 멋진 솜씨를 보여 주었는데, 그렇다면 다른 작자들은?"

"에이브 라일랜드는 1주일 전에 영국에 도착했다가 어제 유럽 대륙으로 떠났습니다."

"그리고 올리비에 부인은?"

"그녀는 지난밤에 파리를 떠났습니다."

"이탈리아로 갔나?"

"예, 이탈리아로요. 우리가 판단한 바에 따르면, 그들 둘은 모두 선생님이 말씀하신 그 휴양지로 갔습니다―어떻게 그것을 알아냈는지는 모르겠지만."

"아, 나를 비행기 태우지 말게나! 그것은 여기 있는 헤이스팅스의 공적이니까. 헤이스팅스는 자신의 총명함을 숨긴다네. 아주 겸손하지."

하비는 나를 존경하는 빛으로 바라보았고, 나는 부끄러워서 어쩔 줄 몰랐다.

"이제 모든 것이 준비가 되었군."

포와로가 말했다. 그의 얼굴은 창백했고 너무나 심각해 보였다.

"드디어 때가 왔네. 만반의 준비가 되었겠지?"

"선생님의 지시대로 모든 것이 완료되어 있습니다. 이탈리아, 프랑스, 영국의 정부가 선생님을 후원하고 있고, 이 세 나라는 서로 잘 협조해서 과업을 수행할 겁니다."

"사실, 뜻밖의 협조로군." 포와로가 표정 없이 이야기했다.

"마침내 데스자르도 수상이 확신을 갖게 되었다니 기쁘네. 좋아, 그럼 출발하지. 아니, 차라리 나만 떠나겠네. 헤이스팅스, 자네는 여기 남아 있게나. 그렇게 해주게. 정말로 진심으로 하는 말이야."

나는 그를 믿었으나, 그런 식으로 뒤에 남아서는 도저히 만족할 수 없을 것 같았다. 우리는 논쟁을 벌였다―짧지만 단호하게.

파리를 향해 질주하는 열차 안에서 비로소 그는 은근히 나의 결정을 기뻐했다고 시인했다.

"왜냐하면, 자네도 맡은 바 임무가 있기 때문이네, 헤이스팅스 아주 중요한 임무지! 자네가 없다면, 아마 나는 실패할지도 모르네. 그래도 나는 자네를 강제로라도 뒤에 남도록 하는 것이 내 임무라고 느끼고 있었는데……."

"위험이 도사리고 있다는 얘긴가요?"

"이봐, 빅 포가 있는 곳이면 어디든지 항상 위험이 따르게 마련이네."

파리에 도착하자마자 우리는 노르 역(북부역)으로 달렸으며, 포와로는 마침내 우리의 목적지를 알려 주었다. 우리는 볼차(이탈리아 북부에 있는 현)와 이탈리아의 티롤(오스트리아 서부와 이탈리아 북부의 알프스 산맥 지방)과 경계를 이루고 있는 지방으로 향했다.

하비가 잠깐 자리를 비웠을 때 나는 포와로에게 어째서 회합 장소를 발견한 것이 나의 공로라고 얘기했는가를 물어볼 수 있었다.

"이보게, 그것은 말이야, 잉글스가 어떻게 내가 모르고 있는 정보를 얻어서 자기 하인을 통해 우리에게 보냈는가 하는 것 때문이야. 우리는 지금 새롭게 '라고 디 카레차'로 명명된 이탈리아의 '카레르세'로 가고 있는 것이네. 자네는 이제 자네가 '카라 지아'라고 말한 것, 그리고 '카로차'와 '라르고'라고 한 것이('헨델'은 자네의 상상력이 만들어 낸 것이고) 어디에 있는가를 알게 될 걸세. 잉글스의 '하인'에게서 나온 몇 가지 정보가 연상 작용의 발동을 가능케 한 것이지."

"카레르세라고요? 나는 그런 이름을 들어보지도 못했는데요."

"영국인들은 지리에 대해서 무지하다고 항상 자네에게 얘기하지 않았나. 그곳도 꽤 유명하고 아름다운 여름 피서지일세. 돌로미트 산맥의 중심부, 해발 4천 피트(약 1200m)에 위치한 곳이지."

"아니, 그럼, 그런 외진 곳에 빅 포의 회합 장소가 있다는 얘기인가요?"

"그들의 총본부라고 할 만하네. 그곳에서 전반적인 지시가 내려지는데, 그것은 세상에서 모습을 감춘 채 자기들의 산중 요새에서 명령을 내리려는 의도인 것 같네. 내가 조사해 본 바에 따르면 대규모 채석장과 광물의 광상이 있고, 조그만 이탈리아 상사임이 틀림없는 어떤 회사도 있는데, 그것들은 모두 사실상 에이브 라일랜드에 의해 조종되고 있네. 거대한 지하 땅굴을 비밀리에, 그리고 접근하기 어렵게 산맥의 심장부에 뚫었음이 확실하네. 거기에서 그 조직의 우두머리들은 세계 곳곳에 퍼져 있는 수천에 달하는 자기들의 추종자들에게 무선으로 명령을 하달하는 거야. 자신들의 계획이 완수되면 그 세계의 독재자들은 돌로미트 산맥의 험한 골짜기에 나타날 것이네. 말하자면, 에르퀼 포와로가 없다면, 그들은 세상에 모습을 드러낼 거야."

"포와로, 그 모든 것을 진심으로 믿고 있는 거예요? 군대와 기계문명에 대해서는 어떤가요?"

"러시아에서는 어떤가, 헤이스팅스? 이들의 조직은 무한정하게 큰 규모로 러시아에도 있을 것이네. 게다가 더 무시무시한 위험이 따르네. 올리비에 부인의 연구는 발표한 것보다 훨씬 더 진척되어 있을 걸세. 그녀는 핵에너지를 분리시켜, 자기의 목적을 위해 이용하는 데 성공했을 것이라고 믿네. 공기 속의 질소를 이용한 그녀의 연구는 매우 획기적이었어. 그리고 무선 에너지를 농축시키는 실험도 했지. 그래서, 큰 힘을 가진 전파를 특정한 지점에 초점을 맞추어 집중시키는 것이지. 정확하게 얼마나 깊이 연구가 진전되었는지는 아무도 모르지만, 여태까지 발표된 것보다는 훨씬 더 어마어마할 것이 분명하네.

그녀는 천재일세, 그 여자는 말이야―퀴리 부부는 그녀에 비하면 아무것도 아니네. 그녀의 천재성에 천문학적인 숫자의 재산을 가진 라일랜드의 권력과, 가장 악랄한 범죄적 두뇌를 지닌 리창옌의 머리가 가세하여, 계획을 짜고 명령을 내린다면—그래, 자네 말대로 이 문명사회는 곧 대단한 혼란에 빠질 것이네."

그의 말이 나에게는 퍽 심각하게 느껴졌다. 포와로가 좀 과장된 언어로 표현하는 경우는 종종 있었지만, 그는 정말로 군걱정을 하여 마음을 혼란케 하는 사람은 아니었다. 나는 무엇보다도 우선 우리가 처해 있는 상황과 필사적으로 투쟁해야 한다는 것을 잘 알고 있었다.

하비가 곧 우리에게로 왔고, 여행은 계속되었다. 우리는 정오경에 이탈리아 북부의 도시 볼차노에 도착했다. 거기서부터는 자동차로 여행을 하게 되었다.

여러 대의 큰 푸른색 자동차들이 도심의 광장에서 기다리고 있었고, 우리 셋은 그중 한 대에 올라탔다. 포와로는, 날씨가 무더운데도 큰 코트를 입고 스카프로 눈까지 가려 덮고 있었다. 그에게서 볼 수 있는 데라곤 눈과 귀 끝뿐이었다. 이것이 그의 조심성 때문인지, 아니면 다만 몸에 오한이 드는 데 대한 과장된 두려움 때문인지를 나는 알지 못했다.

자동차 여행은 두 시간 정도 걸렸다. 정말로 기막히게 멋있는 여행이었다. 오면서 처음 눈에 뜨인 곳은 한쪽에서 폭포가 떨어지는 거대한 벼랑이 들쭉날쭉 굽이쳐 있는 광경이었다. 그리고 나무가 울창한 계곡이 수 마일이나 계속 뻗쳐 있었고, 바람은 여전히 위쪽으로 불고 있었다. 벌거벗은 바위 꼭대기에 소나무 숲으로 울창하게 싸여 있는 그들의 본거지가 보였다.

그 장소는 황량했지만 평화롭게도 보였다. 거의 끝에 이르러 소나무 숲이 울창한 사이로 길이 죽 나 있었는데, 갑자기 커브 길을 돌자, 우리 앞에 큰 호텔이 우뚝 서 있었다. 우리는 목적지에 도착한 것이다. 우리의 객실은 예약이 되어 있었기에 우리는 하비의 안내를 받으며 올라갔다. 우리의 객실에서는 바위가 많은 산의 정상이 정면으로 올려다보였고, 소나무 숲의 긴 경사면은 정상까지 이어졌다. 포와로는 그것들을 향해 손을 들어 가리켰다.

"저긴가?" 그는 낮은 목소리로 물었다.

"예." 하비가 대답했다.

"펠센라비린스라고 합니다. 아주 환상적인 길 주위에 커다란 옥석이 쌓여 있죠. 길은 그것을 통해서 꼬불꼬불 나 있습니다. 채석장은 그것의 오른편에 있고, 아마 입구는 펠센라비린스 안에 있을 거라고 생각됩니다."

포와로는 고개를 끄덕이고는 나에게 말했다.

"자, 헤이스팅스, 내려가세. 베란다에 앉아서 일광욕이나 하지."

"그것이 현명하다고 생각하세요?" 내가 물었다.

그는 어깨를 으쓱했다.

태양은 놀라울 정도로 근사했다—눈부신 태양빛이 오히려 나에게는 너무 따가웠다. 우리는 홍차 대신에 크림 커피를 마시고 난 다음에 위층으로 가서 몇 안 되는 아주 간단한 짐을 풀었다. 포와로는 깊은 상념에 빠져 있어서 감히 말붙이기조차 어려웠다. 그는 한두 번 고개를 흔들더니 한숨을 내쉬었다.

나는 볼차노에서 우리와 같은 열차를 타고 와 내린 뒤에 자기 차를 타고 떠난 사람에 대해 좀 호기심이 생겼다. 그 사람은 키가 작았다. 그리고 그 사람이 특히 나의 관심을 끌게 하는 것은 포와로처럼 그도 얼굴을 온통 감싸고 있었다는 점이다. 그는 머플러에다 크고 긴 코트를 입었고, 그 위에다가 커다란 푸른색 안경을 끼고 있었다. 나는 이곳에도 빅 포의 첩자가 있다고 확신했다. 포와로는 나의 이런 생각에 별 관심이 없는 듯했다.

내가 침실 창문에 기대고 있자니, 의문의 그 사나이가 호텔 부근을 배회하고 있는 것이 보였다. 그는 그 안에 무엇인가 있다고 여기는 눈치였다.

나는 포와로에게 저녁 먹으러 내려가지 말자고 했다. 그러나, 그는 저녁을 먹어야겠다고 고집했다. 우리는 조금 늦게 식당에 들어갔다. 창문 옆에 큰 식탁이 보였다. 우리는 거기에 앉았는데, 갑자기 사기그릇이 떨어지면서 깨지는 소리와 외침 소리가 나기에 그곳으로 주의를 기울였다. 강낭콩으로 만든 스튜 접시가 우리의 옆 테이블에 앉아 있는 사람 위로 쏟아졌다.

지배인이 와서 수다스럽게 사과를 했다.

곧, 실수한 그 웨이터가 우리에게 수프를 가져오자 포와로가 그에게 말을 걸었다.

"재수가 나쁜 날이구먼, 그래. 그러나 당신의 실수가 아닌 것 같은데?"

"선생님도 그렇게 보셨습니까? 예, 정말로 제 잘못이 아니에요. 그 신사분의 의자가 반쯤 밖으로 비어져 나와 있었는데, 저에게 시비 걸 작정이었던 것 같아요. 그래서, 어쩔 도리가 없었어요."

나는 포와로의 눈이 내가 너무나 잘 알고 있는 그 초록색으로 빛나는 것을 보았다. 그리고 웨이터가 떠난 뒤에, 그는 나에게 작은 목소리로 속삭였다.

"헤이스팅스, 자네 이 에르퀼 포와로의 효능을 알겠지—살아 숨쉬는."

"그럼, 당신 생각은……."

나는 계속 말할 시간이 없었다.

그가 흥분된 어조로 속삭이면서 내 무릎을 쳤기 때문이다.

"이봐, 헤이스팅스, 저기 봐. 빵을 만지작거리는 버릇 제4호야."

확실히, 우리의 건너편 테이블에 있는 사람—그의 얼굴은 이상할 정도로 창백했는데, 테이블에서 작은 빵조각을 기계적으로 두드리고 있었다.

나는 그를 주의깊게 살폈다. 그의 얼굴은, 면도를 말끔히 했고 퉁퉁 부어 있으며 기력이 없어 보였고, 혈색은 누르스름해 건강이 안 좋아 보였다. 눈 밑에는 주름이 깊게 패어져 있었고, 코에서 입언저리에 이르기까지도 깊은 주름살이 있었다. 그의 나이는 35세에서 45세까지도 볼 수 있을 것 같았다. 어느 모로 뜯어보아도 전에 우리가 가정했던 제4호의 특징과 비슷한 데라곤 한군데도 없었다. 빵을 가지고 하는 사소한 버릇이 아니라면, 정말로 그를 몰라보는 것이 너무도 당연한 일이었을 게다. 나는 그곳에 앉아 있는 그 사람을 전에는 결코 본 적이 없는 사람이라고 딱 잘라 말했을 것이다.

"그가 당신을 알아봤을 텐데요?" 나는 중얼거렸다.

"여기에 내려오지 말았어야 했는데."

"이봐, 헤이스팅스, 나는 이 한 가지 목적을 위해 석 달 동안 죽음을 가장했었네."

"제4호를 놀래 주기 위해?"

"제4호가 재빠르게 행동해야만 할 때, 또는 전혀 그렇지 않을 때 그를 놀라게 하기 위해서라네. 그런데, 지금 우리에게는 큰 기회가 왔네. 그는 우리가 자기를 알고 있는지 모를 걸세. 자기가 변장했기 때문에 마음을 푹 놓고 있을 거야. 플로시 먼로가 우리에게 그의 사소한 습관을 이야기해 준 것이 얼마나 감사한지."

"이제 무슨 일을 할 건가요?" 나는 물었다.

"무슨 일을 하느냐고? 빅 포의 계획이 중대한 국면에 접어들 바로 그 순간에, 그는 자기가 두려워하는 유일한 사람이 죽음에서 기적적으로 소생한 것을 알게 될 거야. 올리비에 부인과 에이브 라일랜드는 오늘 여기에서 점심을 먹고 코르티나로 갔을 것이네. 그들은 자신들의 은신처에 칩거하리라 생각되네. 우리가 얼마만큼이나 알고 있을까? 그것이 지금 이 순간 제4호가 자신에게 물어보는 것이네. 그는 감히 위험을 무릅쓰지는 않을 걸세. 어떻게 해서든지 나를 틀어막아야 하지. 그에게 이 에르큘 포와로를 틀어막도록 해주세. 나는 제4호에 대해 준비가 되어 있거든."

그가 이야기를 마치자마자, 옆 테이블에 있던 그 사람은 일어나서 나가 버렸다.

"계획을 꾸미려고 나갔을 걸세." 포와로가 침착하게 말했다.

"이봐, 테라스에 가서 커피나 한잔할까? 아주 재미있을 거야. 나는 올라가서 코트를 입고 내려와야겠네."

나는 복잡한 마음으로 테라스로 나갔다. 포와로의 확신이 나에게는 그리 만족스러운 것이 아니었다. 그러나, 경계를 철저히 하기만 하면 우리에게는 아무 일도 없을 게다. 나는 방심하지 않고 빈틈없이 경계를 해나갈 것이라고 결심했다.

포와로는 5분 만에 다시 나타났다. 평소와 마찬가지로 감기를 예방하기 위해 그는 귀까지 감싸고 있었다. 그는 내 옆에 앉아서 음미하듯 커피를 천천히 마셨다.

"오로지 영국에서만 커피 맛이 그렇게 독하군." 그가 말했다.

"유럽 대륙에서는 적당하게 만들어진 것이 소화에 얼마나 중요한 역할을 하는지 잘 알고들 있지."

그가 이야기를 마치자, 옆 테이블에 있었던 그 남자가 갑자기 테라스에 나타났다. 아무런 망설임 없이 그는 우리 테이블의 세 번째 의자로 다가섰다.

"제가 함께 앉아도 괜찮겠습니까?" 그가 영어로 말했다.

"그러시지요." 포와로가 대답했다.

나는 매우 불안했다. 주위에 많은 사람이 모여 있는 호텔 테라스에 있다는 사실에도 불구하고 안심할 수가 없었다. 위험이 눈앞에 있음을 느꼈기 때문이다. 그러는 동안 제4호는 아주 자연스런 태도로 잡담을 하고 있었다.

그는 결코 진실한 여행자가 아니었다. 그는 옆 사람들에게 꽤 권위 있는 사람처럼 행동하면서, 유람 여행이며 자동차 여행 등에 대해 이야기했다.

그는 주머니에서 담배 파이프를 꺼내어 불을 붙였다.

포와로도 작은 궐련상자를 꺼냈다. 그가 담배를 입술 사이에 물었을 때, 제4호가 성냥불을 갖다 댔다.

"불을 붙여 드릴까요?"

그가 말을 끝내자, 갑자기 모든 전기불이 꺼져 버렸다. 유리 깨지는 소리, 아우성치는 소리, 코 밑에서 나는 지독하게 자극적인 냄새——숨이 막히는 것만 같았다.

제18장

펠센라비린스에서

나는 1분 정도 무의식 상태에 있었던 것 같다. 정신이 들면서 두 사람 사이에 끼어 강제로 끌려가고 있는 자신을 느낄 수 있었다. 그들은 내 겨드랑이 밑에 팔을 낀 채 축 늘어진 나를 끌고 가고 있었다. 그리고, 나의 입에는 재갈이 물려져 있었다.

주위는 칠흑처럼 어두웠지만, 나는 밖으로 끌려 나가는 것이 아니라 호텔 안을 통과하고 있음을 추측할 수 있었다. 사방에서 사람들이 불을 켜달라고 아우성치는 소리가 들렸다. 나를 붙잡고 있는 사람들은 나를 계단 쪽으로 잡아끌었다. 우리는 지하실의 복도를 따라가서 문을 지났으며, 다시 유리문을 열고 호텔 뒤로 나갔다.

다음 순간 우리는 소나무 밑에 몸을 숨겼다.

나와 똑같은 처지에 빠진 또 다른 사람이 있음이 어렴풋이 느껴졌다. 다름 아닌 포와로였다. 그도 이 대담한 공격의 희생자였던 것이다.

제4호는 대담무쌍하게 승리를 낚아채 갔다. 추측컨대, 그는 아마 에틸클로라이드라는 순간 마취제를 우리 코끝에 댔을 것이다. 그리고 어둠속의 혼란을 이용해서, 우리 옆자리에 손님으로 가장하고 앉아 있던 한 패거리들이 우리의 입에 재갈을 물리고 우리를 서둘러 끌어내서는, 호텔을 통해서 아무도 추적할 수 없도록 데리고 온 것이리라.

나는 그다음에 겪은 그 시간들을 설명할 길이 없었다. 우리는 내내 오르막길을 걸어서, 매우 위험한 발걸음을 내디디며 숲속을 급히 통과했다. 마침내 확 트인 산기슭으로 나왔는데, 나는 우리 바로 앞에 기이한 돌과 옥석이 엄청나게 쌓여있는 것을 보았다.

이것이 하비가 말한 '펠센라비린스'임에 틀림없었다. 곧 우리는 그 깊숙한 장소를 꼬불꼬불 돌아서 가고 있었다. 그곳은 사악한 귀신에 의해 만들어진 미궁 같은 곳이었다.

갑자기 우리는 멈췄다. 거대한 바위덩어리가 우리 앞을 가로막았다. 그중 한 사람이 그 앞에서 뭔가를 누르는 것 같더니, 그 거대한 바위가 소리도 없이 움직였다. 그러자, 산허리로 이르는 듯한 작은 통로가 나타났다.

그 안으로 우리는 급히 끌려갔다. 통로의 입구는 잠깐 동안 좁아지더니, 곧 넓어졌다. 오랜 시간이 지나서야 비로소 우리는 전기불이 켜져 있는 바위로 된 넓은 방에 들어갈 수 있었다.

잠시 뒤 재갈이 풀어졌다. 우리 앞에 조롱하는 듯한 승리의 얼굴을 하고 서 있는 제4호가 신호를 보내자, 그들은 우리 몸을 수색해서 주머니에 있는 소지품들을 몽땅 꺼냈다. 포와로의 자동권총을 포함해서.

강한 주먹이 날아와 나를 책상 위로 고꾸라뜨렸다. 우리는 지고 말았다—무참히 그들에게 패한 것이다. 수에 있어서 상대가 안 된다. 이제는 끝장이다.

"에르퀼 포와로 씨, 빅 포의 사령부에 온 것을 환영하오."

제4호가 조롱하듯이 말했다.

"다시 만나니 그런대로 반갑구려. 이렇게 되려고 무덤에서 탈출한 겁니까?"

포와로는 대답하지 않았고, 나는 감히 그를 쳐다볼 수가 없었다.

제4호가 말을 계속 이어나갔다.

"그런데, 이렇게 당신이 온 것을 보면 우리 동료들이 꽤나 놀랄 것이오."

그는 벽에 있는 좁은 문을 가리켰다. 우리는 그곳을 지나서 다른 방으로 끌려갔다. 구석에 의자 네 개가 놓인 테이블이 있었다.

첫 번째 의자는 비어 있었는데, 그것은 중국 관리들의 의자처럼 장식되어 있었다. 두 번째 의자에는 시가를 입에 문 에이브 라일랜드가 앉아 있었다. 불타는 눈과 흰 피부를 가진 올리비에 부인이 세 번째 의자에 등을 기대고 앉아 있었고, 제4호는 네 번째 의자에 자리를 잡고 앉았다.

우리는 빅 포와 대면한 것이다.

지금 이렇게 비어 있는 의자를 대하고 있자니, 그 어느 때보다 더욱 리창옌의 존재와 현실에 대한 느낌이 커지는 것이었다. 멀리 중국에서 그는 이 범죄

단을 조종하고 명령을 내렸다.

올리비에 부인은 우리를 보더니 희미한 외마디 비명을 질렀다. 라일랜드는 좀더 자제력이 있는 듯, 시가를 피워 물고서 반백의 눈썹을 추켜세웠다.

"에르큘 포와로 씨—." 라일랜드가 천천히 말했다.

"당신이 우리를 보기 좋게 속여 왔다니 놀랍군요. 우리는 당신이 무덤에서 얌전하게 누워 있을 줄 알았는데. 어쨌든, 게임은 이제 끝났소."

그의 목소리는 강철처럼 쩌렁쩌렁 울렸다.

올리비에 부인은 아무 말 없었지만, 그녀의 눈은 이글이글 타고 있었다. 그녀가 슬며시 미소 짓는 모습은 역겨웠다.

"여러분, 좋은 저녁이 되길 바라오." 포와로가 조용히 말했다.

예기치 못한 그의 목소리 때문에 나는 의아하게 그를 쳐다보았다. 그는 꽤 평온해 보였다. 그러나, 그의 전체 모습에서는 무엇인가 다른 점이 풍겨 나오고 있었다.

그때 우리 뒤에서 휘장이 걷히더니 베라 로사코프 백작부인이 들어왔다.

"아! 보배 같은 백작부인, 정말 믿음직한 일꾼이오. 당신의 오랜 친구가 여기 와 있소, 부인." 제4호가 말했다.

백작부인은 평소의 격렬한 동작으로 주위를 빙 둘러보았다.

"어머나, 세상에!" 그녀는 소리쳤다.

"포와로잖아요! 고양이처럼 목숨이 질기기도 하군요! 이 작은 남자! 그런데, 포와로, 당신이 어떻게 여기까지……?"

"부인—." 인사를 하면서 포와로가 말했다.

"위대한 나폴레옹 같은 나도, 이 대부대에 가담하기로 했소."

그가 이렇게 말하는 순간 나는 그녀의 눈이 갑자기 의심스러운 빛을 띠는 것을 보았다. 동시에, 나는 잠재의식 속에서 이미 느끼고 있었던 진실을 분명히 알게 되었다.

내 옆의 그 사람은 에르큘 포와로가 아니었다.

그는 쏙 빼놓은 것처럼 신기할 정도로 닮았다. 달걀 모양의 머리며, 점잔 빼는 얼굴이며, 통통한 모습도 모두 똑같았다. 그러나 목소리가 좀 달랐고, 그

의 눈은 초록빛보다 조금 더 짙었다. 확실한 것은 코밑수염—그 유명한 코밑
수염—?

백작부인의 목소리가 들려 나의 이러한 생각을 멈추어야 했다.

그녀는 앞으로 걸어 나왔고, 그녀의 목소리는 매우 흥분되어 있었다.

"우리가 속고 있는 거예요. 이 사람은 에르큘 포와로가 아니에요!"

제4호는 믿어지지 않는다는 듯 탄식의 소리를 질렀지만, 백작부인은 앞으
로 다가가서 포와로의 수염을 와락 움켜잡았다. 수염은 그녀의 손아귀로 빠져
나왔다. 정말로 모든 사실이 명백해졌다. 그의 윗입술에는 작은 상처까지 생겨
볼꼴사나웠으며, 또한 얼굴의 인상이 확연히 달라지게 되었다.

"에르큘 포와로가 아니잖아!" 제4호가 소리를 질렀다.

"그렇다면, 저 사람은 누구야?"

"난 알아!"

내가 갑자기 소리쳤다. 그러고 나서 나는 모든 것이 수포로 돌아가지 않을
까 두려워서, 죽은 듯이 가만있었다.

그러자 지금까지 포와로로 행세했던 그 사람이 나에게 고개를 돌려 용기를
북돋워 주었다.

"말해 봐요. 그것은 이제 중요치 않소. 이 계략은 성공했으니까."

"이 사람은 아킬 포와로입니다." 나는 천천히 말했다.

"에르큘 포와로의 쌍둥이 형제지요."

"믿을 수 없어."

라일랜드가 날카롭게 말했으나, 그는 침착성을 잃고 있었다.

"에르큘의 계획은 놀랄 정도로 성공을 했소."

아킬 포와로가 침착하게 말했다.

제4호가 앞으로 튀어나오며 거칠고 위협적인 목소리로 말했다.

"성공……, 이라고?" 그는 비웃었다.

"당신들이 죽을 시간이 얼마 남지 않았다는 것을 명심해. 죽는 거야!"

"물론—." 아킬 포와로가 비장하게 대답했다.

"그런 줄 알고 있지. 그렇지만, 당신이야말로 승리를 위해 목숨을 바치려고

하는 사람이 있다는 것을 이해하지 못하고 있군. 전쟁에서 나라를 위해 목숨을 포기하는 사람들이 있다오. 나도 그런 식으로 이 세계를 위해 기꺼이 목숨을 바칠 각오가 되어 있소이다."

그러나 바로 그때, 내가 기꺼이 내 목숨을 바친다 하더라도 나에게는 의논해야 할 문제가 있다는 생각이 퍼뜩 떠올랐다. 그리고 포와로가 나에게 남아 있으라고 강요하던 것이 생각나서 나는 다소 마음을 가라앉혔다.

"그래, 어떤 방법으로 당신의 목숨을 버려서 세계를 이롭게 할 참이오?"

라일랜드가 빈정거리며 말했다.

"당신들은 포와로의 계획의 본질을 이해하지 못해. 우선, 당신들의 은신처는 이미 몇 달 전에 다 노출되었고, 실제로 호텔 투숙객이나 직원들, 그 밖의 사람들이 모두 수사관과 첩보기관의 요원들이었어. 비상선이 산을 빙 둘러쳐져 있고 당신들은 온갖 방법을 다 동원해서 탈출을 시도하겠지만, 도망칠 수는 없을 거야. 그리고, 포와로가 직접 밖에서 상황을 지시하고 있지. 나는 오늘 밤 아니스 열매로 내 구두에 광을 내고 형과 약속한 장소인 테라스로 나갔었소. 사냥개들이 그 냄새를 찾아 추적하겠지. 그리하여 펠센라비린스를 막아놓은 바위를 실수 없이 찾아내게 될 게요. 당신들, 우리에게 무슨 짓을 저지르려고 하시나?—포위망이 당신들 주위를 단단히 에워싸고 있는데. 당신들은 절대로 빠져나갈 수가 없어."

올리비에 부인이 갑자기 크게 웃었다.

"천만에, 잘못 알고 있군. 우리가 탈출할 수 있는 길이 하나 있지. 그와 동시에 우리의 적을 박살내게 되고. 무슨 말을 그렇게 하시지?"

라일랜드는 아킬 포와로를 빤히 쳐다보고 있었다.

"저자가 거짓말을 하는 것 같은데." 그가 쉰 목소리로 말했다.

포와로는 어깨를 으쓱했다.

"한 시간 안에 동이 틀 게요. 그러면 당신네들은 내 말이 진실임을 깨닫게 되겠지. 이미 우리 친구들은 펠센라비린스의 입구를 찾아 우리에게 다가오고 있을 게요."

그의 말이 채 끝나기도 전에, 멀리에서 한 사람이 뭐라고 알아들을 수 없는 소리를 지르며 뛰어 들어왔다.

라일랜드가 급히 뛰어나갔다. 올리비에 부인은 방 끝으로 가서, 내가 미처 알아차리지 못한 문을 열었다. 그 안에는 파리에서 본 것처럼 완벽하게 꾸며진 실험실이 얼핏 보였다. 제4호도 역시 일어나서 나갔다. 그러더니 다시 돌아와 백작부인에게 포와로에게서 빼앗은 권총을 건네주었다.

"저들이 도망칠 위험은 없을 거요." 그가 험악하게 말했다.

"그러나, 아직까지는 당신이 이것을 가지고 있는 편이 나을 거요."

그러고 나서 그는 다시 나갔다.

백작부인은 우리에게 다가오더니, 한참 동안 아킬 포와로를 주의깊게 살펴보았다. 그 여자가 갑자기 웃어젖혔다.

"아킬 포와로 씨, 당신 꽤 영리하시군요." 그녀가 조롱하듯이 말했다.

"부인, 사업 이야기나 합시다. 저들이 우리를 함께 두고 떠나다니 참 다행이오. 당신은 어떻게 생각하고 있소?"

"무슨 말이죠, 어떻게 생각하다뇨?"

"부인, 당신은 우리가 탈출하도록 도와줄 수 있소. 이 은신처에서 밖으로 나가는 비밀 통로를 알고 있잖소. 다시 묻겠는데, 어떻게 생각하시오?"

그녀가 다시 웃었다.

"이봐요, 이 세상의 모든 돈으로도 나를 매수할 수 없을 거예요!"

"부인, 난 돈을 이야기하는 것이 아니오. 나는 똑똑한 사람이오. 그럼에도 불구하고, 이것은 진정한 사실이오—모든 사람은 나름대로의 가치가 있지. 자유와 생명의 대가로, 나는 당신이 원하는 대로 해주겠소."

"요술쟁이인 모양이군요!"

"원한다면 그렇게 불러도 좋소."

백작부인이 갑자기 농담하는 듯한 태도를 싹 바꾸더니, 격렬한 비통함으로 떠들어댔다.

"바보! 나의 욕망! 나의 적에게 복수를 해주겠어요? 아니면, 나에게 젊음과 아름다움과 쾌활함을 다시 돌려줄 수 있겠어요? 죽은 사람은 다시 살릴 수 있어요?"

아킬 포와로는 그녀를 호기심을 갖고서 바라보았다.

"부인, 세 가지 중 어느 것을 원하는지 선택해 보시오."

그녀는 비웃었다.

"당신이 나에게 불로장수 약을 갖다 줄 건가요? 좋아요. 그럼 당신과 흥정을 하겠어요. 한때, 내겐 아이가 있었어요. 나에게 그 아이를 찾아 주세요. 그러면 난 당신을 풀어 주겠어요."

"부인, 동의합니다. 이건 계약이오. 당신의 아이를 당신에게 데려다 주겠소. 에르쿨 포와로를 믿어 보시오."

다시 그 여자가 웃었다―이번에는 오래도록 아무 거리낌 없이.

"이봐요, 포와로 씨, 당신에게 함정을 놓아 봤어요. 유감스럽게도, 나를 위해 내 아이를 찾아주겠다고 약속하다니 정말로 친절하십니다만, 당신이 성공하지 못하리라는 걸 알게 되었으니, 이 계약은 대단히 불공평한 겁니다, 그렇죠?"

"부인, 하느님 이름으로 맹세하겠소. 꼭 당신의 아이를 다시 찾아 주겠다고 말이오."

"먼저 당신, 포와로 씨에게 묻겠는데요, 죽은 사람이 다시 살아날 수 있다는 얘기인가요?"

"그러면 아이가……."

"죽었느냐고요? 그래요."

그는 앞으로 가서 그녀의 손목을 잡았다.

"부인, 당신에게 말하는 나, 이 나는 한 번 더 맹세하겠소. 내가 죽은 자에게 다시 생명을 가져다 드리지요."

그녀는 홀린 듯이 그를 쳐다보았다.

"당신은 나를 믿지 않는군요. 내 말을 증명해 보이겠소. 그들이 내게서 빼앗은 수첩을 가져다주겠소?"

그녀는 방을 나가서, 그것을 가지고 돌아왔다. 그러면서도 내내 그녀는 손가락을 권총의 방아쇠에서 떼지 않았다. 아킬 포와로가 그녀에게 허세를 부린 것은 너무나 경솔하다고 느꼈다. 베라 로사코프 백작부인은 바보가 아니었다.

"열어 보시오, 부인. 표지의 왼편 날개를 봐요. 맞아요. 자, 거기 있는 사진을 꺼내서 잘 봐요."

여전히 의아한 얼굴로, 그녀는 작은 스냅사진인 듯한 것을 꺼냈다. 그녀는
그 사진을 보자마자 울음을 터뜨리며 쓰러질 것같이 와들와들 떨었다. 그러더
니만 그녀는 거의 덤벼들듯이 그에게로 다가섰다.

"어디에? 어디죠? 어서 말해 봐요. 어디죠?"

"부인, 계약을 잊지 마시오."

"예, 그래요, 당신을 믿겠어요. 그들이 돌아오기 전에, 빨리."

그를 손으로 잡더니만, 그녀는 그를 재빨리 끌고 아무 말 없이 그 방을 빠
져나왔다. 나도 그 뒤를 따라갔다.

방을 나와서, 그녀는 우리를 처음에 들어왔던 통로로 안내했다. 조금 가니
까 두 갈래로 길이 갈라져 있었는데, 그녀는 오른쪽으로 돌았다. 계속해서 그
통로는 여러 갈래로 나누어져 있었으나 그녀는 머뭇거리는 기색 없이 계속 속
력을 내서 뛰었다.

"제시간에 닿기만 하면……." 그녀가 숨을 헐떡거리며 말했다.

"우리는 폭발하기 전에 밖으로 나가야 합니다."

우리는 계속 달렸다. 나는 이 통로가 곧장 산을 관통해 있기 때문에, 다른
계곡과 만나는 산의 반대편으로 나오게 되어 있다는 것을 알고 있었다. 땀이
비 오듯이 얼굴 위로 흘러내렸지만, 나는 필사적으로 달렸다.

그러자, 멀리서 한 줄기 빛이 희미하게 비치고 있는 것이 보였다. 가까이
갈수록 빛은 더욱 확실해졌다. 나는 푸른 덩굴이 자라고 있는 것을 보았다. 우
리는 그 덩굴을 옆으로 제치면서 계속 뚫고 나아갔다. 드디어 우리는 다시 밖
으로 나왔다. 우리는 만물을 장밋빛으로 물들게 하는 새벽녘의 어슴푸레한 빛
을 한몸 가득히 받았다.

포와로가 말한 비상선은 실제로 있었다. 우리가 밖으로 나오자, 대기하고
있던 세 명이 우리를 덮쳐 왔으나, 그들은 곧 깜짝 놀라 소리를 지르며 우리
들을 풀어 주었다.

"빨리." 아킬 포와로가 소리쳤다.

"빨리, 꾸물거릴 시간이 없어—."

그러나, 그는 끝날 운명에 처해 있지는 않았다. 온 세상이 흔들리는 듯 발 아래서 심한 진동이 일었고, 무시무시한 굉음이 산 전체를 폭삭 무너지게 할 것만 같았다. 우리는 공중으로 곤두박질쳐졌다.

마침내 나는 의식을 찾았다. 나는 낯선 방의 낯선 침대 위에 누워 있었다. 누군가가 창문 옆에 앉아 있었다. 그는 내 옆으로 다가와 섰다.

아킬 포와로였다—여기에 있다니…….

친숙한 목소리가 내가 품고 있었던 모든 의심을 이내 사라지게 했다.

"오, 헤이스팅스, 아킬은 다시 자기 고향(신비의 세계)으로 갔네. 처음부터 모든 것이 줄곧 나였어. 연극을 할 수 있는 건 제4호만이 아닐세. '벨라도나' 약제를 눈에 넣고, 내 진짜 수염을 희생시켰지. 그리고, 이 상처는 두 달 전에 나를 고통스럽게 한 진짜 상처의 흔적이라네. 하지만, 독수리눈처럼 날카로운 제4호의 눈을 속일 수는 없었지. 그래서 최후의 수단으로, 오직 자네만이 알 고 믿게끔 아킬 포와로라는 인물을 설정했던 것이네. 자네가 나에게 준 도움 은 정말로 값진 것이었어. 이 성공의 반은 오로지 자네의 공로일세. 이 사건에 있어서의 전체적인 요점은, 에르퀼 포와로가 여전히 전반적인 공격을 총지휘 하고 있다고 그들로 하여금 믿도록 만드는 것이었네. 그 밖의 모든 것은 사실 이었어. 아니스의 열매, 비상선 따위 등등."

"정말로 왜 대신할 사람을 보내지 않았지요?"

"내가 없다면 그야말로 자네를 위험물 속에다 던지는 꼴이 아니겠나? 자네 가 거기서 나에게 꽤 좋은 아이디어를 제공해 주었네. 게다가, 나는 백작부인 을 통해서 나가는 길을 찾을 수 있을 것이라는 희망을 항상 갖고 있었지."

"도대체 어떻게 해서 백작부인을 설득시켰나요? 그녀를 끌어들인 엉터리 같 은 이야기, 죽은 아이에 대한 이야기는 어떻게 된 건가요?"

"백작부인은 자네보다 훨씬 뛰어난 통찰력을 지니고 있네. 처음에 그녀는 나의 변장에 속아 넘어갔지. 그러나, 그녀는 곧 그 속뜻을 알아차렸어. 그녀가 '아킬 포와로 씨, 당신 꽤 영리하시군요.'라고 말했을 때 내 정체를 짐작했다 고 나는 알아차렸지. 나는 그때 나의 최후의 방법을 내놓았네."

"죽은 아이를 데려오겠다는, 말도 안 되는 얘기 말인가요?"

"맞았어. 나는 처음부터 내내 그 아이를 보호하고 있었네."

"뭐라고요?"

"그래, 자네는 나의 신죠(준비 철저)를 알지 않나. 로사코프 백작부인이 빅 포와 관련이 있다는 것을 발견하자마자, 나는 그녀의 과거에 대한 뒷조사를 가능한 한 다해 봤네. 그녀의 아이가 피살되었다고 보도된 것을 알아냈지. 한 편 나는 아이가 살아 있을지도 모른다는 생각을 갖게 한, 좀 모순된 이야기도 알게 되었어. 결국 나는 그 소년을 찾아내는 데 성공했고, 그래서 엄청난 액수의 돈을 지불하고서는 그 아이를 맡을 수가 있었네. 그 가엾은 아이는 영양실조로 거의 다 죽어 가고 있었네. 나는 그 아이를 안전한 곳으로 옮겨 놓고, 친절하게 보살펴 줄 사람을 딸려 놓았지. 그리고, 그곳에서 놀고 있는 아이의 모습을 사진에 담아 놓았었네. 그래서, 때가 오면 나는 사건의 극적 전환을 꾀하기 위해 모든 준비를 하고 있었네."

"놀랍군요. 놀라워, 포와로 정말로 놀라울 뿐이에요."

"나도 그렇게 되어 기쁘네. 나는 백작부인을 사랑했었지. 그래서, 만일 그녀가 폭발 때 죽었다면 난 몹시 슬퍼했을 것이네."

"물어보기가 좀 꺼림칙하긴 한데, 빅 포는 어때요?"

"그들의 시체는 이미 모두 수거되었네. 제4호는 머리가 가루가 되다시피 해서 얼굴을 알아보지 못할 정도였다네. 그렇게까지 되지 않기를 바랐는데. 그러나 어쩔 도리가 없었지. 그런데 이것 좀 보게나."

그는 기사 한 부분에 줄이 그어진 신문 한 장을 나에게 건네주었다. 최근 세계의 혁명을 조작해 온 리창옌이 자신의 계획이 그처럼 무참하게 실패로 돌아가자, 결국 자살을 하고 말았다는 내용의 기사가 실려 있었다.

"나의 호적수였는데—." 포와로가 위엄에 가득 찬 목소리로 말을 했다.

"그와 나는 이승에서는 만날 수 없는 운명인가 보군. 그는 이곳에서 자신의 계획이 수포로 돌아갔다는 뉴스를 듣고는 가장 간단한 방법을 써서 세상을 떠나고 말았네. 굉장한 두뇌의 소유자였는데, 이보게, 대단한 두뇌였어. 그리고 나는 제4호의 진짜 얼굴을 보고 싶었는데…… 이런 생각을 하다니, 내가 너무 감상적인가 보군. 그는 죽었네.

이보게, 헤이스팅스, 지금까지 우리 둘은 빅 포를 추적해서, 빅 포에 대항해 싸워 왔네. 이제, 자네는 아름다운 아내에게로 돌아가야 해. 나는 이제 그만 은퇴해야겠네. 나의 인생에 있어서 커다란 사건은 이제 끝난 것 같네. 이후의 다른 일들은 너무나 재미없어 보이겠지. 나는 은퇴할 걸세. 가능하다면 호박을 심고 가꾸겠네. 그리고 결혼도 하고 안정을 찾고 싶네.”

그는 그 생각을 하고는 힘차게 웃었으나, 조금 당황하는 기미도 엿보였다

이 자그마한 사람은 항상 크고 화려한 여자를 사랑한다—정말로 그렇게 되었으면……

“결혼을 해서 안정을 찾아야겠어.” 포와로가 다시 말했다.

“하지만, 어떻게 될지 누가 알겠나?”

<끝>

《빅 포(The Big Four, 1927)》는 애거서 크리스티(Agatha Christie, 영국, 1890~1976)의 8번째 작품이자 7번째 장편 소설이다. 이 작품은 스파이물에 속한다고 할 수 있는데, 이 작품에서의 새로운 시도에 의해 크리스티 여사의 소설에 대한 새로운 평가가 내려졌다.

이 작품은 중국의 브레인, 미국 백만장자, 프랑스의 여류 과학자, 영국의 연극배우가 연합 형태를 취해 문명사회를 몰락시키고 세계를 지배하려는 음모를 꾸민다는, 일종의 공상적인 소설이다.

《빅 포》는 장편이지만, 형태상으로는 독립된 18편의 단편을 모아 꾸민 단편집이다. 즉, 옴니버스식의 새로운 시도라고 할 수 있다. 이 작품의 획기적인 내용뿐만 아니라, 형식에 있어서의 새로운 모습은, 항상 앞서 가는 시각으로 새로운 것을 고안해 내는 크리스티 여사의 강한 실험 정신을 보여 주고 있다.

특히, 제11장의 '체스 문제'는 크리스티 여사의 명단편 중 하나로서 걸작집에 곧잘 수록되곤 한다. 그리고, 이 단편에서 볼 수 있는 전기 감전에 의한 살해라는 방법은, 여사가 전 생애를 걸쳐 사용한 단 한 번의 기계적 트릭이다. 여사는 기계적 트릭을 아주 싫어해서 거의 사용하지 않았는데, 이 작품에서 유일한 예외가 나옴은 주목할 만하다.

두뇌와 재력, 지식, 게다가 어마어마한 파괴력까지 지닌 빅 포와 대항하는 탐정은 에르퀼 포와로이다. 남미에서 건너온 헤이스팅스가 포와로와 합세해 빅 포에 대항하게 되는데, 이 소설에서 이들은 숱한 좌절을 맛본다. 심지어 회색의 뇌세포조차도 무의미하게 느껴질 정도다. 여러 번의 실패를 경험하면서, 우리는 포와로의 그 자만심이 주춤거리는 것도 보게 된다. 그러나, '최후에 웃는 자가 가장 잘 웃는다.'라는 말은 참으로 이 소설에 잘 어울린다. 포와로는 죽음을 가장한 트릭까지 쓰면서 빅 포와의 싸움을 승리로 이끈 것이다.

여기에 재미있는 것은, 가상이나마 포와로의 쌍둥이 형제 아킬이 문제 해결을 위해 등장한다는 점이다. 이것은 셜록 홈스의 형 마이크로프트가 사건에 뛰어드는 경우와 비슷하다.

《빅 포》를 단편집 형식으로 볼 때, 이는 또한《셜록 홈스의 모험(1892)》이라는 코넌 도일의 단편집과 비교된다. 다만, 셜록 홈스와 왓슨은 13편의 단편에서 13명의 범인과 겨루지만, 포와로와 헤이스팅스는 하나의 거대한 비밀 조직과 싸운다는 점에 차이가 있다. 즉,《빅 포》는 여러 가지 점에서 볼 때, 코넌 도일의 영향이 두드러지게 나타나 보이는 작품이라 하겠다.

《빅 포》에 대한 평론가들의 시각은 그리 좋지가 않다. 대부분은 이 작품을 초기 습작의 하나로 봐야 한다고 생각한다.

이 작품이 출판되었을 때, 영국의 데일리 메일지는 이렇게 평했다.

"이 책에서 우리는 살인과 스릴을 마음껏 만날 것이다. 그러나, 크리스티의 이 작품을 통해 감각이나 민감한 터치를 기대하는 독자들에게는 실망을 안겨 줄 것이다."

그러나, 박력 있는 스릴러물이라고 평해지는 이 소설은 초기 작품다운 의욕이 넘치고 있어, 많은 가능성을 내포하고 있다고 평가할 수 있다. 우선, 앞서 말한 대로 내용과 형식의 새로운 시도가 그렇다.

그리고, 추리소설의 핵심이라고 볼 수 있는 범죄 수법이나 트릭의 다양함을 들 수 있다. 어느 것 하나 예측할 수 없는 교묘함을 가진 범인의 트릭과 포와로의 수수께끼 풀이는 애거서 크리스티만이 할 수 있는 영역이다. 이 작품은 마치 '범죄 진열장' 같다.

좀 과장된 공상적인 부분이 있긴 하지만, 이 작품은 새로운 시도, 다양한 트릭 등으로 이 이후의 크리스터 여사 작품 세계의 밑거름이 되었을 것이다.